Der 6. Geburtstag

von Nika Lubitsch

1 ✓

Der 6. Geburtstag

Nika Lubitsch

Kriminalroman

Monika von Ramin
Lindenthaler Allee 36
14163 Berlin
Tel. 030 770 59 774
nikalubitsch@yahoo.de

Lektorat: Regine Weisbrod, www.lektorat-weisbrod.de
Korrektorat & Satz: Corinna Rindlisbacher, www.ebokks.de
Umschlaggestaltung: Catrin Sommer, www.rausch-gold.com
Fotos: rauch – shutterstock 178872134 /
streichhölzer – shutterstock 260216471

Live Free or Die

Motto des US-Bundesstaats New Hampshire
General John Stark, 31.07.1809

Für

„Pünktchen" Mathilda und Anton von Ramin

Cape Coral, Florida

Das Baby brüllte mit der ganzen Kraft seiner sechs Wochen alten Lungen. Sie hielt sich die Ohren zu und kniff die Augen zusammen. Gleich würde es vorbei sein. *Gleich.* Aber das Geschrei des Kleinen drang in ihr Gehirn, und der beißende Gestank der schmorenden Kabel reizte ihre Nase. *Hör auf zu schreien! Bitte! Sofort!* Die Flammen loderten bereits die Hauswand hinauf und färbten den türkisfarbenen, abblätternden Putz schwarz. Sie stand auf dem in der Sonne verdorrten Rasen hinter dem alten Bungalow und wartete darauf, dass das billige Dach endlich über ihm zusammenstürzen würde.

Ihr Leben hatte seinen Sinn verloren, dieses schreiende Kind hatte ihn ihr geraubt. Nie wieder würde sie glücklich sein. Sie hörte, wie die morschen Dachbalken in der Hitze ächzten. Gleich würde es vorbei sein.

Eine schwarze Rauchsäule stieg vor dem Rotary Park empor, der jetzt in der heißen Mittagszeit menschenleer war. Krähen kreischten aufgeregt und umflatterten in Erwartung einer fetten Beute wie Geier das brennende Haus. Die Spatzen, die sich sonst zu Hunderten in der Rose Garden Road auf der Stromleitung trafen, hatten sich bereits bei der ersten Qualmwolke in Sicherheit gebracht. Es würde nicht mehr lange dauern, bis jemand die Feuerwehr rief. Nebenan wohnte der Sheriff, aber sein Wagen stand nicht auf der Garageneinfahrt. Auch die baufälligen Häuser gegenüber waren leer, welcher Rentner verbrachte schon freiwillig den August in Florida?

Selbst das Geräusch des berstenden Dachstuhls konnte das Geschrei des Babys nicht übertönen. Ätzender Qualm und der durchdringende Benzingestank trieben ihr die Tränen in die Augen. Als die schmelzende Decke Stück für Stück herabprasselte, hörte es sich an wie tosender Applaus. Der Beifall war diesmal nur für sie, denn sie war der Flyer, der Top auf jedem Stunt. Sie war die Schönste im Cheerleader-Team, und natürlich ging sie mit dem heißesten Jungen der Stadt: Steven, der Quarterback der Seahawks.

Touchdown! Das Stadion raste. Nein, es war das Gebrüll dieses Wurms, der all ihre Träume zunichtegemacht hatte. Sie sah die glühenden Balken hinabfallen, in der Ferne hörte sie die Sirenen der Feuerwehr. Sie holte noch einmal tief Luft, machte sich bereit zu ihrem letzten Flight, und dann stürzte sie sich in das brennende Haus.

Burlington, Vermont

Der köstliche Duft von warmer Schokolade, Karamell und gebrannten Haselnüssen durchzog das blaue Holzhaus am Lake Champlain. Genau genommen lag das Haus natürlich nicht direkt am See, aber wenn man es geschickt fotografierte, konnte man denken, dass der viertgrößte See der USA sich tatsächlich bis zur Gartengrenze erstreckte. Auf Fotografien sah man nicht den Highway, der sich zwischen die Wohnhäuser auf der kleinen Anhöhe und den See drängelte. Man hörte weder das Flattern der silbern glitzernden Girlanden der Autohäuser, die sich an der Route 7 niedergelassen hatten, noch den nicht enden wollenden Verkehrsstrom, der sich stetig von Connecticut nach Kanada und zurück wälzte.

Die Zwillinge quiekten vor Vergnügen, sie hatten Joleen beim Kuchenbacken geholfen und durften zur Belohnung die Schüssel mit der Schokoladenkuvertüre auslecken.

„Erst Hände waschen, dann dürft ihr spielen gehen“, ermahnte Joleen ihre zwei Mädchen. Zu spät, wie sie feststellte, die Schokoladenhändchen hatten bereits Patschespuren auf dem Kühlschrank und der Terrassentür hinterlassen. „Hände waschen! Hallo, die Damen, habt ihr nicht gehört?“

Kichernd verschwanden Hannah und Sophia im Garten, Joleen schüttelte den Kopf, wischte sich selbst die Hände an der Küchenschürze ab und feuchtete ein Handtuch unter dem Wasserhahn an. „Wartet, ich krieg euch“, rief sie und folgte ihren beiden Jüngsten in den Garten. Zum Spaß ließ sie sich dreimal rund um den Rasen hetzen, bevor sie Hannah zu fassen bekam und nicht nur ihre kleinen Hände mit dem Handtuch sauber rieb. Sophia kam ebenfalls zu ihr und hielt ihr ihre Schokoladenhändchen und einen total beschmierten Kussmund hin.

Joleen war die Einzige, die die beiden blonden Mädchen auf Anhieb unterscheiden konnte, sogar ihr Mann Robert hatte mitunter Schwierigkeiten, die zwei auseinanderzuhalten. „Ist doch ganz einfach“, pflegte sie zu sagen, „Hannah hat eine ausgeprägtere Stupsnase als Sophia, und Sophia hat einen Wirbel direkt am Mittelscheitel. Außerdem hat Hannah ein winziges Muttermal links unter der Nase.“ Das stimmte natürlich, es stimmte aber auch, dass man sie nur unterscheiden konnte, wenn die beiden ruhig standen. Allerdings gab es selten Momente, in denen die beiden ruhig standen, sie hatten das Temperament eines schweren Wirbelsturms mit gelegentlichen Orkanböen.

Joleen ging lächelnd zurück in ihre Küche und wischte mit dem Handtuch die Kampfspuren an der Terrassentür und in der Küche ab, bevor sie es unter dem Wasserhahn ausspülte. Der Schokoladenüberzug der drei Blechkuchen musste noch ein wenig auskühlen, in der Zwischenzeit konnte sie Zuckerguss in verschiedenen Farben anrühren, um die Kuchen noch kindgerecht zu gestalten.

Sie hatte so viel Dekokram gekauft, dass sie die Tagesproduktion einer Kuchenfabrik hätte ausstatten können. Die Happy-Birthday-Sticker, die Jahreszahlen, die Herzen, die Tiere und die Wunderkerzen würde sie mit den Zwillingen erst im Hotel in die Kuchenstücke stecken. Sie mischte Puderzucker mit grüner, roter, gelber und blauer Lebensmittelfarbe und füllte den Zuckerguss in kleine Spritztüten.

Hannah und Sophia waren schon seit Tagen ganz aufgeregt, sie freuten sich darauf, ihren großen Bruder im Sommercamp in Maine besuchen zu dürfen.

„Warum darf Noah in ein Camp und wir nicht? Das ist total unfair." Wie immer war Hannah das Sprachrohr der beiden, sie hatte den empörten Tonfall wirklich gut drauf. Robert und Joleen hatten sich belustigte Blicke zugeworfen, die besagten: *Keine Genderdiskussion. Bitte!* Es war schon sehr eigenartig, wie viel die Mädchen dem Geschlecht ihres Bruders zuschrieben und nicht ihrem Alter.

„Wenn ihr in die Schule kommt, dürft ihr in den Ferien auch in ein Sommercamp."

„Och, das ist ja noch soooo lange hin", maulte Hannah.

Das fand Joleen allerdings auch, sie träumte von ein paar Tagen mal so ganz ohne ihre Sprösslinge. Da Joleens Eltern in Oregon lebten und Roberts Verwandte in Arizona, hatte es in den letzten sechs Jahren nicht einen Tag ohne Kinder gegeben. Joleen malte mit dem Zuckerguss farbige Sechsen auf die Geburtstagskuchen ihres Sohnes.

Als das Telefon klingelte, legte sie die Zuckertüte auf die Mittelinsel ihrer Küche, wischte sich die Hand an der Küchenschürze ab und lief zum Fenster, wo sie das Telefon geparkt hatte. Durch die Scheibe konnte sie sehen, wie die Zwillinge vor Begeisterung quietschend auf ihrem

Trampolin herumsprangen. Der Anrufer war ihr Mann Robert, der sie fragte, ob er auf dem Heimweg noch etwas mitbringen sollte.

„Lass uns heute Abend zu *Chili's* essen gehen, ich brauche noch Stunden, um die Küche nach der Kuchenschlacht aufzuräumen“, bat Joleen.

Als sie sich umdrehte, war es, als träfe sie ein Peitschenhieb. Auf den Kuchen leuchteten überall Neunen, in Dottergelb, Quietschrosa, Himmelblau und Giftgrün. Joleen wurde schwarz vor Augen, sie musste sich am Waschbecken festhalten.

Reisefieber

Joleen hätte später nicht zu sagen vermocht, ob sie an diesem Dienstag mit dem linken Fuß zuerst aufgestanden war, aber dieser Tag gehörte definitiv zu denen, die man am besten ganz schnell vergaß. Im Bett bleiben war keine Option gewesen, denn als Joleen zum ersten Mal in das Halbdunkel des Schlafzimmers blinzelte, war ihr sofort bewusst, dass sie an diesem Tag noch nach Maine fahren mussten. Zwischen Maine und ihr lagen hundertneunzig Meilen, der Beginn einer fundamentalen Migräne, der Abschied von ihrem Mann, das Beladen des Chevys und das Fertigmachen der Zwillinge, was die eigentliche Herkules-Aufgabe des Morgens sein würde. Sie angelte sich ihre rostroten Pantoffeln unter dem Bett hervor und schlurfte ins Bad, wo sie sich erst einmal eine Wagenladung Ibuprofen in den Rachen warf.

Sie wagte es kaum, in den Spiegel zu schauen: Dunkelgraue Augenringe versuchten der Farbe ihrer Augen Konkurrenz zu machen, ihre braunen Haare kringelten sich in tausend kleinen Löckchen. Vom Scheitel leuchtete ihr der blonde Ansatz überdeutlich entgegen, warum eigentlich hatte sie nicht längst nachgefärbt? Haarewaschen war also auf jeden Fall auch noch angesagt. Die Nacht hatte ihre Spuren hinterlassen. Entschlossen stellte sich Joleen unter die Dusche, wenigstens die stillen Stunden, nachdem die Zwillinge im Bett waren, hatten Robert und sie genossen, obwohl sie bereits im angeblich verflixten siebten Jahr waren.

Als Robert sie zum Abschied zärtlich in die Arme nahm und küsste, flüsterte sie: „Ich liebe dich mehr als alles auf der Welt.“

Ja, er würde ihr fehlen, aber sie waren ja nur drei Tage weg. Seinen Jahresurlaub sparten sie sich für eine Kreuzfahrt durch die Karibik auf, auf die sich Joleen schon freute wie ein kleines Mädchen auf Weihnachten: zehn Tage lang nur Sonne, fremde Häfen, exotische Drinks und Kinderbetreuung rund um die Uhr. Anfang September würden sie den ersten richtigen Urlaub seit sechs Jahren machen können. Denn schon während ihrer Schwangerschaft waren die Zwillinge das Knock-out ihres normalen Lebens gewesen. Sechs Monate lang hatte Joleen die Kloschüssel öfter umarmt als ihren Mann, die letzten drei Monate hatte der Arzt strenge Bettruhe verordnet.

Als Robert mit seinem mokkafarbenen Kia von der Garagenauffahrt herunterfuhr, winkten Joleen und die Zwillinge so lange, bis er um die nächste Ecke verschwunden war.

„Los jetzt, Auto packen“, trieb Joleen die Zwillinge an. Mit Indianergebrüll stürzten sich Hannah und Sophia in ihr Zimmer, während Joleen die Garage von den Spielsachen der Zwillinge befreite.

Sie hatten schon am Tag zuvor die Koffer der Mädchen gepackt. Die neuen Trunki-Koffer waren der ganze Stolz der Zwillinge, Hannah hatte eine Hummel und Sophia einen Marienkäfer bekommen. Die Aufsitzkoffer hatten vier Räder, so dass die Kids sie hinter sich herziehen konnten wie einen kleinen Hund an der Leine, sie hatten sie bereits am Abend vorher „Gassi geführt“. Sollten allerdings die Füßchen auf den langen Flughafenstrecken versagen, konnte man auf dem Koffer auch ein Kind parken und es mitsamt dem Tier ziehen.

Ein undefinierbares Geräusch auf der Garagenauffahrt erregte Joleens Aufmerksamkeit. Noch während sie voller dunkler Vorahnung das Garagentor hochfahren ließ, zerrissen ein wütendes Hupen und kreischende Bremsen die morgendliche Ruhe in der kleinen Anwohnerstraße. Für einen Moment war es danach ganz still, bevor ein schrilles, lautes Heulen einsetzte, dem erwartungsgemäß ein sofortiges Echo folgte.

Offenbar war genau das passiert, was Joleen befürchtet hatte. Die Zwillinge hatten die Trunkis durch die Haustür vor das geschlossene Garagentor gerollt, sich darauf gesetzt und ein Kofferrennen auf der abschüssigen Auffahrt veranstaltet. Hannahs Koffer ging als eindeutiger Sieger durchs Ziel – direkt vor den Wagen von Peter McNamarra, dem Einzigen in der Nachbarschaft, der keine Kinder und mithin noch weniger als null Verständnis für die normale Unbill des Aufwachsens hatte.

„Hannah!“, schrie Joleen und eilte mit einem „Entschuldigen Sie bitte“ an die Adresse ihres Nachbarn zu ihrem Kind.

„Sie sollten besser auf Ihre Kinder aufpassen“, sagte der Nachbar durchs Autofenster, setzte zurück und umrundete in einem weiten Bogen Hannah, die auf der Erde lag und brüllte, daneben die gestrandete Hummel und ihr kunterbunter Inhalt, der sich über den Asphalt ergossen hatte.

Joleen verkniff sich ein *Und Sie sollten hier besser nicht langdonnern wie ein Idiot* und wünschte McNamarra noch einen schönen Tag. Sie hockte sich neben Hannah, die sich laut heulend den rechten Arm hielt.

„Hast du dir wehgetan? Komm, lass mal sehen." Hannah hatte sich bei dem Sturz die Haut am Arm abgeschürft, was gewiss ziemlich schmerzhaft war. Sophia, die mit ihrem Koffer weich auf dem Rasen gelandet war, heulte jedoch nicht weniger laut als Hannah.

„Ist ja schon gut, meine Kleine", sagte sie und wiegte ihr Mädchen im Arm. Verdammt, was sollte sie jetzt tun? Die Wunde reinigen konnte sie selbst, aber sie war sich nicht sicher, ob sich Hannah bei dem Sturz nicht auch das Ärmchen gebrochen hatte. Stand der Ellbogen nicht komisch ab?

„Kannst du aufstehen?", fragte sie Hannah, die nicht aufhörte zu brüllen. Also hob sie das Mädchen hoch und trug sie in den schwarzen Chevy, der noch in der Garage stand. Dann sammelte sie die Wäsche in den Trunki. Allerdings schloss das Ding nicht mehr, so dass sie den offenen Koffer auf die Auffahrt tragen musste.

„Was habt ihr euch denn dabei gedacht, ihr wisst doch, dass ihr nicht auf die Straße laufen dürft! Sophia, hör sofort auf zu heulen, Hannah hat sich wehgetan, du nicht!"

„Wir wollten doch gar nicht auf die Straße, Mom", schluchzte Sophia.

„Los jetzt, Sophia, bring deinen Koffer in die Garage. Wir werden Hannahs Koffer nachher umpacken müssen, das Ding ist kaputt. Aber erst mal fahren wir zur Uniklinik. Setz dich dann zu deiner Schwester und schnall dich an!"

Hannah saß auf dem hinteren Sitz und heulte immer noch. *Hör auf zu schreien. Sofort. Bitte!*

„Bleibt im Auto, ich hole nur schnell meine Handtasche", sagte Joleen und eilte durch den Waschraum in die Küche, wo sie ihre Handtasche hingestellt hatte, um noch ein paar Kleinigkeiten für die Reise einzupacken. *Was das wieder kosten wird*, dachte sie, als sie mit zitternden Händen checkte, ob die Kreditkarten in ihrer Geldbörse waren. Man konnte die Zwillinge nicht zwei Sekunden aus den Augen lassen …

Dreieinhalb Stunden später und dreihundertfünfundachtzig Dollar ärmer waren sie wieder zu Hause. Wobei die Rechnung für das Röntgenbild ihr noch zugeschickt werden würde. Das einzig Gute an diesem Morgen war, dass Hannah sich nichts gebrochen hatte. Die Wunde war versorgt, und jetzt war es Sophia, die quengelte, weil Hannah die gesamte Aufmerksamkeit bekommen hatte. Schade, dass man die Zwillinge nicht mit Eiscreme beruhigen konnte. Eiscreme hatten sie mehr als genug im Haus, Robert arbeitete als Marketingchef in einer Eiscremefabrik. Aber gut ist natürlich immer nur das, was man nicht hatte.

Fieberhaft überlegte Joleen, wie sie die Kids besänftigen konnte. Sie hatte keine Lust mehr, irgendetwas in der Küche zu produzieren, was anschließend größere Renovierungsmaßnahmen erforderlich machen würde. Joleen hatte die Geburtstagskuchen für Noah bereits in zwei Kühlboxen verstaut, eine Kühlbox enthielt all den Dekokram, den sie gekauft hatte. Nein, die Geburtstagskuchen ihres Sohnes würde sie jetzt nicht verfüttern, sagte sie sich und schleppte die Kühlboxen in die Garage. Nicht ein Stück. *Sonst kriegt mein Sohn keinen Geburtstagskuchen. Nie mehr, nie mehr. Keinen Geburtstagskuchen.* Joleen blickte auf ihre Hände und sah, dass sie immer noch zitterten.

„Wenn ihr Mom jetzt helft, so schnell wie möglich aufzubrechen, machen wir unterwegs Rast in einem Restaurant." Sie hatte ursprünglich nicht vorgehabt, unterwegs eine Mittagspause zu machen, aber da es inzwischen später Vormittag war, musste sie sich etwas einfallen lassen.

„Au ja, kriegen wir einen Burger?", fragte Sophia. Joleen hasste es, ihre Kinder mit Ungesundem zu füttern, aber ab und zu, wenn sie unterwegs waren, durften sie einen essen. Irgendetwas musste in den Dingern drin sein, was auf Kinder wie ein Aphrodisiakum wirkte. Wo auch immer sie hinkamen, die Kids wollten Burger. „Na gut, aber nur, wenn ihr euch jetzt wirklich beeilt."

Erstaunlich, wie die Aussicht auf die Wattedinger den Aufbruch beschleunigen kann, dachte Joleen, als sie eine halbe Stunde später auf die U2 Richtung Montpelier einbog. Sie nahm das Telefon und rief ihren Mann an, um ihn über die Verzögerung bei der Abfahrt und die unerwartete Geldausgabe zu informieren. Die Krankenkasse würde die Rechnung später bezahlen, aber erst einmal würde die Uniklinik das Geld von ihrer Kreditkarte abbuchen.

„Die zwei bringen mich noch um den Verstand", eröffnete sie das Gespräch. Sie hoffte, dass die Zwillinge nicht merkten, wie ihre Stimme immer noch bebte. Robert würde es am Telefon hören. Bestimmt.

Pullerpause

„Mom, ich muss pullern“, quengelte Sophia kurz vor Montpelier.

„Ich auch!“, rief Hannah, wie nicht anders zu erwarten.

„Ihr wart doch eben zu Hause“, sagte Joleen, „so schlimm kann es ja noch nicht sein.“

„Doch, ich muss ganz dringend, Mom.“

Joleen seufzte. Da sie sowieso tanken wollte, hielt sie nach einer Tankstelle Ausschau. Als sie das große Schild *State Street Gulf* in Montpelier sah, fuhr sie einen kleinen Schlenker. „Bitte, die Damen, fertig machen zum kollektiven Pullern. Wartet noch im Auto, ich will erst tanken, bevor wir drinnen nach einem Schlüssel für die Toilette fragen“, bat Joleen und stieg aus dem Chevy. Nachdem sie ihre Kreditkarte durchgezogen hatte, um den Benzinhahn freizugeben, sah sie, dass die Mädchen gar nicht daran gedacht hatten, im Wagen zu bleiben. „Hey, verdammt, wo seid ihr!“, rief sie, und im nächsten Moment kreischten an der Tanksäule hinter ihr Bremsen.

Joleen hatte den Tankstutzen in der Hand. Panisch ließ sie ihn fallen, während sie sich umdrehte. Ein alter, roter Sebring hatte eine Vollbremsung machen müssen, weil ihre Kinder ihm vor die Motorhaube gelaufen waren. Der ebenfalls betagte Fahrer drohte den Zwillingen mit dem Zeigefinger.

Die Mädchen kicherten und liefen in den Verkaufsraum

der Tankstelle. „Hey, hiergeblieben!“, rief Joleen ihnen hinterher und zu dem Fahrer gewandt: „Bitte entschuldigen Sie, die beiden sind heute nicht zu bändigen!“ Als sie sich wieder umdrehte, sah sie, dass Benzin aus dem Tankstutzen auf die Erde lief, sie hatte offensichtlich in ihrer Panik bereits den Feststellhebel betätigt.

„Scheiße!“ Hektisch versuchte sie, den Tankstutzen von der Erde aufzufischen, was dazu führte, dass sie sich selbst mit Benzin bespritzte. Beim zweiten Versuch konnte sie den Hahn entriegeln, so dass der Benzinfluss gestoppt wurde. Bei dem Geruch von Benzin wurde Joleen sowieso immer leicht schlecht, jetzt war sie kurz davor, sich zu übergeben, was sie ihrer immer noch nicht ganz verklungenen Migräne zuschrieb. Sie hängte den Benzinstutzen wieder in die Säule und ging in den Verkaufsraum, wo ihre Kinder bereits zwischen den Regalen tobten.

„Habe ich euch nicht gesagt, ihr sollt im Auto bleiben?“, rief sie in den Laden. „Irgendwann kommt ihr noch mal unter die Räder. Ihr sollt nach links, rechts und links schauen, bevor ihr über eine Straße lauft.“

„Da war doch gar keine Straße“, sagte Hannah.

„Guckt mal, was ich wegen euch für eine Schweinerei veranstaltet habe.“

Die Mädchen lugten hinter einem mit Süßigkeiten vollgestopften Regal hervor und kicherten.

Was zu viel war, war zu viel. „Ich bringe euch um!“, rief Joleen verzweifelt. „Kommt jetzt, ich muss mich auf der Toilette umziehen.“

Joleen entschuldigte sich bei der Frau hinter dem Tresen für die Schweinerei, wies auf das ausgelaufene Benzin hin und bot an, für die Schadensbeseitigung aufzukommen.

„Ist schon okay, wir haben es gesehen."

Als Joleen nach draußen blickte, sah sie, wie ein Mitarbeiter der Servicestation Sand auf das ausgelaufene Benzin schüttete. „Vielen Dank. Könnte ich den Schlüssel für die Toilette haben?", fragte sie.

Die dicke, schwarze Frau nickte und reichte ihr einen Schlüssel.

„Mom, kriegen wir Schokoladenbonbons?", fragte Hannah und hielt ihrer Mutter eine Tüte Bonbons unter die Nase.

„Die habt ihr nicht verdient. Leg das dahin zurück, wo du es hergenommen hast, Hannah!"

Ein langgezogenes Heulen war die Antwort. Joleen nahm ihre Tochter an die Hand und zog sie hinter das Regal. „Woher hast du das?", fragte sie. „Hör auf, so ein Theater zu machen, hier sind noch andere Menschen außer dir."

Hannah hörte nicht auf zu heulen.

„Sei jetzt endlich ruhig!", schrie sie ihre Tochter an.

Das wirkte. Hanna verstummte, während Joleen ihr die Bonbontüte aus der Hand riss und im Regal verstaute.

„Los jetzt, ab auf die Toilette." Sie nahm beide Mädchen an die Hand.

„Danke schön", rief sie der dicken Schwarzen zu, die genervt mit den Augen rollte. Joleen ging wieder zu ihrem Wagen. „Stehen geblieben", herrschte sie ihre Kinder an und holte eine Tasche aus dem Kofferraum.

Auf der Toilette meinte Hannah, dass sie jetzt nicht mehr müsse. Wollte Hannah sie bestrafen, weil sie ihre Tochter angeschrien hatte? Joleen atmete tief durch. „Wir halten in den nächsten hundert Meilen nicht mehr, also entweder jetzt, oder du musst dir ins Höschen machen.“ Sie setzte ihre Tochter auf eine Toilette.

„Ich kann aber nicht“, sagte Hannah und zeigte auf das leere Toilettenbecken.

Joleen hörte, wie Sophie auf der Nachbartoilette Wasser ließ. *Wenigstens eine*, dachte sie und zupfte im Vorraum ein frisches T-Shirt aus der Tasche. Als sie ihr besudeltes T-Shirt über den Kopf zog, sah sie im Spiegel über dem Waschbecken, dass das Benzin bis zu ihrem BH durchgesickert war. Bei dem Benzingestank direkt vor ihrer Nase rebellierte Joleens Magen. *Was hatten Sie denn mit dem Benzin vor?* Die Kundentoilette drehte sich einmal um Joleen, sie taumelte und musste sich am Waschbecken festhalten, um nicht auf den schmutzigen Fliesenboden zu fallen. *Ruhig, ganz ruhig, es ist gleich vorbei.*

Wieso hatte sie den anderen BH im Koffer verstaut? Kurz entschlossen entledigte sich Joleen des BHs. Dann hielt sie ihren Mund unter den Hahn und schluckte gierig das frische Wasser, um ihren Magen zu besänftigen. Mit den Händen schaufelte sie sich das kühle Nass ins Gesicht und versuchte, mit Seife die Benzinspuren von ihren Brüsten abzuwaschen. Nachdem sie sich mit den kratzigen Papiertüchern trockengewischt hatte, schlüpfte sie in das grüne T-Shirt. Sie überlegte, was sie mit dem besudelten alten T-Shirt und dem stinkenden BH machen sollte und entschied sich, beides im Papierkorb zu entsorgen, da die Sachen sonst entweder das Auto oder ihre Reisetasche vollstinken würden.

„Mädels, macht mir doch das Leben nicht so schwer, kommt jetzt“, forderte sie die Zwillinge auf. Die beiden trotteten verdrossen neben ihr her zum Auto. Diesmal war Joleen schlauer. Sie setzte die Mädchen auf die Rückbank, schnallte sie an und betätigte die Kindersicherung, bevor sie erneut ihre Kreditkarte durch den Slot an der Säule zog, um zu tanken. Die Kindersicherung hatte sie vorhin in der Aufregung ganz offensichtlich vergessen gehabt.

White Mountains

Um die Zwillinge zu unterhalten, legte Joleen eine CD von den Cedarmont Kids ein. Sie sangen laut und entsetzlich falsch mit, die fehlende Musikalität mussten die Mädchen von ihrem Vater geerbt haben, der ihnen oft in Extremlautstärke vorsang. Kräftiges Singen war Joleens Geheimrezept gegen kindliche Übelkeit auf kurvigen Bergstraßen.

Das Lied „Eensy Weensy Spider" war ihr erklärtes Lieblingslied, und als sie Joleen zum neunten Mal baten, es doch noch mal zu spielen, weigerte sie sich kategorisch. Ihr Kopf schmerzte inzwischen so sehr, dass jeder Ton wie ein Schlag auf den Schädel wirkte. Die Mädchen quittierten die CD-Pause mit lautem Gesang – nach dem Motto: Wenn du uns nicht die Cedarmont Kids gibst, musst du eben die Nolen Kids ertragen. Sophia, die hinter ihr saß, stieß mit den kleinen Füßchen im Takt in Joleens Sitz, jeder Tritt ein kleines Erdbeben im Kopf.

„Hör auf, Sophia, das tut mir weh", bat sie ihre Tochter.

Sophia hörte tatsächlich auf, sie ersetzte das Treten durch lautes Klatschen, während Hannah hinter dem Beifahrersitz jetzt den Takt mit den Füßen vorgab. „Eensy Weensy …"

„Bitte, Mädels, hört auf, ich habe schreckliche Kopfschmerzen." *Wie war das mit Ihrer Migräne an diesem Morgen, Joleen? Sie hatten also entsetzliche Kopfschmerzen?*

Mittlerweile waren sie im Bundesstaat New Hampshire angekommen. Joleen fuhr rechts ran und griff in ihre Reisetasche, die neben ihr auf dem Sitz stand.

„Sind wir bald daaa?“, tönte es von den hinteren Plätzen im Chor.

„Nein, wir sind noch lange nicht daaa.“

Joleen hatte am Abend vorher noch den Kinderbuchbestseller „Giraffen können nicht tanzen“ auf die Tablets der Kids geladen.

„Aber mit Kopfhörern, Mädels“, flehte sie die Zwillinge an und stöpselte die Hörer ein.

Nachdem sie die Kinder mit Bildergeschichten versorgt hatte, legte Joleen zwei weitere Migränetabletten nach.

Die nächsten zehn Minuten genoss Joleen die Stille – nur unterbrochen von den Lachern und dem Quieken der Mädchen, die damit die lustige Geschichte der Giraffe Gerald kommentierten, die vom Tanzen träumte.

Bis ein aufgeregtes „Moooommy!“ Joleen aus ihrer fast schon kontemplativen Ruhe riss.

„Was?“

„Guck mal, da!“, rief Hannah aufgeregt und zeigte aus dem Seitenfenster.

Joleen schaute nach rechts. Da gab es nichts zu sehen außer Wald, so weit das Auge reichte. „Wo?“

„Och, jetzt bist du vorbeigefahren“, maulte Hannah.

„Woran denn?“, fragte Joleen.

„Da war ein Tier. Ein ganz gelbes.“

„Aha.“ Was sollte sie darauf auch sonst antworten? Sie musste den Blick auf der Straße behalten, gelbe Tiere im Wald waren eher unwahrscheinlich.

Als sie zu einer weiteren Kurve kamen, rief Hannah wieder ganz aufgeregt: „Da, da, das gelbe Tier, da ist es!"

Joleen schaute nach rechts. Gelbes Tier? Ach so, Hannah meinte das Straßenschild. „Das ist ein Warnschild, Hannah. Es warnt uns davor, dass hier ein Elch auf die Straße laufen könnte. Deshalb soll man langsam fahren."

„Was ist ein Elch, Mom?", fragte Sophia.

„Ein sehr großes Tier, das im Wald lebt. Die männlichen Tiere tragen große, verzweigte Hörner, das nennt man Geweih."

„Sind die schwer, die Hörner?"

„Das Geweih? Das ist ganz bestimmt schwer, die können bis zu zwei Meter breit werden."

„Wieso müssen die das tragen?"

„Um sich zu verteidigen und für Revierkämpfe", sagte Joleen und biss sich nachträglich auf die Zunge.

„Was sind Revierkämpfe?"

Hatte sie es doch gewusst. „Jeder Elch hat ein Revier im Wald, das ist so etwas wie sein Haus. Da wohnt er. Aber Wölfe und Bären machen ihm das Leben schwer, und andere Elche dringen in sein Revier ein. Und er kämpft manchmal auch um seine Frau, die Elchkuh." Joleen schluckte, das promiskuitive Paarungsverhalten von Elchen war nichts, was sie einer Vierjährigen erklären wollte. Die Geschichte von der Giraffe Gerald war offensichtlich nicht spannend genug, um Hannahs Aufmerksamkeit zu fesseln.

„Sind wir bald daaa?", fragte sie.

„Das dauert noch eine Weile", sagte Joleen, froh, das Thema Elche verlassen zu können.

„Ich habe Hunger."

„Möchtest du einen Apfel oder eine Banane?"

„Ich will Burger!"

„Ich auch!" Sophia war ebenfalls aus der Geschichte von der bekloppten Giraffe ausgestiegen, die davon träumte, ein großer Tanzstar zu werden.

„Und ich muss pupu!"

„Ich auch!"

Joleen atmete durch und fuhr auf den nächsten Parkplatz. Okay, eine Pause würde ihnen allen guttun. Allerdings waren die Restaurants hier nicht so dicht gesät wie zu Hause.

„Wann kommt ein Restaurant, Mommy? Ich muss ganz dringend!"

Joleen suchte auf dem iPhone nach Restaurants. „In drei Meilen kommt ein Familienrestaurant", sagte sie und fuhr erleichtert zurück auf die Straße. Die war jetzt im Juli wenig befahren, im späten September, während des Indian Summers, würden die Autos hier Stoßstange an Stoßstange fahren.

„Da ist es!", verkündete sie kurz darauf, als sie das weiße Haus mit dem Schild „Cabin Fever Restaurant" sah.

Joleen fuhr auf den Parkplatz vor dem Holzhaus und ließ die Zwillinge aussteigen.

„Ich muss zuerst!", rief Hannah und wollte vorausstürmen.

„Bleib hier!", rief Joleen und hielt ihre Älteste am T-Shirt fest. „Wir gehen da jetzt gemeinsam rein. Benehmt euch!"

Joleen stand mit den Zwillingen in der Tür und schaute

sich in dem Restaurant um. Der Hüttenzauber, den das Restaurant ausstrahlte, wirkte im Juli ein wenig lächerlich.

„Oh Mommy, guck mal, da ist ein Tier!“, rief Hannah und riss sich los.

„Bleib hier“, ermahnte Joleen vergeblich.

Auch Sophia zog es jetzt zu dem ausgestopften Reh in der Ecke.

„Guck mal, auf dem T-Shirt ist ein Elch.“

„Krieg ich so ein T-Shirt?“

„Ja, Mommy, ich will auch so ein T-Shirt!“

„Ich dachte, ihr müsst auf die Toilette?“

„Bitte, kriegen wir so ein T-Shirt?“

„Nein, ihr müsst nicht alles haben, was ihr seht.“

„Ich will aber ein T-Shirt mit einem Elch.“

„Biiiitttte, Mommy!“

„Ihr wolltet auf die Toilette.“

„Ich muss nicht mehr.“

Eine platinblond gefärbte Kellnerin trat zu ihnen. „Hi, das sind aber mal zwei süße Kinder. Wie heißt ihr denn?“

„Für zwanzig Dollar können Sie die kaufen“, sagte Joleen, die langsam die Geduld verlor.

„Hannah“, sagte ihre Tochter artig, „und das ist Sophia.“

„Na, da habe ich das Richtige für euch. Wollt ihr euch da hinten hinsetzen? Guckt mal, der Tisch ist handgezimmert, und wir haben ein ganz zünftiges Mini-Moose-Menü.“

„Mommy, hier gibt es Elch“, rief Sophia aufgeregt.

„Nein, nein, das heißt nur so, ihr könnt euch aussuchen, ob mit Fisch oder Huhn.“

„Ich will einen Burger!“, sagte Hannah.

„Ich will das Elch-Menü!“

Joleen zog die Kinder zu dem handgezimmerten Tisch und bestellte bei der Bedienung: „Dreimal ungesüßten Eistee bitte und die Karte.“

Nachdem die Kellnerin, nicht ohne ganz entzückt „So süß, ach, ich liebe Zwillinge!“ zu rufen, die Karte gebracht hatte, stellte Joleen fest, dass es wohl gleichgültig war, ob die Kids Burger oder frittierte Chicken Fingers mit Pommes frites aßen, ungesund war alles.

„Wir teilen“, bestimmte Hannah. „Du nimmst Mini-Moose und ich einen Burger. Dann haben wir alles.“ Joleen bestellte bei der Kellnerin das Essen für die Kids und ein Tuna-Sandwich für sich selbst. „Los, Hände waschen, die Damen, und vorher auf die Toilette“, wies sie die Zwillinge an.

Als sie eine halbe Stunde später das Lokal verließen, trugen die Kids T-Shirts mit einem Elch auf der Brust. Allerdings war das weniger eine Belohnungs- als eine Rettungsaktion gewesen, denn beide hatten sich im Restaurant so über die richtige Zerteilung eines Burgers und eines Mini-Moose-Menüs gestritten, dass sie sich zum Schluss gegenseitig mit Ketchup bespritzt hatten. Den Blick der Kellnerin quittierte Joleen mit: „Okay, zehn Dollar für beide. Aber einpacken tue ich sie nicht.“

Melby's Market

Eigentlich hatte Joleen vorgehabt, einen kurzen Stopp bei den Factory Outlets in North Conway einzulegen, schließlich war New Hampshire wegen der niedrigen Steuern ein beliebtes Einkaufsparadies. Aber dafür hatte sie am Morgen zu viel Zeit verloren.

Mittlerweile schien Hannah die Prellung vergessen zu haben, denn sie jammerte nicht mehr, dass ihr der Arm wehtat. Auch Joleens Migräne war nach der Tablettendröhnung im Restaurant besser geworden.

Sie spielten „Ich packe meinen Koffer und lege hinein …", bis ihnen das langweilig wurde, und gingen dann zu „Ich sehe was, was du nicht siehst" über, aber das war bei der kurvenreichen Strecke ganz schön schwierig, weil es außer Bäumen, einem gelegentlich aufblitzenden reißenden Fluss und den gelben Straßenschildern mit dem Elch wenig zu sehen gab.

Als sie die White Mountains hinter sich gelassen hatten, wurde die Strecke weniger kurvenreich. Die Zwillinge hatten sich längst wieder vertragen. Joleen hatte mittlerweile den Verdacht, dass die Ketchup-Schlacht kühle Kalkulation auf ein neues T-Shirt und mithin inszeniert gewesen war. Manchmal fühlte sie sich ihren beiden Jüngsten gegenüber nahezu machtlos, die beiden hielten normalerweise zusammen wie Pech und Schwefel, und somit hieß es immer zwei zu eins.

„Sind wir bald daaaa?“, nervte Hannah zwischendurch immer wieder.

„Nicht mehr lange, vielleicht zwanzig Minuten“, sagte Joleen. Der Himmel in Maine war von jenem klaren Blau, das man so wohl nur außerhalb der Städte oben im Norden finden konnte.

„Mommy, mir ist schlecht“, jammerte Sophia plötzlich. Und kaum hatte sie es ausgesprochen, übergab sie sich auch schon.

„Oh nein, Schätzchen“, sagte Joleen, setzte den Warnblinker und fuhr rechts ran.

„Iiiih, die hat mir auf die Hose gekotzt“, rief Hannah.

Der Supergau, dachte Joleen und öffnete die Autotür, um Sophia aus dem Wagen zu holen. Die Kleine weinte bitterlich und würgte die letzten Reste des Mini-Moose-Menüs garniert mit Burgerstücken heraus.

„Bäh, du Sau“, rief Hannah und kletterte aus dem Auto.

„Du sollst deine Schwester nicht beschimpfen, Hannah, das hätte dir auch passieren können. Das kommt davon, dass eure Augen immer größer sind als eure Mägen.“ Sie setzte die heulende Sophie an den Straßenrand und bat Hannah, neben ihr zu bleiben. Fieberhaft suchte sie in ihrer Handtasche die Haushaltsrolle und die Einweghandtücher, das Desinfektionsgel und eine Flasche Wasser. Damit reinigte sie zuerst Sophia.

„Komm, Hannah, es hilft nichts, du musst deine Hose ausziehen.“

„Hier?“, fragte Hannah entsetzt.

Liebe Güte, wer hatte den Mädchen nur so ein Schamgefühl beigebracht? Das musste wohl angeboren sein.

„Natürlich hier. Ich halte ein Handtuch vor dich, dann kann dich niemand sehen.“ Das konnte auch sonst niemand, denn die Straße war menschenleer.

Hannah zog ihre Hose runter, während Joleen ihr nicht nur das Handtuch, sondern auch eine frische Leggings hinhielt.

In dem Moment fing Sophia erneut an zu würgen. Joleen ließ das Handtuch fallen und bückte sich zu ihrer Jüngsten, um ihr den Kopf zu halten. „Komm, Schätzchen, raus damit, danach geht es dir besser“, sagte sie. Sophia würde sie komplett umziehen müssen, das Elch-T-Shirt, ihre Leggings und sogar ihre Schuhe und Strümpfe waren in Mitleidenschaft gezogen. Joleen öffnete die Autotür und stellte fest, dass auch die Sitze und der Boden hatten dran glauben müssen. Da half nur eine Komplettrenovierung. Sie schaute auf die halbleere Flasche Wasser, eine weitere hatte sie noch in der Kühlbox, aber das würde nicht ausreichen, um die Kids und das Auto halbwegs wiederherzustellen. Also entschied sie sich für eine notdürftige Trockensanierung mit der Haushaltsrolle und einen kleinen Abstecher zur nächsten Tankstelle oder zu einem Drugstore, um Reinigungsmittel zu kaufen und Sophia umzukleiden.

„Bäh, das stinkt vielleicht“, sagte Hannah und weigerte sich, hinten im Chevy Platz zu nehmen.

Sophie hatte immerhin aufgehört zu heulen, sie schnüffelte jetzt nur noch. Joleen schätzte, dass der Brechanfall jetzt vorbei war, schnallte Hannah auf dem Vordersitz an und verfrachtete ihre Jüngste mit ausgestrecktem Arm wieder auf den Rücksitz. Sie musste aufpassen, dass sie sich selbst nicht auch noch kontaminierte.

Das Navi zeigte ihr einen Market in North Waterford an. Sie fuhr mit einem immer noch schnüffelnden und einem schimpfenden Kind, das sich die Nase zuhielt, weg von der 302, irgendwo hinein in die Pampa. Joleen hatte die Fenster heruntergelassen und das Schiebedach geöffnet, um den Gestank im Auto ein wenig zu neutralisieren. Sie konnte nur hoffen, dass die Zwillinge keine Ohrenschmerzen kriegten, und fuhr deshalb langsam.

Endlich kamen sie in den kleinen Ort, der sich auf den ersten Blick nicht wesentlich von den Dörfern in Vermont und New Hampshire unterschied. Weiße Holzhäuser und eine kleine Kirche mit einem spitzen Kirchturm bestimmten wie überall das Bild. Der Markt war ein wunderschöner alter Drugstore.

Drinnen empfing sie der Geruch von frisch gebackenen Blaubeerwaffeln, und seltsamerweise musste Joleen sich beherrschen, sich nicht selbst zu übergeben, obwohl ihr bei ihrer chronischen Migräne normalerweise nie schlecht wurde. Joleen bestellte am Tresen drei ungesüßte Eistee und fragte nach Mülltüten. Dann verschwand sie mit den Zwillingen und ihrer Reisetasche erst einmal auf der Toilette.

Nach einer halben Stunde waren die Mädchen geruchsneutralisiert, Sophia frisch eingekleidet, die vollgespuckten Klamotten im Waschbecken ausgewaschen und in hermetisch zugebundenen Plastiktüten verstaut. Jetzt musste nur noch das Auto gereinigt werden. *Am besten mit einem Hochdruckreiniger*, dachte Joleen. Sie parkte die Kids am Tresen, was zur Folge hatte, dass Hannah und Sophia sofort nach Blaubeerwaffeln schrien, als die dicke Frau sie den Kindern anbot. Wie schnell Kinder doch Übelkeit vergessen konnten, sie würde wahrscheinlich die nächsten acht Stunden nichts essen können.

„Nein“, sagte Joleen, „das verträgt Sophia noch nicht.“

„Ich aber, ich will eine Blaubeerwaffel, Mommy, bitte“, bettelte Hannah.

„Doch, ich vertrage auch eine Blaubeerwaffel“, setzte Sophia nach.

„Was an dem Wort NEIN versteht ihr eigentlich nicht?“, fragte Joleen und ging in die Verkaufsabteilung des Ladens, um Wasser, Wischtücher und Reiniger zu kaufen.

„Die Blaubeerwaffeln sind aber sehr lecker“, sagte die Frau hinter dem Tresen.

„Meine Tochter hat mir gerade das Auto vollgekotzt, es gibt jetzt keine Blaubeerwaffeln. Ich muss erst mal das Auto reinigen. Wie viel kriegen Sie von mir?“

„Ach Gott, die armen Schätzchen. Ich könnte ihnen einen Fencheltee machen.“

„Iiiih, ich will keinen Fencheltee“, rief Hannah. „Ich will jetzt eine Blaubeerwaffel.“

„Du machst mich wahnsinnig, Hannah. Hör auf zu quengeln. Ein warmer Fencheltee würde Sophia bestimmt guttun.“

„Nein, ich will keinen Fencheltee. Der schmeckt nicht. Mommy, ich will auch eine Blaubeerwaffel.“

„Irgendwann schlage ich sie tot“, sagte Joleen zu der netten Frau. Ihr reichte es.

Naples

Es war früher Abend, als sie endlich im Augustus-Bove-Haus in Naples ankamen. Die Kids waren begeistert von dem alten Haus am Ufer des Long Lakes. Vor allem die Treppe hatte es ihnen angetan, das Geländer der Stiege war für sie in Armhöhe, und noch vor Erreichen des Zimmers hatten sie sich rittlings darauf geschwungen und waren mit Indianergeheul wieder hinuntergerutscht. Arlene, die Besitzerin, lächelte nur, sie kannte das wahrscheinlich von ihren kleinen Gästen. Joleen fand es eher schwierig, die steilen Stufen mit dem Gepäck zu erklimmen, dafür wurde sie durch das Zimmer im ersten Stock reichlich entschädigt. Das Schlafzimmer war in Schwarz und Rosé gehalten, Martha Stewart hätte ihre helle Freude an den Tapeten, Vorhängen und Quilts mit den romantischen Rosenmustern gehabt.

Nachdem Joleen ausgepackt hatte, fiel sie auf das Bett und rief erst mal ihren Mann Robert an. „Ob du es glaubst oder nicht, wir sind heil gelandet. Jedenfalls fast." Sie erzählte ihm von den kleinen und größeren Katastrophen am Wegesrand, und jetzt konnte sie sogar schon ein wenig darüber lachen. „Am liebsten würde ich Noah heute noch besuchen", sagte sie schließlich.

„Dann ist aber die Geburtstagsüberraschung weg. Warte doch lieber bis morgen früh", wandte Robert ein.

Natürlich hatte er recht. „Aber ich habe so eine Sehnsucht nach meinem Großen", gab sie zu.

„Küss meinen Stammhalter, und jetzt gib mir mal die kleinen Gaunerinnen, damit ich ihnen eine gute Nacht wünschen kann.“

„Daddy will euch sprechen“, sagte Joleen und reichte das Handy an Hannah weiter, die neben ihr in dem Kingsize-Bett lag. Zum Schluss rief Joleen ihren Sohn Noah im Camp Takajo an, erzählte ihm aber natürlich nicht, dass sie bereits bei ihm um die Ecke schlafen würden. Dafür berichtete Noah, dass ihm ein Zahn ausgefallen war.

„Armes Schätzchen, hat es wehgetan?“

„Nö, nicht so doll“, sagte Noah. Jetzt würde er ganz cool aussehen mit seiner Lücke vorne im Mund, habe Eathan, sein Betreuer, gesagt. Wie gut, dass Noah nicht sehen konnte, wie Joleen eine Träne aus dem Augenwinkel floss. Wie gern hätte sie den kleinen Helden jetzt umarmt. „Dann leg aber unbedingt den Zahn unter dein Kopfkissen, vielleicht kommt ja heute Nacht die Zahnfee.“

„Morgen habe ich auch Geburtstag“, sagte Noah, und Joleen hörte an seiner kieksenden Stimme, dass er bereits ganz aufgeregt war.

Joleen hatte erwartet, dass Noah an fürchterlichem Heimweh leiden würde, aber zu ihrem größten Erstaunen war der Kleine kaum noch zu stoppen, wenn er von seinen täglichen Erlebnissen rund um die Holzhütten am Long Lake erzählte. Das Camp bekam ihm offensichtlich gut, vielleicht war es auch das Zusammensein mit anderen Jungs in seinem Alter. Zu Hause wurde er mitunter von seinen kleinen Schwestern dominiert, die ihren großen Bruder abgöttisch liebten, aber zugleich auch ständig über ihn verfügen wollten.

Joleen war so müde, dass sie am liebsten gleich im Bett geblieben wäre. Es reichte gerade noch für einen Gang zu *Rick's Café* gegenüber, wo sie auf der Terrasse eine riesige Portion Shrimps verzehrten.

Nach einer unruhigen Nacht mit zwei kleinen Wühlmäusen im Bett fühlte sich Joleen trotzdem wie neu geboren. Die Migräne war wie weggeblasen und die Vorfreude auf ihren Sohn so groß, dass sie kurz vor sieben wach war. Die Trennung von ihrem Jungen tat ihr fast körperlich weh.

Die beschmutzte Kleidung der Mädchen, die sie am Abend vorher noch einmal gewaschen hatte, war über Nacht getrocknet. Sie klaubte die Sachen im Bad zusammen und gönnte sich eine ausgiebige lauwarme Dusche. Nach dem Frühstück würden sie noch den Kuchen dekorieren, und dann ginge es ab ins Camp Takajo. Um kurz nach acht stieg sie die Treppe hinunter, während die Mädchen das Rutschen auf dem Treppengeländer bevorzugten. „Aber ohne Indianergeheul", sagte Joleen, „die anderen Gäste schlafen noch." Als sie den Frühstücksraum sah, hätte sie fast laut gelacht.

„Oh guck mal, Mommy, ist das schön!", rief Sophia, und Joleen wunderte sich nicht zum ersten Mal über den in ihren Augen kitschigen Geschmack ihrer Töchter. Der Raum war mit weinrotem Rosenmuster auf Wänden, Tischen, Tellern und Decken dekoriert. An den Tischen saßen bereits einige Sommergäste und ließen sich das Frühstück schmecken.

„Ach, da sind ja die kleinen Schätzchen“, rief Arlene und dirigierte Joleen und die Zwillinge zur ersten langen Tafel im Raum, an der bereits eine Frau und ein Mann saßen. „Das ist Carolyn aus Boston, und das ist mein Mann Dave“, stellte Arlene die Tischnachbarn vor.

Joleen fand es zwar seltsam, dass der Besitzer mit den Gästen frühstückte, aber dadurch konnte sie ein wenig mehr über die Gegend und das Haus erfahren. Carolyn schien ein Gast zu sein und war in etwa in ihrem Alter. Sie stand mit gesenktem Kopf auf und trat an das Büfett. Als sie nach einigen Minuten zurückkehrte, sah Joleen, dass die Frau sich den Teller voll Rührei und Speck geladen hatte. *Kein Wunder*, dachte Joleen, *dass sie so dick ist.*

Joleen erzählte, dass sie ihren Sohn im Camp zu seinem sechsten Geburtstag überraschen wollten, und Dave berichtete, dass auch Carolyns Sohn im Camp war.

„Und wie alt ist Ihr Sohn?“, fragte Joleen an Carolyn gewandt.

Carolyn schien recht maulfaul zu sein, sie presste nur ein „Acht“ hervor.

Frühstücksmuffel, dachte Joleen und sah, wie Carolyns Gabel zitterte. *Aha, Alkoholikerin. Die hat wohl einen schweren Kopf von gestern Abend.*

„Wir müssen noch die Geburtstagskuchen dekorieren. Wir haben mehrere Bleche gebacken, damit es für die ganze Gruppe reicht. Gibt es hier irgendwo einen abwaschbaren Tisch, wo wir die Kuchen verzieren können?“, fragte Joleen Dave.

„Klar, kommt nach dem Frühstück in die Küche, da

könnt ihr so viel dekorieren, wie ihr wollt, Arlene wird euch bestimmt gern helfen."

In dem Moment sprang Carolyn vom Tisch auf. Fast wäre der Stuhl hinter ihr umgekippt, wenn Dave ihn nicht geschickt aufgefangen hätte. Sie murmelte eine undeutliche Entschuldigung, und kurz darauf hörte Joleen, wie sie schnell die Treppe hochrannte.

„Sie kommt seit drei Jahren jedes Jahr hierher und besucht Logan oben im Camp", sagte Dave. „Nette, patente Frau, sie ist ganz allein mit dem Jungen, ihr Mann ist vor zwei Jahren gestorben."

Ach, deshalb, dachte Joleen. Laut sagte sie: „Hier übernachten wohl fast nur Eltern, die ihre Kids im Camp besuchen?"

„Während der Sommerferien ja, aber kommen Sie mal während des Indian Summers, da müssen Sie sich Jahre im Voraus anmelden."

Happy Birthday

Wie freundlich die Menschen hier sind, dachte Joleen, während sie zusammen mit Arlene und Dave den Schokoladenkuchen mit Marzipanstickern, Happy-Birthday-Fähnchen, magischen Kerzen und Glückskäfern verzierten. Arlene und Dave schienen daran genauso viel Freude zu haben wie die Zwillinge, die sich in der geräumigen, alten Küche sofort zu Hause fühlten. Als Joleen nach einem Besen fragte, um die Überreste auf dem Küchenboden zu entfernen, jagte Arlene sie zusammen mit den Kids aus der Küche: „Raus mit euch, hier wird nicht geputzt!"

Sie hatten die Kuchenstücke auf drei große Tabletts gestapelt. „Schalten Sie mal als Erstes die Klimaanlage an, sonst ist der Kuchen geschmolzen, bevor Noah ihn zu Gesicht bekommt", sagte Dave und ließ es sich nicht nehmen, Joleen die Kuchentabletts zum Auto zu bringen. Die Zwillinge, die selbst inzwischen schon wieder aussahen wie Kuchen, hüpften aufgeregt um den Wagen herum, der auf dem kleinen Parkplatz vor dem Augustus-Bove-Haus stand.

„Noah wird Augen machen", sagte Hannah und kletterte auf die Hinterbank.

„Ich bin soooo gespannt", sagte Sophia.

Sie telefonierten jeden Abend mit ihrem Bruder und schauten sich mit Begeisterung die Fotos an, die er ihnen schickte. Auch Joleen war gespannt auf das Camp, Robert hatte es ausgesucht, weil er selbst in seiner Kindheit hier gewesen war. „Das waren die schönsten Sommer meines Lebens“, hatte er geschwärmt. Hier hatte er Tennis gelernt und seine ersten Golfstunden genommen. Natürlich war Joleens Besuch mit den Campeltern abgesprochen, und auch die Betreuer wussten Bescheid, dass Noah zu seinem Geburtstag Besuch bekommen würde.

Als Joleen durch das große Eingangstor fuhr, sah sie die in Holz geschnitzten Worte *Toleranz, Mut, Ehrlichkeit und Loyalität* – die Werte, die das Camp vermitteln wollte. Es kam ihr vor, als wäre sie schon oft hier gewesen. Was nur natürlich war, denn die Eltern konnten sich auf einer Eltern-Website einloggen und mit Livecams ihren Sprösslingen beim Toben zusehen. Wie hatte sie sich erschreckt, als sie hilflos mitansehen musste, wie Noah sich beim Bauen eines Baumhauses fast den Finger abgesägt hätte. Ob sie je begreifen würde, dass sie ihre Kinder nicht vor allem Unheil dieser Welt bewahren konnte?

Sie hielten auf dem Parkplatz vor dem Haupthaus und gingen in das Büro, wo sie bereits von der Campsekretärin Lilly erwartet wurden.

„Ich glaube, wir brauchen Hilfe mit den Kuchentabletts“, sagte Joleen.

„Kein Problem“, sagte Lilly, „das transportieren wir mit einem Golfcart zu der Hütte. Im Moment sind die Jungs draußen am See, wir können also in Ruhe die ganze Hütte dekorieren.“

Kurz darauf platzierten sie die Zwillinge so im Cart, dass sie die Tabletts festhalten konnten. Joleen nahm ihre Tasche mit dem Geburtstagsdekokram und den vielen kleinen Paketen mit den Geschenken für Noah auf den

Schoß, und schon ging es unter uralten, riesigen Nadelbäumen quer durch das Camp.

„Oh, ist das schön hier“, rief Hannah begeistert aus.

„Guck mal, da sind ganz viele kleine Boote auf dem Wasser, das sieht lustig aus“, rief Sophia.

„Ja, da lernen die größeren Jungs Segeln“, erklärte Lilly.

„Und was macht Noah jetzt?“, fragte Hannah.

„Die kleineren Jungs haben jetzt Schwimmen“, erklärte sie, während sie an einem Tennisplatz vorbeifuhren, auf dem Trainerstunden gegeben wurden. Weiter hinten sah man einen Baseballplatz, wo es bereits ordentlich zur Sache ging.

„Noah kann schon schwimmen“, informierte Hannah die Sekretärin.

„Wir auch“, ergänzte Sophia. „Mom, dürfen wir heute auch schwimmen gehen?“

„Hier nicht, Liebling“, sagte Joleen, „hier dürfen nur die Jungs schwimmen, die hier wohnen. Aber wir schwimmen wieder, wenn wir zu Hause sind, okay?“

„Ich will aber auch im See schwimmen!“, sagte Hannah.

Joleen schüttelte energisch den Kopf. Die Zwillinge waren viel zu klein, um in einem natürlichen Gewässer zu schwimmen, sie durften ausschließlich in die Planschbecken von Schwimmbädern. Dank der Webcam wusste Joleen, dass man Kinderschwimmbecken in dem See abgetrennt hatte, um hier den jüngeren Campbewohnern das Schwimmen beizubringen.

„Dürfen wir runter zum See?“, fragte Hannah.

„Später natürlich, erst mal müssen wir Noahs Hütte geburtstagsfein machen.“

Die Hütte hatte neun Betten, acht Jungs und ihr Betreuer Eathan schliefen hier. Joleen war erstaunt, wie ordentlich die Hütte aufgeräumt war, zu Hause sah es in Noahs Zimmer meist aus wie auf einem Schlachtfeld, wenn sie nicht alles hinter ihm herräumte. Zusammen mit Lilly hängten die Zwillinge eine Girlande mit „Happy Birthday" auf, Joleen pustete Ballons auf und drapierte den Kuchen auf dem großen Tisch in der Mitte. Als man von ferne lautes Kinderlachen hörte, meinte Lilly: „Ich glaube, sie kommen!"

Schnell zündete Joleen die Kerzen auf den Kuchenstücken an. Die Zwillinge versteckten sich unter den Betten und Joleen hinter der Tür.

Eathan, der natürlich eingeweiht war, rief von draußen: „Geburtstagskinder haben heute Vortritt", und hielt die Tür auf. Als Noah in der Tür stand, bekam er vor Staunen den Mund nicht zu.

„Überraschung!", riefen die Zwillinge und krabbelten unter den Betten hervor. Sie sangen Happy Birthday – auf Nolen-Art: laut und schrecklich falsch intoniert. Die anderen Jungs aus der Hütte und Eathan fielen ein.

Joleens Hals war wie zugeschnürt, obwohl sie das Handy griffbereit in der Hand hatte, um von der Überraschungsszene Fotos zu machen, konnte sie sich kaum rühren. Als Noah sich umdrehte, sah sie das ungläubige Staunen in seinen Augen, er flog in ihre ausgebreiteten Arme, die sie ganz fest um ihn schlang. „Mom!"

Oh, wie gut ihr Sohn roch, nach frischer Luft und nach Seewasser und nach kleinem Jungen. Sie vergrub das Kinn in seinem mittelblonden Haar. Dabei schaute sie hoch – direkt in die Webcam, die diese Szene in die Wohnzimmer der Eltern übertrug.

„Guck mal, Mom, cool, was?“, war der erste Satz, den er zu ihr sagte.

Sie hob seinen Kopf an und musste zugestehen, sein fehlender Schneidezahn verlieh ihm etwas Verwegenes. „Voll cool“, war alles, was sie herausbrachte. „Wir haben für euch alle Kuchen gebacken!“, sagte sie schnell, schluckte die Tränen hinunter und führte Noah im Arm an den Tisch. „Aber erst musst du die Kerzen ausblasen.“

Es waren natürlich magische Kerzen, die immer wieder von allein aufflammten, so dass ihr Sohn seine Freunde zu Hilfe rufen musste.

„Ihr dürft euch was wünschen, wenn ihr pustet“, sagte Lilly. „Aber nicht verraten, sonst geht es nicht in Erfüllung.“

Dem Herzen so nah

Joleen war in einer merkwürdigen Stimmung. Sie war glücklich, ihren Sohn zu sehen, liebte die Zwillinge, die an ihr herumzuppelten wie junge Hunde. Drei Kinder und alle gesund und munter. *Welch ein Geschenk*, dachte sie.

Aber dann wanderten ihre Gedanken zurück. So wie jedes Jahr im Juli. So wie jede Nacht, wenn sie schlaflos in ihrem Bett lag.

„Dem Auge fern, dem Herzen ewig nah.“ Das hatte der Pfarrer beim Gedenkgottesdienst gesagt.

Er lebte, natürlich lebte er, er lebte in ihr weiter. Sie sah ihn aufwachsen, spielte mit ihm im Sandkasten, sah ihn in den Kindergarten gehen, war bei seiner Einschulung dabei, sie verarztete aufgeschürfte Knie und lernte mit ihm Gedichte auswendig: Joshua. Die Liebe einer Mutter überdauert alles. Sogar den Tod. Im Juli wäre er neun Jahre alt geworden. Im August jährte sich sein Todestag zum neunten Mal. Sie hatte vier Kinder. Nicht drei. Ihr ältester Sohn war immer dabei, unsichtbar, ja, aber nicht für sie.

Niemand in Burlington wusste etwas von Joshua. Er gehörte ihr allein. Niemand sah ihn, wie er durch das Haus tobte, niemand wischte seine Fußtapsen auf dem Fliesenboden fort, wenn er vom Footballspielen heimkam.

Sie liebte ihren Robert über alles, aber er kannte sie

nicht. Für ihn war sie eine unbeschwerte, fröhliche Frau, eine liebevolle Mutter. Die Last, die sie trug, musste sie alleine tragen. Wer heiratete schon eine Kindsmörderin?

Die Zwillinge maulten, weil Noah am zweiten Tag ihres Besuchs unbedingt mit auf Kajakfahrt gehen wollte. Auch Joleen war ein wenig traurig, dass Noah lieber ein Abenteuer mit seinen Kumpels bestehen wollte, als mit seiner Mutter und seinen Schwestern einen tollen Tag zu verbringen. Aber er hatte sich so auf die Kajakfahrt gefreut, da konnte sie ihm den Spaß nicht verderben.

Der Campvater schlug ihr vor, an einer geführten Tour für Eltern durch das Camp teilzunehmen. Er hoffte sicher, dass Noah auch in den kommenden Jahren hier die Sommer verbringen würde, so dass es angeraten schien, die Mutter von der Einzigartigkeit dieses Camps zu überzeugen.

Und so waren sie mehr als zwanzig Personen, die per pedes durch das Camp geführt wurden. Bis Sophia sich plötzlich auf die Erde setzte und anfing zu brüllen.

„Was ist denn, Schatz?“, fragte Joleen und beugte sich zu ihrer Jüngsten hinunter.

Sophia zog eine Sandale aus. Sie hatte sich einen kleinen Stein in ihr zartes Füßchen getreten.

„Nicht so schlimm, das werden wir gleich verarzten.“ Joleen sah sich suchend um. Am Footballfeld, wo gerade ältere Jungen trainierten, gab es eine kleine Tribüne. Sie sagte den anderen Bescheid, nahm Sophia auf den Arm und trug sie zu der untersten Sitzbank am Spielfeldrand. Aus ihrer „Wohntasche“, wie Robert ihre Handtasche zu nennen pflegte, zog sie eine Pinzette, Desinfektionsspray und Pflaster. Sie kniete sich vor ihre immer noch heulende Tochter und versorgte die winzige Wunde, während Hannah auf den niedrigen Stufen der Tribüne Hopsen spielte.

„Pass auf, dass du nicht hinfällst“, rief Joleen ihrer Ältesten zu. Nicht noch eine Verletzte! Sie setzte sich neben Sophia und gab ihr ein Fruchtgummi, den sie für alle Tröstungsbedarfe immer in ihrer Handtasche vorrätig hatte.

Die Jungen auf dem Rasen feuerten einander mit lauten Rufen an. Joleen lächelte. Noch trugen sie keine Helme und keine Knieschützer, sie waren zu jung, um sich ernsthaft zu verletzen. Hier ging es darum, den Kindern die Grundzüge des Spiels beizubringen, ihr Kampfgeist und vor allem der Teamgeist sollten geweckt werden.

Die Jungs waren in dem gleichen Alter wie sie, als sie begonnen hatte, mit ein paar Freundinnen artistische Figuren einzustudieren. Peewee Cheer nannte man die Gruppe der ganz jungen Cheerleader. Sie war die Kleinste und Schmalste ihres Squads gewesen, bei den Figuren stand sie immer oben. Oh, wie sie damals schreien konnten: *Go, team, fight, we want you to win tonight!*

Sie hörte das Stadion toben. „*Go, offense, go! Go, offense, go!*“ Joleen sah Joshua einen Pass werfen, sie rief: „Go, Joshi, go!“

„Mommy, hallo?“ Sophia holte Joleen in die Wirklichkeit zurück.

Peinlich berührt sah sie sich um, sie waren allein auf der Tribüne. Joleen lächelte ihre Tochter an und strich ihr über den Kopf. „Alles gut, Kind, alles gut.“ Sie schaute auf den kleinen Quarterback, der gerade so einen tollen Pass geworfen hatte. Joshua.

Die Welt hörte auf sich zu drehen. Die Vögel verstummten, die Mädchen erstarrten, die Jungs auf dem Footballfeld bewegten sich wie in Zeitlupe. Joshua. Joleen stand auf und ging näher zum Spielfeldrand. Der kleine Quarterback rannte an ihr vorbei und lächelte sie an. Sie sah ihn wie unter einem Vergrößerungsglas, Joleen nahm jeden Gesichtszug des Jungen wahr, erkannte den kleinen Leberfleck links unter seiner Nase, schaute in seine grün-grauen Augen, sah den schwarzen Fleck im rechten Auge, direkt neben der Pupille. Joshua. Das Blut rauschte in ihren Ohren, ihr war schwindelig, sie wollte hinterherlaufen, ihn festhalten, ihn in die Arme schließen, Joshua lebte, sie wusste es, sie hatte es immer gewusst, Joshi war nicht tot, er war nicht gestorben, er war lebendig und spielte Football. Wie sein Vater, so wie sein Vater.

„Mom!“ Hannah war neben sie getreten und hatte ihre Hand genommen.

„Ja?“ Ihre Tochter hatte sie zurückgeholt, aber am liebsten hätte sie geschrien: *Lass mich, lass mich los, ich will jetzt nicht mit dir reden, da ist Joshua, mein Sohn, er lebt, ich will zu Joshi, du störst!*

„Was ist los, Mommy?“

Joleen atmete durch. Es war eine Täuschung. Natürlich war es eine optische Täuschung. Ihre Gedanken hatten ihr einen Streich gespielt. Den ganzen Tag hatte sie an Joshua gedacht. Sie würde noch verrückt werden. Ganz bestimmt.

„Nichts ist, Schätzchen. Schau mal, der Junge, siehst du,

den da?“ Sie zeigte auf den Quarterback. „Der sieht genau aus wie Noah, nur älter.“

Hannah zog an ihrer Hand. „Mhm“, machte sie.

Joleen ging zurück zu der Tribüne und nestelte ihr Smartphone aus der Wohntasche. „Kommt, wir machen Fotos.“ Sie wollte den Jungen wenigstens fotografieren, wollte sein Foto ansehen, wenn sie sicher war, dass ihre Gedanken ihr keinen Streich mehr spielten. Sie fotografierte die Mädchen, das Letzte, was sie jetzt brauchte, waren Zwillinge, die herumerzählten, dass Mommy sich irgendwie komisch aufgeführt hätte.

Und dann stellte sie sich an den Spielfeldrand und machte Fotos vom Spiel. Und von dem kleinen Quarterback.

Der Trainer pfiff ab. Die Jungs rannten zu einem Tisch, auf dem Getränke für sie standen. Joleen ging um das Spielfeld herum und schaffte es, den Quarterback von nahem zu fotografieren. Er trank gierig aus einer Wasserflasche, die er innerhalb von Sekunden leerte. Lärmend zogen die Kinder zu den Kabinen ab. Am liebsten wäre Joleen hinterhergelaufen.

Aber als die Jungen verschwunden waren, ging Joleen zurück zu ihren Mädchen auf die Tribüne. Ihre Knie zitterten, ihr Herz flatterte, ihre Hände waren schweißnass. Sie öffnete ihre Tasche und fand nach einigem Wühlen, was sie suchte: eine der Plastikmülltüten, die sie bei *Melby's* gekauft hatte.

„Kommt, Mädels, wir gehen zurück zum Parkplatz!“ Sie liefen einmal um das Spielfeld herum. Joleen ließ sich hinter die hüpfende Hannah und die humpelnde Sophia zurückfallen und guckte sich um – niemand beobachtete sie.

Robert

„Spreche ich mit Robert Nolen?“, fragte eine offiziell klingende Stimme.

Robert wusste sofort, dass etwas passiert sein musste.

„Wer spricht da?“, fragte er zögerlich.

„Der Sheriff von Carroll County.“

„Ja?“

„Ihre Frau Joleen Nolen hat in den White Mountains bei Hart’s Location einen Unfall gehabt.“

„Wie geht es ihr, wie geht es den Zwillingen?“ Roberts Gedanken rasten genauso wie sein Puls.

„Wir haben Ihre Frau und die Kinder ins Memorial Hospital nach North Conway gebracht. Es wäre gut, wenn Sie sofort herkommen könnten.“

„Sind sie schwer verletzt?“, war alles, was Robert herausbrachte.

„Ja. Sie sollten sofort kommen.“

„Was ist passiert?“

„Ihre Frau ist mit ihrem Auto über einen Abhang am Saco River gefahren. Dabei hat sie sich wohl überschlagen.“

„Wie, gefahren? Ist sie hineingestürzt?“

„Das kann ich so noch nicht sagen. Ihre Frau und die Kinder sind nicht vernehmungsfähig. Wir haben den Wagen geborgen und ihre Familie herausschneiden müssen.“

„Sind sie in Lebensgefahr?“

„Ich bin kein Arzt. Aber an Ihrer Stelle würde ich hierherkommen, so schnell Sie können."

„Geben Sie mir die Adresse und die Telefonnummer von dem Krankenhaus. Ich bin unterwegs."

Natürlich rief er sofort im Krankenhaus an, aber auch dort konnte man ihm keine Auskunft geben, die Untersuchungen und Notoperationen liefen noch.

Bevor er losfuhr, rief er seine Schwiegereltern in Oregon an. Natürlich wusste er, dass ihr Verhältnis zu ihrer Tochter äußerst schlecht war – es gab keines. Ihre Eltern waren nicht einmal zu ihrer Hochzeit gekommen, und auch für ihre Enkel schienen sie sich nicht zu interessieren. Er fand dieses Verhalten befremdlich, aber Joleen hatte ihm erklärt, dass ihr Vater einen Schlaganfall gehabt habe und ihre Eltern nicht mehr so lange Reisen unternehmen konnten. Ihr Vater scheue es, unter Menschen zu gehen, er schäme sich.

Einmal war Joleen mit Noah zu ihnen geflogen, als sein Sohn noch ein Baby war, und vor einem halben Jahr hatte Joleen sie mit Noah und den Zwillingen zusammen besucht. Nach den Besuchen war Joleen immer sehr wortkarg und in sich gekehrt gewesen, und auch die Kinder erzählten nicht gerade begeistert von ihren Großeltern. In Zeiten von Skype und Facebook fand er es gelinde gesagt merkwürdig, dass die Großeltern nicht am Leben ihrer Enkel teilhaben wollten, wenn schon nicht am Leben ihrer einzigen Tochter.

„Sie interessieren sich nur noch für ihre Kirche, das sind ihre Kinder." Joleen verurteilte ihre Eltern nicht, aber er spürte, dass sie durch ihr Verhalten verletzt war.

Und doch war er zutiefst schockiert, als seine Schwiegermutter Patricia die Nachricht vom Unfall ihrer Tochter und ihrer Enkel mit den Worten quittierte: „Das war ja zu erwarten gewesen.“

Robert traute seinen Ohren nicht. Was für ein kaltherziges Biest seine Schwiegermutter doch war. Kein Wort der Nachfrage, wie es ihnen gehe, wie der Unfall passiert war, nichts.

„Sie sind in North Conway, im Memorial Hospital, falls ihr kommen wollt.“

„Wir können hier nicht weg.“

„Ich melde mich und halte euch auf dem Laufenden“, versprach er, bevor er auflegte.

Robert hätte später nicht zu sagen vermocht, wie er heil nach North Conway gekommen war. Alle fünfzig Meilen rief er im Krankenhaus an, obwohl man ihm versprochen hatte, ihn sofort auf dem Handy zu benachrichtigen, wenn es etwas Neues gäbe.

Wie in Trance folgte Robert der verschlungenen Route 302 durch die White Mountains, kaum einmal unterbrochen von der tröstlichen, automatischen Stimme des Navis, denn es ging einfach immer geradeaus. Er sah schon von weitem, wo es passiert sein musste. Da waren zuerst die Polizeiwagen mit den rot und blau blinkenden Lichtern auf den Dächern, die den Verkehr an der schlecht einsehbaren Kurve rund um die Unfallstelle sicherten. Und dann war da dieser Bergungswagen, auf dessen Ladefläche gerade die kläglichen Überreste ihres schwarzen SUVs mit einem Autokran geladen wurden. Aus dem Chevy ergoss sich noch Flusswasser. *Oh mein Gott*, dachte Robert und machte eine Vollbremsung.

„Fahren Sie bitte weiter", sagte ein Polizist und winkte ihn an der Unfallstelle vorbei.

„Das ist mein Auto", wandte Robert ein.

Der Beamte wies ihn an, hinter die provisorische Absperrung der linken Spur zu fahren und hinter dem Feuerwehrwagen zu halten. Es war nur ein Gedanke, der Robert durch den Kopf schoss: *Das kann man nicht überleben.* Der Polizist hatte Robert offensichtlich angekündigt. Ein langer, dünner Mann kam ihm entgegen. „Wir haben telefoniert, ich bin Hank Dawson."

„Wohin bringen Sie den Chevy?", fragte Robert. Er schaffte es, seiner Stimme einen ruhigen, neutralen Ton zu geben. Das Auto war Schrott, es war vorn komplett zusammengeschoben. Zwar hatten sich offensichtlich die Airbags geöffnet, aber die Höhe des Wagens hatte sich durch den Überschlag halbiert und auch die Seite war so stark eingebeult, dass vieles dafür sprach, dass es bei dem Überschlag auch seitliche Hindernisse gegeben haben musste. Einige Metallteile standen wie tödliche Speerspitzen ab. Aber das Schlimmste war das Blut, das auf den weißen Airbagfetzen und dem in der Abendsonne blitzenden Metall zu sehen war. Das Blut seiner Familie.

„Das Auto kommt zur kriminaltechnischen Untersuchung, wir geben Ihnen Bescheid, wenn die Spurensicherung es freigibt", sagte der Sheriff.

„Spurensicherung?"

„Wir müssen den Unfallhergang rekonstruieren."

Ja, das verstand Robert. Den Unfallhergang. Er sah sich um. Auf der Erde waren bereits Kreidestriche eingezeichnet, und er begriff, dass das Auto offensichtlich direkt in der Kurve geradeaus den Abhang hinunter in einen reißenden, kleinen Wasserfall gestürzt war und dabei noch einige Bäume mit in die Tiefe gerissen beziehungsweise gespalten hatte.

Wie konnte so etwas passieren? Joleen war eine sichere Fahrerin. Wenn er ehrlich war, so war sie eine viel vorsichtigere Fahrerin als er selbst. Die Straße war breit, selbst wenn ihr jemand entgegengekommen war und sie gleichzeitig jemanden überholt hatte, gab es keinen Grund, hier vom Weg abzukommen, es gab auf der rechten Seite eine Grasnarbe, bevor sich der Wald über die Straße erhob. Robert kniff die Augen zusammen. Er sah überhaupt nur zwei Möglichkeiten, aus dieser Kurve in den Fluss zu stürzen: Entweder man war direkt und absichtlich hineingefahren, oder aber die Bremsen hatten versagt und die Fahrerin hatte die Kontrolle über das Fahrzeug verloren. Oder war sie vom Weg abgedrängt worden? Er sprach diese Frage laut aus.

„Unwahrscheinlich", murmelte der Sheriff. „Fahren Sie weiter ins Krankenhaus. Ihre Handynummer habe ich ja. Geben Sie mir Bescheid, wo Sie unterkommen."

Robert nickte und stieg wieder in sein Auto. Als er es auf dem Parkplatz vor dem weißen Gebäude abstellte und ausstieg, versagten ihm fast die Knie. Er stürmte in das Krankenhaus und erhielt auch dort keine neuen Auskünfte. „Ach, das ist der Mann von der Frau, die mit den Kindern vom Hubschrauber gebracht wurde." Die Nachricht von seinem Erscheinen verbreitete sich offensichtlich wie ein Lauffeuer durch das Hospital. Er spürte die mitleidigen Blicke des Personals wie Nadelstiche in seinem Rücken.

Noch kämpften die Ärzte um das Leben von Joleen und den Zwillingen. So viel jedenfalls hatte Robert verstanden: Sie lebten noch. Nur wie und wie lange, das vermochte im Moment niemand zu sagen.

Dafür gab es eine Menge Fragen an ihn. Name und Vorname der Kinder, das Alter, die Versicherung. „Und, äh, wenn Sie schon einmal hier sind: Ihre Kreditkarte, bitte. Zu unserer Sicherheit, Sie verstehen.“ Robert verstand, füllte bergeweise Formulare aus und unterschrieb mit seinem guten Namen.

Zu Tode erschöpft ließ er sich in dem öffentlichen Bereich in einen der harten Stühle fallen, stützte den Kopf in die Hände und überlegte, was zu tun war. Seine Knie bebten, und seine Hände zitterten. Speichel floss in seinem Mund zusammen. *So also*, dachte er, *fühlt sich Todesangst an.* „Gibt es hier irgendwo einen Getränkeautomaten?“, fragte er die Schwester hinter dem Tresen.

„Bleiben Sie sitzen, ich bringe Ihnen ein Wasser. Oder lieber einen Kaffee?“

„Egal.“

Diagnose

Robert hatte die Nacht im Krankenhaus verbracht. Aber seine Mädchen waren noch nicht aus der Narkose erwacht, und auch Joleen war nicht bei Bewusstsein. Ein müder Chirurg hatte ihn informiert, dass die nächsten vierundzwanzig Stunden darüber entscheiden würden, ob sie den Unfall überleben würden. „An Ihrer Stelle würde ich mir jetzt ein Hotelzimmer suchen, damit Sie in der Nähe sind, wenn wir Sie brauchen."

Nicht eine Sekunde hatte Robert sich aus dem Krankenhaus wegbewegt, er saß in diesem unpersönlichen, grauen Raum und wartete. Worauf wartete er? Auf ein Lebenszeichen, auf jemanden, der ihm die Angst nehmen konnte, darauf, dass sein Leben so weitergehen könnte wie bisher?

Gegen Morgen kam eine junge Ärztin und bat ihn, mitzukommen. Er erhielt einen Haarschutz, Überzieher für seine Schuhe und einen Kittel. Sie führte ihn in einen Raum, in dem die Betten nur mit Vorhängen abgeteilt waren. Robert war noch nie auf einer Intensivstation gewesen, die Atmosphäre hier machte ihm noch mehr Angst. Die junge Ärztin geleitete ihn zu einem Vorhang. „Sie ist gerade wach geworden", flüsterte sie.

In dem Bett lag ein kleines Bündel Mensch, eingewickelt in weiße Gaze, aus denen zugeschwollene, rotblau umränderte graublaue Augen ihn ängstlich anstarrten.

„Liebling", rief er und wollte sich auf seine Tochter stürzen.

„Vorsichtig!", warnte die Ärztin und zeigte auf einen Stuhl in der Ecke, den er sich zu dem Bett ziehen konnte.

Robert betrachtete die ganzen Geräte, die fiepende und piepsende Geräusche von sich gaben. War es Hannah? Oder Sophia? Er schämte sich, dass er es nicht wusste. „Daddy ist bei dir, mein Schatz", sagte er.

Seine Tochter reagierte nicht.

„Wie geht es ihr?", fragte er die junge Ärztin.

Er bekam die Antwort, die er erwartet hatte: „Den Umständen entsprechend."

„Und meine andere Tochter?", fragte er mit vor Angst weit aufgerissenen Augen.

Die Ärztin lächelte ihn aufmunternd an. „Wird sicher auch bald zu sich kommen."

„Kannst du sprechen, Liebling?" Nichts deutete darauf hin, dass seine Tochter ihn verstanden hatte. Sie blickte ihm direkt in die Augen, aber sie schüttelte weder den Kopf, noch gab sie eine Antwort.

„Kann sie mich nicht hören?", fragte er die Ärztin.

„Es kann sein, dass ihr Gehör von dem Unfall noch in Mitleidenschaft gezogen ist, so genau wissen wir das nicht."

„Wenn du Daddy hören kannst, schließe kurz die Augen, mein Schatz", sagte er zu seiner Kleinen.

Sie starrte ihn weiterhin mit offenen Augen an.

„Sind Sie sicher, dass sie gesehen hat, dass ich hier bin?"

Die Ärztin warf einen Blick auf die Geräte, die sich

rechts neben dem Krankenbett befanden. „Ja, sie hat registriert, dass Sie da sind, ganz bestimmt."

Und dann sprach sie. Wenn auch undeutlich. Aber es war der schönste Satz, den Robert je in seinem Leben gehört hatte: „Wo ist Hannah?"

„Sophia, Schätzchen, hier ist dein Daddy." Robert war erleichtert – seine Tochter war wach und fragte nach ihrer Schwester.

Er sah die Ärztin fragend an.

„Deine Schwester wird bald bei dir sein, wir haben für sie das Bett neben dir reserviert", sagte die Ärztin und zeigte auf den Vorhang links neben Sophias Bett.

„Mommy, wo ist Mommy?"

Robert sah erneut die Ärztin an. Sie schüttelte ganz leicht den Kopf und sagte, es sei jetzt genug, Sophia müsse schlafen.

Robert hätte seine Tochter so gern angefasst, wenigstens ihre Hand genommen. Aber die beiden Ärmchen waren bis zu den Fingerspitzen eingegipst.

„So so, du bist also Sophia", sagte die junge Frau und trug etwas in ein Krankenblatt ein. Dann geleitete sie Robert hinaus.

„Wird sie wieder gesund?", fragte er ängstlich.

„Das wollen wir hoffen. Sie hat mehrere Knochenbrüche, die heilen sicher. Wie das mit ihren inneren Verletzungen aussieht, müssen wir abwarten. Sophia ist vier Stunden lang operiert worden, sie muss sich ausruhen. Morgen können Sie mit dem Chirurgen sprechen."

„Und Hannah, ihre Zwillingsschwester?" Robert hörte selbst die Angst in seiner Stimme vibrieren.

„Hannahs Verletzungen sind komplizierter."

Am liebsten hätte Robert geschrien: *Könnten Sie nicht ein bisschen konkreter sein!*, aber er beherrschte sich. „Inwiefern?"

„Sie hatte eine Blutung im Gehirn, der Hirndruck war so stark angestiegen, dass wir heute Nacht eine Entlastungskraniektomie durchführen mussten."

„Und was zum Teufel ist das?"

„Wenn der Hirndruck so sehr anschwillt wie bei Ihrer Tochter, muss ein Teil der Schädeldecke entfernt werden, um das Gehirn zu entlasten."

„Heißt das, dass meine Tochter einen Gehirnschaden hat?"

„Das wollen wir nicht hoffen."

„Und jetzt? Hat sie ein Loch im Kopf?" Robert musste sich festhalten, um nicht zu taumeln.

„Der Teil der Schädeldecke, den wir entfernen mussten, kann wieder eingesetzt werden."

„Wie schlimm ist es wirklich?"

„Es ist eine ernste Sache. Aber es gibt Aussichten auf Heilung, da wir frühzeitig eingegriffen haben."

„Wo ist Hannah jetzt?"

„Sie liegt noch im Aufwachraum."

„Und meine Frau? Wo ist meine Frau?"

„Ihre Frau liegt auch auf der Wachstation. Neben ihren vielen Verletzungen hat sie ein schweres Schädel-Hirn-Trauma."

„Heißt das, sie liegt im Koma?"

„Ja, sie wird künstlich beatmet, wir kühlen ihre Körpertemperatur herab. Mr Nolen, Sie können hier im Moment nichts tun, bitte suchen Sie sich ein Hotel und schlafen Sie eine Runde, damit wir nicht noch einen Patienten aus der Familie Nolen behandeln müssen. Und sprechen Sie morgen mit dem Chirurgen, der Hannah operiert hat, er wird Ihnen mehr sagen können."

„Könnten Sie schlafen, wenn alle Ihre Lieben mit dem Tod ringen? Denn so ist es doch, oder?"

Die Ärztin schüttelte bedauernd den Kopf. „Es ist viel zu früh für eine Prognose. Ich muss Sie um Geduld bitten."

Er nickte, ja, ja, natürlich. Aber nichts war natürlich. Gar nichts. Seine Welt lag in Scherben. Und jetzt wollte er wissen, ob er sie wieder kitten konnte. Jetzt. Nicht erst morgen oder übermorgen oder nächste Woche. Verstand sie das denn nicht? Robert fühlte, wie ihm der Kaffee hochkam. Schnell entfernte er sich und suchte eine Toilette auf. Im Waschraum spülte er sich kaltes Wasser ins Gesicht. Als er in den Spiegel schaute, bekam er einen Schreck. Er sah aus wie ein Gespenst. Seine graublauen Augen lagen in tiefen Höhlen, seine Wangen waren eingefallen und von blauschwarzen Schatten umgeben. Er brauchte dringend ein wenig Schlaf, etwas zu essen und vor allem eine Rasur. Draußen auf dem Parkplatz holte er sein iPhone hervor und suchte sich eine Bleibe.

Im Hotel

Auf dem Weg zum *Comfort Inn,* wo er das letzte Zimmer bekommen hatte, hielt Robert an einem *Denny's* und bestellte sich ein Frühstück mit Rührei und Tomaten. Dazu trank er Wasser, weil er das Gefühl hatte, keine einzige Tasse Kaffee mehr herunterzubekommen. Er sah, dass mehrere Nachrichten auf dem Handy eingegangen waren, das er auf der Intensivstation hatte ausstellen müssen. Der Sheriff wollte ihn dringend sprechen. Robert fühlte sich von dem langen, hageren Mann regelrecht überfordert und beschloss, später zurückzurufen. Im Moment konnte er keinen klaren Gedanken fassen. Wie ein Mantra betete er innerlich: *Bitte, bitte, lieber Gott, lass alles wieder gut werden*, aber er war sich nicht sicher, ob der liebe Gott ein offenes Ohr für ihn hatte, schließlich besuchte er schon seit Jahren keine Kirche mehr.

Als eine humpelnde Kellnerin ihm sein Frühstück brachte, hatte er Mühe, den mit Butter durchweichten Toast herunterzuschlucken. Robert zwang sich, wenigstens von dem Rührei einige Gabeln voll zu essen, damit sein rebellierender Magen irgendetwas bekam, woran er sich austoben konnte.

Auf dem Parkplatz rief er seinen Chef an und erklärte ihm die Situation. Er werde jetzt sofort seinen Jahresurlaub nehmen müssen, da er im Moment auf keinen Fall aus North Conway wegkonnte. Von der Kreuzfahrt hatte er sich bereits auf dem Hinweg verabschiedet. Natürlich hatte sein Chef Verständnis für seine Situation und sagte: „Mach dir keine Sorgen.“ Aber genau das tat Robert, er machte sich Sorgen. Um seine Frau, seine Kinder, seine Zukunft. Je länger er über die Situation nachdachte, desto panischer wurde er.

In seinem Hotelzimmer stellte er sich unter die heiße Dusche. Halbnass ließ er sich danach auf das Bett fallen. Er musste sich irgendwo einen Rasierer kaufen, bei seiner überstürzten Abreise aus Burlington hatte er nichts mitgenommen, auch keine Wäsche zum Wechseln oder eine Zahnbürste. Egal, dachte er. Er würde jetzt einige Minuten die Augen zumachen und danach entscheiden, was zu tun wäre.

Panisch schlug er die Augen wieder auf. Er musste Noah anrufen, der Junge würde sich Sorgen machen, wenn seine Familie sich nicht meldete. Wahrscheinlich hatte der Kleine die ganze Nacht kein Auge zugemacht, weil niemand aus seiner Familie am Abend zuvor bei ihm angerufen hatte. Was sollte er dem Pimpf sagen? Am besten erst mal gar nichts. Gar nichts? Das ging auch nicht. Noah war nicht mehr ganz klein. Er musste zumindest die weichgespülte Wahrheit hören, beschloss Robert und wählte Noahs Nummer.

„Ey Mann, was geht ab, sind eure Telefone kaputt?“, fragte Noah statt einer Begrüßung.

Robert atmete durch. Wenigstens ein Familienmitglied, das wohlauf war. „Nein, Großer, die Telefone sind nicht kaputt, aber Moms Auto.“

„Wieso das denn?“

„Mommy hatte einen Unfall“, sagte Robert mit rauer Stimme und beeilte sich hinzuzufügen: „Aber deine Mom und deine Schwestern haben ihn überlebt.“

„Haben sie sich wehgetan?“ Das war wohl die typische Frage eines Kindes.

Robert bemühte sich, einen leichten Tonfall anzunehmen. „Ja, wahrscheinlich, mein Schatz. Sie liegen im Krankenhaus, aber es geht ihnen schon viel besser. Ich bin jetzt in North Conway bei ihnen.“

„Gibst du allen ein Küsschen?“, fragte sein Sohn, und Robert musste sich beherrschen nicht loszuheulen.

„Ja, versprochen, das mache ich. Und du, was hast du so gemacht, Großer?“

Wie jeden Tag sprudelte Noah nur so über von Erlebnissen und Eindrücken. Robert schloss die Augen und sah seinen Sohn rumtoben unter uralten Bäumen, Kajak fahren und schwimmen – so wie er selbst, damals in seinen Sommerferien im Camp Takajo. Er war so froh, dass Noah wenigstens für die nächsten Wochen noch gut untergebracht war. Da seinem Sohn noch nie in seinem Leben etwas wirklich Schlimmes zugestoßen war, konnte er sich gar nicht vorstellen, was für eine Katastrophe über seine Familie hereingebrochen war. Dafür war Robert dankbar.

Als Robert drei Stunden später schweißgebadet aufwachte, fühlte er sich noch schrecklicher als vorher. Vom langen Sitzen auf den harten Krankenhausstühlen taten ihm alle Glieder weh, und sein Kopf glich einem Bienenstock. Aber es gab viel zu tun. Er schaute auf das Display seines iPhones, doch außer einem erneuten Anruf des Sheriffs gab es keine Neuigkeiten. Er rief im Krankenhaus an, wo er von Pontius zu Pilatus verbunden wurde. Das Ergebnis war: Seine Frau lag immer noch im Koma, Hannah war immer noch im Aufwachraum und Sophia schlief.

Er rief seine Schwester Amy in Arizona an und informierte sie über die Katastrophe.

„Um Gottes willen, das ist ja furchtbar. Ach, mein armes Bruderherz. Sag Bescheid, wenn wir dir irgendwie helfen können. Ich kann hier leider nicht weg, ich habe keinen einzigen Tag Urlaub mehr. Sonst würde ich mich sofort in den nächsten Flieger stürzen. Aber erzähl bloß Mom nichts von dem Unfall. Es geht ihr so schlecht, dass wir darüber nachdenken sollten, ob wir nicht eine Pflegerin für Dad einstellen müssen. Sie kann einfach nicht mehr. Und du weißt, wie sehr sie die Zwillinge vergöttert."

Das war der Grund, warum Robert seine Eltern bisher nicht angerufen hatte. Das Herz seiner Mutter war einfach zu schwach.

Im Krankenhaus

Auf dem Weg ins Krankenhaus hielt Robert bei einem *Walmart* und deckte sich mit Rasierzeug, Zahnbürste und Zahnpasta ein. Ein paar Unterhosen, T-Shirts, Hemden und eine Jeans landeten ebenfalls in seinem Einkaufskorb. Und Bilderbücher für seine Mädchen. Das sollte für die nächsten Tage erst einmal reichen. *Bis ich weiß, wie es weitergeht*, sagte er sich an der Kasse. Aber wie lange würde es dauern, bis er es wusste? Und würde es überhaupt jemals weitergehen? Es musste. *Ich prüfe die Belastbarkeit einer Brücke, wenn ich davorstehe*, war sein Wahlspruch. Nun denn, er war auf Kampf eingestellt.

Im Krankenhaus erhielt er die Nachricht, dass Hannah nun neben Sophia auf der Intensivstation lag. Seine beiden süßen, kleinen Mädchen. Wie sehr er die Zwillinge liebte …

Bevor er zu ihnen gelassen wurde, sollte er auf den Chirurgen warten, der Hannah operiert hatte. Mit klopfendem Herzen nahm Robert wieder auf einem dieser harten Krankenhausstühle im Flur Platz, auf denen er die vorige Nacht verbracht hatte. Als der Chirurg endlich eintraf, fragte sich Robert, ob jetzt schon Highschool-Schüler operieren dürften.

Der Mann sah so jung aus, dass es wehtat. Er informierte Robert darüber, dass man fast die ganze Nacht um Hannahs Leben gekämpft habe. Zuletzt hatte man ihr einen

Teil der Schädeldecke herausschneiden müssen, da der Hirndruck plötzlich so angeschwollen war, dass sie ohne diese Operation bleibende Schäden davongetragen hätte.

„Und jetzt? Wird sie wieder gesund?“, fragte Robert.

„Sobald sich der Gehirndruck normalisiert hat – das kann allerdings einige Wochen dauern –, werden wir ihr das Stück Schädeldecke wieder einsetzen. In der Zwischenzeit müssen wir ausschließen, dass eine Infektion oder andere Nebenwirkungen auftreten. Wir hatten zunächst nur eine Lumbalpunktion zur Druckentlastung vorgenommen, aber die reichte dann nicht mehr aus. Ich will Ihnen nicht verschweigen, dass fünfundsiebzig Prozent der Patienten unter den Spätfolgen einer solchen Operation leiden. Eine Kraniektomie wird deshalb nur im äußersten Notfall vorgenommen. Allerdings kommt uns das Alter der Patientin entgegen, je jünger der Patient, desto besser sind die Heilungschancen. Und wir haben sehr früh eingegriffen. Das sind die positiven Faktoren.“

„Und wie schließen Sie die Schädeldecke wieder?“, fragte Robert. In seinen Ohren rauschte das Blut.

„Die Knochensubstanz wurde unter Stickstoff eingefroren“, sagte der Chirurg. „Wir werden sie reimplantieren.“

„Kann ich jetzt meine Töchter sehen?“

„Ja, bitte ziehen Sie sich die Schutzkleidung an. Das Infektionsrisiko ist sehr groß.“

„Und meine Frau?“, fragte Robert ängstlich.

„Ihre Frau hat ein schweres Schädel-Hirn-Trauma. Meine Kollegen brauchten sie nicht zu operieren, sie wird aber selbstverständlich rund um die Uhr überwacht. Bei ihr haben die konservativen Maßnahmen bis jetzt wohl gereicht. Sie liegt im Moment im Koma, und das ist gut so, dadurch werden ihre Körperfunktionen entlastet. Wir haben ihre natürlichen Selbstheilungskräfte dadurch unterstützt, dass wir ihre Körpertemperatur herunterkühlen und sie künstlich beatmen."

„Was heißt im Moment? Wird sie wieder zu Bewusstsein kommen?"

„Das hoffen wir."

„Wie lange wird das dauern?" Robert schrie es fast.

„Das wissen wir nicht. Es kann Stunden, Tage, Wochen oder sogar Monate dauern. Manchmal Jahre."

„Und wird sie danach behindert sein?"

„Auch das können wir heute noch nicht sagen. Bitte, Sie müssen Geduld haben, es gibt kein allgemeines Syndrom Schädel-Hirn-Trauma. Der Krankheitsverlauf ist von Patient zu Patient unterschiedlich, und es ist immer eine Frage, welche Seite des Gehirns wie stark in Mitleidenschaft gezogen worden ist. Die Symptome können von einer Sprachbehinderung oder Konzentrationseinschränkung bis hin zu psychischen Problemen reichen. Es ist allerdings auch möglich, dass Ihre Frau sich ganz davon erholt. Das liegt nun in Gottes Hand."

„Kann ich sie sehen?"

„Natürlich."

Als Robert neben dem Bett seiner Frau stand, wäre er fast in Ohnmacht gefallen. Ihre Augen waren geschlossen, aber ihr Gesicht war von Schnitten übersät, die offensichtlich geklebt waren. Sie wurde künstlich beatmet, war in eine Kühldecke und in Eispackungen gewickelt, und die schiere Anzahl der Apparate um sie herum jagte ihm schreckliche Angst ein. Er nahm ihre Hand und streichelte sie.

„Ich lass dich nicht alleine, Jolly, das verspreche ich dir“, sagte er. Er hatte gehört, dass niemand so genau wusste, ob Komapatienten nicht doch etwas von ihrer Umgebung wahrnahmen.

Anschließend machte er sich mit weichen Knien auf den Weg zu seinen Töchtern. Die Schwester führte ihn zu Hannahs Abteil, das jetzt zu Sophias Bett hin offen war. Und das ließ seine Angst zur Panik anschwellen. Während Sophia halb eingegipst offensichtlich schlief, war Hannah umgeben von so vielen Apparaten, dass es fast aussah wie in einem Flugzeugcockpit. Sie hing an Schläuchen, in ihrem Schädel steckten Nadeln, und ihr Kopf war so gebettet, dass das Liegen keinen Druck erzeugte. Unter halb geschlossenen Lidern schaute ihn Hannah an, und er sah, dass sie ihn erkannte. Tapferer, kleiner Soldat. Die Schwester wies ihn an, die Patientin auf keinen Fall anzufassen.

„Hallo, mein Kleines, da bist du ja wieder“, sagte er.

„Daddy“, sagte sie. Es klang so kläglich, dass es ihm das Herz abschnürte.

„Daddy!“ Das war Sophia. Er drehte sich zu ihrem Bett um.

„Wie fühlst du dich, meine Zuckerschnute? Hast du Schmerzen?“

„Ich will zu Mommy!“

„Mommy liegt gegenüber, sie muss genauso wie Hannah an diesen vielen Schläuchen angeschlossen bleiben. Tut dir was weh?“

„Ich weiß nicht", sagte Sophia.

„Hast du schon deine Schwester gesehen?", fragte er und schaute zum Bett ihrer Zwillingsschwester.

„Hannah schläft die meiste Zeit."

„Sie schläft sich gesund, es wäre gut, wenn du auch wieder schlafen könntest."

„Wieso sind wir hier?"

„Ihr hattet einen Unfall. Kannst du dich daran erinnern?"

„Nein. Was für einen Unfall?"

Robert überlegte. Dass Sophia sich nicht erinnern konnte, war wohl eine Gnade. Er hoffte, dass sein kleines Mädchen kein lebenslanges Trauma von diesem Unfall behalten würde. Da war Vergessen die bessere Option.

„Ich bin müde", sagte Sophia und hatte offensichtlich Mühe, die Augen offen zu halten. Wenigstens war sie wieder bei Bewusstsein und schien außer einer Gedächtnislücke und einigen Knochenbrüchen keine größeren Schäden davongetragen zu haben.

Es war bereits spät in der Nacht, als Robert das Krankenhaus verließ, obwohl ihm jede Sekunde schmerzlich bewusst war, dass er hier nicht helfen konnte. Seine Mädchen mussten sich gesundschlafen, es reichte ihm, zwischen ihren Betten zu sitzen und sie dabei anzuschauen. Und vielleicht, ja vielleicht würde Jolly auch bald aus dem Koma aufwachen. Hoffnung.

Hiobsbotschaften

Am nächsten Morgen rief Robert im Büro des Sheriffs an. „War Ihre Frau depressiv?“, fragte Hank Dawson ohne lange Vorrede.

„Nein, ganz und gar nicht, wie kommen Sie darauf?“ Robert schluckte. „Was wollen Sie mit dieser Frage andeuten? Glauben Sie etwa, dass meine Frau Selbstmord begehen wollte? Oder gar unsere Kinder umbringen? Das können Sie vergessen! Joleen ist das lebensbejahendste, fröhlichste Wesen, das mir je begegnet ist.“

„Aha“, war alles, was der Sheriff antwortete. „Ich melde mich wieder. Aber ich brauche den Namen und die Police-Nummer Ihrer Versicherung, wir haben nichts Diesbezügliches bei Ihrer Frau oder im Auto gefunden.“

Was Robert zu seinem nächsten Anruf führte. Natürlich hatte er nicht die Police-Nummer von Joleens Autoversicherung parat. Die lagerte hoffentlich in dem großen, gelben Ordner mit der Aufschrift „Versicherungen“ in Joleens kleiner, krakeliger Handschrift. Aber er hatte Jeffs Telefonnummer in seinem Handy gespeichert.

Mit Jeff hatte er als Junge die Sommer im Camp Takajo verbracht, und sie hatten sich vor zehn Jahren zufällig in einem *Walmart* in Burlington wiedergetroffen, als Robert wegen des Jobs in der Eiscremefabrik gerade nach Vermont gezogen war. Seitdem wickelte Robert alle Versicherungsverträge über seinen alten Freund ab, der sich als

Versicherungsmakler niedergelassen hatte. Robert wurde von Jeffs Sekretärin sofort zu ihm durchgestellt. Er unterbrach Jeffs burschikose Begrüßung: „Es ist etwas Schreckliches passiert."

„Ich höre", sagte Jeff und ließ Robert erzählen, was seiner Frau und den Zwillingen in New Hampshire zugestoßen war.

„Oh Scheiße", sagte Jeff. „Wie kann ich helfen?"

„Ich brauche zunächst die Versicherungsnummer für den Chevy, ich habe keine Ahnung, wo das Ding versichert ist", sagte Robert.

„Du sagst Totalschrott?"

„Hundert Prozent! Aber das ist im Moment nicht wichtig, der Sheriff braucht die Versicherungsnummer."

„Klar, der will die Kosten für die Bergung des Wagens auf die Versicherung abwälzen, ist doch logisch. Ich schicke dir die Nummer als SMS. Kann ich sonst noch was für dich tun? Du brauchst sicher auch die Nummer eurer Haftpflichtversicherung. So wie sich das anhört, sind wohl einige der kostbaren Neu-England-Bäume beschädigt worden, die im Herbst die Touristen anziehen. Die Nummer schicke ich dir natürlich auch. Mach dir keine Sorgen, ihr seid gut versichert", versuchte Jeff Robert zu beruhigen. Doch Robert machte sich Sorgen. Verdammte Sorgen sogar. Aber das hatte nichts mit Jeff zu tun.

Die Frage des Sheriffs nagte an seinen Gedanken wie eine hungrige Ratte. Was hatte seine Schwiegermutter gesagt? *Das war ja zu erwarten gewesen.* Hatte sie das wirklich gesagt, oder hatte er sich das eingebildet? Robert war so unruhig, dass er nach dem Telefonat wie ein Raubtier im

Käfig durch das Hotelzimmer tigerte. Verdammt, er musste sie fragen.

Am liebsten hätte er wieder aufgelegt, als sie sich nach dem sechsten Klingeln mit barscher Stimme meldete. Wie seltsam, dass eine so harsche Frau eine so sanftmütige, liebreizende Tochter haben konnte. „Hier ist Robert."

„Ist sie tot?", fragte seine Schwiegermutter statt einer Begrüßung.

„Nein, sie liegt im Koma. Und die Zwillinge leben, aber Hannah wurde am Kopf operiert, sie ist noch in der Aufwachstation. Sophia hat mehrere Knochenbrüche und innere Verletzungen."

„Wir haben gestern Abend für sie eine Andacht gehalten."

Robert atmete tief durch. Das war wohl ihre Art, mit der Katastrophe umzugehen. Oder war es ihre Art, Liebe zu zeigen?

„Ich habe eine Frage an dich. Hat Joleen jemals unter Depressionen gelitten?"

Am anderen Ende der Leitung war es so still wie auf dem Gipfel des Mount Everest. Robert hörte nur das Rauschen des Blutes, so als pfiffe ihm ein strenger Wind um die Ohren. „Patricia?", fragte er, weil er sich nicht sicher war, ob sie seine Frage gehört hatte.

„Sie hat es also wieder getan."

Das Hotelzimmer drehte sich einmal um Robert, er ließ sich auf den einzigen Stuhl fallen, seine Knie drohten zu versagen.

„Wie bitte?", fragte er ungläubig.

„Ich wusste es doch, sie hat es wieder getan!"

„Was hat sie wieder getan?"

„Man nannte es damals erweiterten Suizid. Wir nennen es Mord.“

„Patricia, du sprichst in Rätseln. Was war damals?“

„Sie hat es dir nicht erzählt? Nein, natürlich nicht, du hättest sie nicht geheiratet, nicht wahr?“

„Was soll sie mir nicht erzählt haben?“

„Sie hat ihr erstes Kind umgebracht. Joshua. Das Baby war sechs Wochen alt, als sie es verbrannt hat. Kann man sich so etwas vorstellen? Ein sechs Wochen altes Baby zu töten? Robert, Joleen ist ein Monster.“

„Moment, Moment, wovon redest du? Doch nicht von Joleen, von deiner Tochter?“

„Oh doch, von deiner wunderbaren Joleen.“

„Also nun mal ganz langsam“, versuchte Robert, Ordnung in das Gespräch und noch mehr in seine Gedanken zu bringen. „Wen soll Joleen wann und wo umgebracht haben?“

„Joleen hatte den Kerl während des Springbreaks kennengelernt. Oben in Pensacola. Und sich ein Kind machen lassen. Da war Joleen achtzehn. Hätten wir ihr doch bloß nie erlaubt, die ersten Semesterferien in Florida zu verbringen. Prompt wurde sie schwanger von diesem Steven. Der hat sie komplett um den Verstand gebracht. Das hat ihr die ganze Zukunft ruiniert. Eine Abtreibung kam selbstverständlich nicht in Frage. Sie ist dann zu ihm nach Cape Coral gezogen, der studierte ja auch noch, außerdem war er Footballspieler. Den interessierte nichts anderes als sein Football. Angeblich wollten sie später heiraten, na ja, dazu kam es dann ja nicht mehr.

Als Joshua geboren wurde, saß sie allein in diesem abbruchreifen Haus, das seine Eltern ihnen zur Verfügung gestellt hatten. Und dann hat sie das Haus angezündet. Wollte sich und das Baby damit wohl in die Luft jagen. Aber Joleen hat wie durch ein Wunder unverletzt überlebt, das Baby ist völlig verbrannt. Sie haben sie in die Psychiatrie gesteckt."

„Willst du mir damit sagen, dass meine Frau eine gefährliche Verrückte ist? Patricia, sie ist deine Tochter!"

„Sie ist nicht mehr unsere Tochter, wir haben uns von ihr losgesagt. Mord und Selbstmord sind eine Todsünde, das weißt du doch, oder?"

„Man kann sich doch nicht von seiner Tochter lossagen", murmelte Robert. Er war viel zu erschüttert, um mit Patricia zu diskutieren. „Wann ist sie aus der Psychiatrie entlassen worden?"

„Nach zwei Jahren. Es ist mir ein Rätsel, wieso sie sie überhaupt haben laufen lassen. So jemanden muss man doch für den Rest ihres Lebens wegschließen!"

Robert lief es kalt den Rücken herunter. „Weißt du noch, wie ihr Freund mit Nachnamen hieß?"

„Ja, Steven Jenkins."

„Doch nicht etwa *der* Steven Jenkins?"

„Ich weiß nicht, was *der* Steven Jenkins ist", antwortete sie.

„Na, der berühmte Footballspieler, der Quarterback, der acht Millionen Dollar im Jahr verdient?"

„Von mir aus kann der verdienen, was er will."

„Danke, Patricia, ich melde mich wieder." Robert saß zusammengesunken in dem Hotelstuhl. Er zitterte am ganzen Körper, und seine Zähne klapperten aufeinander, so als hätte er Schüttelfrost. Joleen hatte ihr Baby angezündet. *Sie ist ein Monster.*

Zweifel

Nein! Nein! Nein! Sie war kein Monster. Doch nicht Joleen. Seine kleine Jolly. Nicht eine Sekunde glaubte er an das, was seine Schwiegermutter ihm da berichtet hatte. Es war ein Unfall. Es musste ein Unfall gewesen sein. Damals. Und heute. Etwas anderes kam nicht in Frage. Robert hatte sich immer etwas auf seine gute Menschenkenntnis eingebildet. Sein Einfühlungsvermögen war mit ein Grund, warum er im Marketing Karriere gemacht hatte. Weil er einfühlsam genug war, sich in die Motive der Menschen hineinzudenken. Aber warum hatte Joleen ihm nichts von ihrer Vergangenheit erzählt?

Wenn er jetzt darüber nachdachte, fiel ihm auf, dass sie manchmal sehr melancholisch, geradezu in sich gekehrt wirkte. Waren das die Momente, in denen sie an ihr erstes Baby dachte?

Nicht ein Mal hatte sie zu erkennen gegeben, dass sie Steven Jenkins näher als nur aus dem Fernsehen kannte. Sie hatte nicht gezuckt, wenn er in Großformat auf dem Bildschirm erschien. Und es waren viele, sehr viele Footballübertragungen, die sie sich gemeinsam angeschaut hatten. Sie hatte ihre Vergangenheit gut vor ihm verborgen.

Oh ja, sie hatte ihm erzählt, dass sie nach Florida gegangen war, um an der Florida Gulf Coast University zu studieren. Weil sie sich in einen Mann aus Cape Coral verliebt hatte. Und um so weit wie möglich von ihren Eltern wegzukommen.

Nach der Trennung war sie in das gemäßigte Klima von Vermont geflohen, weil sie die Hitze in Florida nicht so gut vertragen hatte. In Burlington hatte sie an der Universität Kurse in Biologie und Umwelt belegt und als Sekretärin in einem Autocenter gejobbt.

Als Robert sich für einen Chrysler interessierte, war ihm Joleen über den Weg gelaufen. Robert hatte ihr in die Augen geschaut und gewusst: *Das ist die Frau meines Lebens.* Die Anziehungskraft zwischen ihnen war magisch gewesen.

Noch am selben Abend waren sie zusammen ausgegangen, und knapp zehn Monate später wurde Noah geboren. Da waren sie bereits verheiratet, und Robert hatte in den letzten sieben Jahren nicht einen einzigen Tag bereut, so Hals über Kopf eine Familie gegründet zu haben.

Joleen war alles in seinem Leben: seine wundervolle Geliebte, seine beste Freundin, seine Beraterin und manchmal sogar ein bisschen seine Mutter. Und sie war die Mutter der tollsten Kinder auf der ganzen Welt. Manchmal, wenn Robert morgens in sein Auto stieg und zur Arbeit fuhr, blickte er im Rückspiegel auf sein blaues Haus und sagte sich, dass er ein rundum glücklicher Mann war.

Er konnte sich nicht so getäuscht haben. Das war nicht möglich. Er kannte doch seine Jolly. Wie oft sagten sie beide in der gleichen Sekunde genau das Gleiche? Wie oft hatten sie beide den gleichen Gedanken? Er wusste, worauf sie gerade Lust hatte, noch bevor er nach Hause kam. Genauso, wie sie ihm seine Wünsche oft bereits erfüllte, bevor er sie ausgesprochen hatte. Es gab keine bessere Ehefrau als Joleen. Und keine bessere Mutter. Robert bewunderte Joleen für ihre Geduld mit den Zwillingen, seine Süßen konnten ganz schöne Nervensägen sein. Er betete sie an dafür, wie sie mit seinem Sohn umging. Diese Kinder hatten ein Zuhause voller Vertrauen, Wärme und Geborgenheit. Und das war vor allem Joleens Verdienst. Sie hatte ihr Studium auf Eis gelegt, als sie mit den Zwillingen schwanger war. Da hatte er schon angefangen, die Firmenleiter hochzuklettern. Sie hatten das blaue Holzhaus mit Seeblick gekauft, und wenn sie noch einen Hund gehabt hätten, hätten sie sich für den *American Family Award* bewerben können. Gab es irgendeinen Schatten, der je auf ihr Paradies gefallen war?

Natürlich litt Joleen unter der Kaltherzigkeit ihrer Eltern. Manchmal hatte Robert gedacht, dass er selbst fast mehr von dem abweisenden Verhalten ihrer Eltern betroffen war als sie. Aber es ging ihr offensichtlich am besten, wenn sie überhaupt keinen Kontakt mit ihren Eltern hatte. Die beiden Male, die sie ihre Eltern im Laufe ihrer Ehe besucht hatte, hatten sie zutiefst verletzt. Robert war so empört gewesen, dass sie Mühe gehabt hatte, ihn davon abzuhalten, seiner Schwiegermutter mal die Meinung zu sagen. Seiner Schwiegermutter, die er nur vom Telefon her kannte.

Das jedenfalls war nicht normal. Joleen hatte nie gewollt, dass er ihre Eltern kennenlernte. Natürlich hatte ihn das gewundert, Robert war ein Familienmensch. Seine Eltern waren regelmäßig in Vermont zu Gast gewesen, bevor sein Vater durch einen schweren Schlaganfall ans Bett gefesselt worden war und seine Mutter, obwohl selbst herzkrank, ihn aufopferungsvoll pflegte. Deshalb flogen sie jetzt zu den Feiertagen immer nach Arizona. Die wenigen Telefonate mit Patricia hatten Robert jedoch davon überzeugt, dass sie ohne diese Schwiegereltern glücklicher leben konnten.

Jetzt also hatte Patricia ihm die Begründung geliefert. Diese frommen Menschen konnten ihrer Tochter nicht verzeihen. Aber was verzeihen? Nein, Robert glaubte nicht eine Sekunde, dass Joleen ihr Baby absichtlich verbrannt hatte.

Entschlossen griff er zum Telefon und rief Matt in seiner Kanzlei an. Er musste sich jemandem anvertrauen, und ein Rechtsanwalt war jetzt das einzig Richtige. Matt, ihr Nachbar, war seit zwei Jahren Teilhaber der größten Kanzlei Burlingtons. Matt und seine Frau Amy waren seit vier Jahren mit den Nolens befreundet, man grillte gemeinsam im Garten, und ihre Kinder spielten zusammen.

Robert schilderte Matt, was passiert war und was er von seiner Schwiegermutter erfahren hatte.

„Oh oh“, sagte Matt, der sich schweigend Notizen gemacht hatte. „Was kann ich für euch tun, Robert?“

„Ich will wissen, was damals in Cape Coral wirklich geschehen ist. Kriegst du das raus?“

„Das dürfte nicht so schwer sein. Kannst du mir Joleens Sozialversicherungsnummer geben?“

„Maile ich dir“, sagte Robert. „Und dann kann es sein, dass ich hier deine Hilfe brauche.“

„Das fürchte ich auch, Robert. Aber nun konzentriere

dich auf deine Familie, die brauchen dich. Ich melde mich, sobald ich etwas weiß. Ich drücke euch die Daumen."

Nach dem Telefonat mit Matt fühlte sich Robert nicht besser. Im Gegenteil, Angst stieg in ihm hoch wie Milch im Topf kurz vor dem Siedepunkt. Er fuhr ins Krankenhaus.

Wachdienst

Robert war schon ganz steif vom vielen Sitzen auf den ungemütlichen Krankenhausstühlen. Er bewegte sich kaum weg von den Betten seiner Zwillinge, die beide noch auf der Intensivstation lagen. Robert erfand die wildesten Geschichten, die er ihnen in ihren wenigen wachen Momenten erzählte, vor dem Soundtrack der leise fiependen Maschinen. Er durfte nicht laut sprechen, die Nachbarbetten auf der Intensivstation waren nur durch Vorhänge voneinander getrennt.

Die Mädchen heulten nach ihrer Mommy, und Robert gab sich alle Mühe, ihre Mutter so gut es ging zu ersetzen. Er schwitzte in der Schutzkleidung, aber das war ihm gleichgültig, solange seine Lieblinge am Leben waren. Jede Sekunde mit ihnen war kostbar. Manchmal fragte sich Robert, ob die Narkoseärzte den Kleinen nicht eine Elefantendosis verpasst hatten, denn die meiste Zeit schliefen sie. Wenn beide Mädchen eingeschlafen waren, wechselte er den Raum und ging zu seiner Frau, die immer noch im Koma lag.

Er zog sich den Stuhl zu ihr heran und betrachtete ihre feinen Gesichtszüge. Sah so eine Mörderin aus? Ein Monster? Das fragte sich Robert immer wieder in diesen Tagen, die so unendlich lang erschienen, als ob sie nie würden enden wollen. Sie waren nur unterbrochen von den morgendlichen Visiten.

Bei jeder Visite war er dabei, immer ängstlich bemüht,

auf den Gesichtern der Ärzte ein Anzeichen zu erkennen, dass seine Lieblinge auf dem Weg der Besserung waren. Aber es schien nicht voranzugehen, jedenfalls gab es keine sichtbaren Verbesserungen ihres Zustands. Da alle noch künstlich ernährt wurden, gab es nicht einmal Essenszeiten, die ein wenig Abwechslung in den monotonen Krankenhausalltag brachten.

Fünf Tage nach dem Unfall rief Robert den Sheriff von Carroll County an. Sein Büro war zwar besetzt, aber der Sheriff habe schon Feierabend, beschied man ihm. Ob er vielleicht morgen Vormittag in Ossipee vorbeikommen könnte, es gäbe da noch eine Menge Fragen. Man einigte sich auf zwölf Uhr – Robert wollte auf jeden Fall vorher noch zur Visite ins Krankenhaus. Jeff hatte ihm inzwischen die Policennummer und die Versicherung gemailt. Von Matt gab es noch keine Nachricht.

Robert rief seinen Sohn in Naples an. Der Junge ging zwar nicht an sein Handy, aber darüber machte sich Robert keine Sorgen, er würde ihn später über die Webcam in der Hütte sehen können. Wahrscheinlich saßen die Jungen zusammen am Lagerfeuer und grillten Marshmallows. Wie gern würde er jetzt neben seinem Sohn sitzen, Gitarre spielen und mit den Kindern die alten Pfadfinderlieder singen.

Es war mal wieder Zeit für ein einsames Abendbrot. Bei *Applebee's* bestellte er wie immer die Spareribs und einen Eistee. Aber eigentlich war es egal, was er aß, er hatte nicht mal Hunger und schon gar keinen Appetit. Und so merkte er kaum, was er da herunterschlang. An seinen Jeans sah er, dass er in den letzten Tagen reichlich abgenommen haben musste.

Der Sheriff

„Hier sind die Sachen Ihrer Frau, die wir aus dem Wrack und vom Unfallort geborgen haben“, sagte der Sheriff. „Würden Sie die bitte quittieren?“

„Selbstverständlich“, murmelte Robert und unterschrieb den Empfang von Joleens Gepäck.

„Wir haben den Schaden an Ihre Versicherung gemeldet. Ich will Ihnen aber nicht verhehlen, dass wir den Fall an die Staatsanwaltschaft weitergeleitet haben.“

„Was heißt das?“ Roberts Hals war ganz trocken.

„Wir haben keinerlei Bremsspuren an der Unfallstelle gefunden. Sollte Ihre Frau ins Schleudern geraten sein oder die Kontrolle über den Wagen in der Kurve verloren haben, hätte es Bremsspuren geben müssen. Es sieht so aus, als habe Ihre Frau ihrem Leben und dem Ihrer Kinder ein Ende setzen wollen. So leid es mir tut, aber wir müssen von einem erweiterten Suizidversuch ausgehen.“

„Oder von einem Totalversagen der Bremsen“, sagte Robert.

„Das wäre ebenfalls möglich, allerdings unwahrscheinlich angesichts der Vorgeschichte Ihrer Frau. Bremsen versagen nicht so einfach, und schon gar nicht ohne Vorwarnung. Da leuchtet normalerweise eine Warnlampe auf dem Armaturenbrett auf. Aber diese Klärung liegt jetzt bei der Staatsanwaltschaft, das ist nicht mehr unsere Angelegenheit.“

Robert sah ein, dass es keinen Zweck hatte, mit dem Sheriff zu diskutieren. Die Staatsanwaltschaft war ein anderes Kaliber als dieser Landsheriff, dem es nur darum ging, bald wiedergewählt zu werden. Um die Staatsanwaltschaft würde Matt sich kümmern müssen.

Robert fühlte sich wie nach einem verlorenen Boxkampf. Bereits am frühen Morgen war er im Krankenhaus gewesen, hatte neben dem Bett seiner Frau gesessen, die immer noch im Koma lag, ihre Hand gehalten und ihr versprochen, dass alles, alles wieder gut werden würde.

Seine zwei kleinen Mädchen waren inzwischen auf die Kinderstation verlegt worden. Sie waren zwar schon ein wenig munterer, aber sie schliefen immer noch viel und quengelten, weil sowohl Hannah als auch Sophia aufgrund ihrer Verletzungen ungemütlich lagen und sich kaum bewegen konnten. Er hatte ihnen eine Geschichte erzählt, von einem Pony, das sich verirrt hatte und seine Eltern suchte.

Normalerweise liebten seine Mädchen seine Geschichten. „Daddy, erzähl uns noch eine Geschichte“, damit nervten sie ihn ständig. Aber diesmal konnte er kein Lächeln auf ihre zarten Gesichtszüge zaubern.

„Wann kommt Mommy?“, hatte Sophia mitten in der Geschichte gefragt. Was sollte er ihnen darauf antworten? Er musste sich beherrschen, bei dieser Frage nicht in Tränen auszubrechen, die beiden Kleinen durften nicht erschreckt werden, sie mussten erst einmal selbst über dem Berg sein. Und das waren sie ganz und gar nicht, wie ihm die Assistenzärztin zu verstehen gegeben hatte.

Auf dem Hof des Sheriffbüros setzte er sich in seinen

Wagen und überlegte, was als Nächstes zu tun war. Matt hatte versucht, ihn zu erreichen. Robert fuhr zurück in sein Hotel, für ernste Gespräche brauchte er seine Ruhe. Er legte sich auf das viel zu weiche Hotelbett und wählte die Kanzleinummer seines Nachbarn.

„Robert, gut, dass du zurückrufst. Bist du gerade mit dem Auto unterwegs oder können wir reden?“

„Wenn du wissen willst, ob ich heute noch einen Schock vertrage: Ich liege in meinem Hotelbett. Also, ich höre.“

„Es sieht nicht gut aus. Joleen Nolen, geborene Jones, wurde vom Bezirksgericht von Lee County vor neun Jahren des Mordes an ihrem sechs Wochen alten Sohn Joshua für schuldig befunden, nachdem sie einen erweiterten Suizidversuch gestanden hatte. Sie gab zu, ihr Haus in suizidaler Absicht angezündet zu haben. Der Gutachter attestierte ihr eine schwere postpartale Depression, deshalb wurde Joleen vom Gericht in die geschlossene Psychiatrie eingewiesen. Sie blieb knapp zwei Jahre im Lee Mental Health Center, bevor sie dort mit gewissen Auflagen entlassen wurde. Zum Beispiel musste sie sich bei einer erneuten Schwangerschaft umgehend in psychiatrische Behandlung begeben. Hat sie das getan?“

Robert hatte schweigend zugehört, aber während des gesamten Telefonats nur mit dem Kopf geschüttelt. „Nein, sie war nicht in psychiatrischer Behandlung während ihrer Schwangerschaften und auch nicht danach. Sie brauchte auch keine. Eins jedenfalls ist sicher, mit unseren Kindern hatte sie auch keine postpartalen Depressionen. Joleen hat sich wie verrückt auf Noah gefreut, und man konnte die beiden nach der Geburt gar nicht trennen, so selig war sie über ihren Sohn. Die Zwillinge waren zwar eine ziemlich schwere Geburt, aber Jolly freute sich so sehr auf die Mädchen. Als sie endlich da waren, sie kamen einige Wochen zu früh, war sie die glücklichste Frau der Welt. Ich kann das alles überhaupt nicht glauben, das passt nicht zu der Joleen, die ich kenne."

„Also das mit der postpartalen Depression muss wohl stimmen. Steven Jenkins, der Kindsvater, hat damals vor Gericht ausgesagt, dass seine Freundin schrecklich deprimiert nach der Geburt gewesen sei, weil sie sich in Florida alleine fühlte und niemanden kannte. Er sei kaum zu Hause gewesen, weil er ständig in Trainingscamps war und die ersten Verhandlungen mit den großen Clubs liefen."

„Das waren bestimmt keine optimalen Voraussetzungen für eine junge Mutter. Joleen war damals ja selbst noch ein halbes Kind."

„Ich habe außerdem das Management von Steven Jenkins aufgetrieben und darum gebeten, dass Steven Jenkins dich anruft."

Robert berichtete Matt, was der Sheriff ihm mitgeteilt hatte.

„Aua", sagte Matt. „Jetzt wird es grob. Das fängt mit der Versicherung an. Die werden nicht für den Schaden aufkommen, wenn man Selbstmordabsichten feststellt. Was ist mit deiner Krankenversicherung? Ich hoffe, du hast so etwas."

„Ja, natürlich, ich bin über unseren Betrieb in einer Gruppenversicherung."

„Und beim Abschluss der Krankenversicherung hat

Joleen natürlich nicht angegeben, dass sie psychische Vorerkrankungen hatte?"

„Nein, natürlich nicht. Sonst hätte ich ja davon erfahren!"

„Du hast in einem Fall Glück: Vermont gehört zu den fünf Staaten der USA, in denen die Krankenversicherung auch bei falschen Angaben zahlen muss. Und die Behandlung deiner Süßen dürfte teuer werden."

„Ist das so?" Robert war ein wenig erleichtert, das zu hören. Denn diese Befürchtung hatte er insgeheim bereits gehegt, sich aber jeden Gedanken daran verboten. Der Unfall – und er war sich immer noch sicher, dass es sich um einen solchen gehandelt haben musste –würde ihn sonst ruinieren.

„Matt, ich bin mir hundertprozentig sicher, dass Joleen weder sich noch die Mädchen umbringen wollte. Was heißt hundertprozentig. Tausendprozentig. Die Bremsen müssen versagt haben. Kann man das irgendwie herausbekommen? Ich meine, mit einem eigenen Gutachter, nicht mit dem der Staatsanwaltschaft in Carroll County."

„Natürlich können wir einen externen Gutachter hinzuziehen. Der ist aber teuer. Mit ungewissem Ausgang. Außerdem wird der wahrscheinlich zu dem gleichen Ergebnis kommen wie der Gutachter des Staatsanwalts, wenn er was von seinem Fach versteht. Warte doch erst mal das Gutachten ab."

Als Robert auflegte, hätte er nicht zu sagen vermocht, ob ihn dieses Telefonat erleichtert oder noch mehr belastet hatte.

Er fuhr erneut ins Krankenhaus und setzte sich, als seine Mädchen schliefen, zu Joleen ans Bett. Er hielt ihre

Hand und dachte darüber nach, was Matt ihm mitgeteilt hatte. Joleen hatte zugegeben, sich selbst, ihr Baby und ihr Haus angezündet zu haben, um sich und ihr Kind umzubringen. „Das glaube ich nicht eine Sekunde", flüsterte er und streichelte ihre Hand.

Erinnerungen

„Erzählt mir doch mal von eurer Reise, wie war es denn so, als ihr von zu Hause abgefahren seid?“, fragte Robert seine Kinder am nächsten Tag. Dabei hatte er fast ein schlechtes Gewissen, dass er es überhaupt für nötig befand, die Zwillinge hinter Joleens Rücken auszuhorchen.

„Wir waren mit Hannah in der Notfallklinik“, sagte Sophia.

Ach ja, daran erinnerte sich Robert, er hatte das in der Aufregung ganz vergessen. Es war wohl passiert, kurz nachdem er sich von Joleen verabschiedet hatte. Was hatte sie ihm zugeflüstert? Robert wurde ganz heiß: *Ich liebe dich mehr als alles auf dieser Welt.* Sagte so etwas eine liebende Mutter? Musste eine Mutter nicht ihre Kinder mehr lieben als ihren Mann? War das normal oder war es einfach ihre Art zu sprechen, ohne dass sie es wörtlich meinte? Siedend heiß fiel ihm ein, was sie ihm am Telefon gesagt hatte: *Die zwei bringen mich noch um den Verstand!* Natürlich war das nur so dahingesagt. Kein Wunder, die Zwillinge hatten schließlich ständig Unsinn im Kopf.

„Da war Mommy ganz bestimmt sauer auf euch?“, fragte Robert.

„Sauer war sie erst an der Tankstelle“, sagte Hannah, während sie an die Decke starrte.

„Wieso das denn?“

„Weil sie sich mit Benzin bekleckert hat“, sagte Sophia.

Langsam kehrten die Details des abendlichen Telefonats mit Joleen wieder zurück in sein Bewusstsein. Er hatte wohl nicht so richtig zugehört, als sie ihm von den großen und kleinen Ärgernissen am Wegesrand berichtet hatte, es waren für ihn die ganz normalen, alltäglichen Geschichten gewesen. Die Zwillinge waren aus dem Auto gesprungen und einem anderen Wagen direkt vor die Motorhaube gelaufen. Joleen hatte sich selbst die Schuld daran gegeben, weil sie in der Aufregung um Hannahs Arm vergessen hatte, die Kindersicherung zu betätigen.

„Und dann, was habt ihr während der Fahrt gemacht?"

„Wir haben gesungen. Und gespielt."

„‚Giraffen weinen nicht' geguckt."

„Mommy war also nicht lange böse?"

„Nö."

„Wir haben Moose-T-Shirts geschenkt gekriegt!"

„Und durften Burger essen."

„Den du ausgekotzt hast!"

Arme Joleen, dachte Robert, die Fahrt war wohl eine echt harte Prüfung für sie gewesen.

„Deshalb haben wir keine Blaubeerwaffeln gekriegt, weil du das Auto vollgekotzt hast."

„Äh tät tätätätäh! Alte Petze."

„Selber Petze!"

Ein bisschen war Robert erleichtert, dass dic beiden sich anfingen zu streiten, er wertete es als ein Zeichen der Gesundung. Er dachte an Joleens Gepäck in seinem Wagen und fasste einen Entschluss.

„Und in Naples, wie war es da?"

„Das war ein ganz süßes Haus!", sagte Hannah.

„Das Treppengeländer war toll. Wir sind da immer runtergerutscht."

Robert lächelte. Plötzlich hatte er das alte Haus am Long Lake vor Augen. So wie es war, als seine Eltern dort mit ihm gewesen waren, in den Sommerferien, die er selbst im Camp Takajo verbracht hatte. Auch ihn hatte das niedrige Treppengeländer in dem Flur mit der Blümchentapete fasziniert, und es war immer seine erste Amtshandlung gewesen, sich rittlings auf das Geländer zu schwingen und die steile Treppe hinabzurutschen. Es gab Dinge, die änderten sich nie.

„Wie war es bei Noah?"

„Ich kann mich nicht erinnern", sagte Hannah.

Robert sah sie erstaunt an. „Wie, du kannst dich nicht an den Tag erinnern, als ihr Noah im Camp besucht habt?"

„Nein." Es klang kläglich. Das war offensichtlich eine Folge ihrer Gehirnverletzung. Der Chirurg hatte gesagt, dass die Erinnerung wiederkommen würde.

„Bevor wir ins Camp fuhren, durften wir in der Küche von Arlene die Kuchen schmücken", sagte Sophia, die keine Probleme mit der Erinnerung zu haben schien.

„Das war für Noah wohl eine tolle Überraschung?" Robert hatte über die Webcam zugeschaut, aber das erzählte er natürlich nicht. Er wollte wissen, was danach geschehen war.

„Die Jungs haben vielleicht geguckt."

Mädchen, dachte Robert. „Und was habt ihr dann gemacht?"

„Noah hat uns das Camp gezeigt. Und dann sind wir alle Eis essen gegangen, in *Rick's Café*."

„Und Mommy, die war wohl ganz aufgeregt wegen Noah?"

„Noah mochte es nicht, dass sie ihn gar nicht mehr aus ihren Armen rauslassen wollte. Es war ihm peinlich, weil sie ihn ständig geküsst hat! Vor den anderen Jungs."

Robert lächelte. Er entsann sich genau, wie es ihm selbst gegangen war, als seine Mutter ihn vor aller Augen geküsst hatte. Das war ja der Sinn und Zweck dieser Camps, dass Jungs sich ein wenig abnabelten von Mutters Rockschoß. Ein paar Wochen in der Gesellschaft gleichaltriger Jungs hatte eben genau so einen Effekt. Dabei wusste Robert nur zu gut, wie sehr er sich damals nach seiner Mommy gesehnt hatte, und wenn die anderen Jungs nicht dabei waren, seine Hand sofort die seiner Mutter gesucht hatte. War Joleen etwa deswegen deprimiert?

Robert, rief er sich selbst zur Ordnung, *du bist dabei, Gründe zu sammeln, warum Joleen deprimiert hätte sein können. Du darfst nicht einmal in Erwägung ziehen, dass sie es war.* Er kam sich vor, als ob er darüber nachgedacht hatte, seine Frau mit der Kellnerin zu betrügen.

„Und dann, was habt ihr am nächsten Tag gemacht?", fragte er Sophia.

„Es war Sonntag. Da waren ganz viele Besucher im Camp. Wir haben eine Führung durch das Camp mitgemacht, mit einem Jeep. Und haben bei einem Footballspiel der größeren Jungs zugesehen. Und beim Kajakfahren und beim Tennis. Das war echt toll. Aber auch viel zu heiß. Puh, war das heiß. Mom hat uns versprochen, dass wir auch bald in so ein Camp dürfen."

„Hatte Mommy wieder Kopfschmerzen?", fragte er.

„Nö. Nur auf dem Hinweg."

„Dann muss eure Mutter doch richtig glücklich gewesen sein, nachdem sie den ganzen Tag mit Noah zusammen war. Hat ihr das Camp gefallen?"

„Ja. Es war ganz toll. Das hat sie immer wieder gesagt, wie toll es ist."

„War sie glücklich?"

Sophia schien nachzudenken. „Sie war komisch."

„Wieso, was meinst du?"

„Bei dem Footballspiel, da war sie komisch."

„War sie vielleicht traurig, weil ihr wieder nach Hause fahren musstet? Ohne Noah?"

„Das meine ich nicht."

„Was meinst du dann?"

„Ich weiß nicht. Als das Spiel vorbei war, da ist sie mit uns zu den Jungs gelaufen."

„Und das kam dir komisch vor?"

„Nein. Doch. Ach, ich weiß nicht. Ich bin so müde."

Das Footballspiel. War es die Erinnerung an Steven Jenkins, weshalb Joleen „komisch" gewesen war? Robert konnte kaum mehr einen klaren Gedanken fassen.

Nachdem die Schwester ihm ein Zeichen gab, dass es für heute genug sei, ging er zu seiner Frau. Irrte er sich oder hatte sie die Augen ein wenig weiter geöffnet als am Vormittag? Er fragte das einen jungen Arzt, der ihm auf dem Flur entgegenkam. Der Arzt sagte, das könne gut sein. Was für eine gehaltvolle Aussage.

Joleens Gepäck

Schluss mit dem Unfug, sagte sich Robert, als er am Abend ins Hotel kam. Er würde Beweise dafür finden, dass Joleen ganz und gar nicht depressiv gewesen war. Er brachte das Gepäck, das der Sheriff ihm am Vortag ausgehändigt hatte, hinauf in sein Hotelzimmer. Eine große Reisetasche hatte den Unfall unbeschadet überstanden, wenn man von den tiefen Kratzern in dem braunen Leder absah. Ebenso eine kleinere Nylontasche. Und dann hatte er eine große Tüte quittiert, in der sich die Überreste von einem Trunki befanden, nebst dessen wahrscheinlich im Gelände verstreuten Inhalts. Außerdem hatte Joleens Handtasche den Unfall überstanden. „Deine Wohntasche", pflegte er sie zu hänseln, wenn sie sich das für seine Begriffe überdimensionierte Ding aus schwarzem, geflochtenem Leder über die Schulter warf. Allerdings musste er zugeben, dass Joleen immer alles für alle Notfälle griffbereit hatte, vom Pflaster für aufgeschundene Knie über Nähzeug für geplatzte Reißverschlüsse oder abgerissene Knöpfe bis hin zu einem Schweizer Messer. Er entlud den Inhalt der Tasche auf sein Bett. Wie viele Tampons brauchte man eigentlich unterwegs, frage er sich, als gefühlte fünfzig Tampax herauskullerten. Dazu ein Make-up-Beutel, der jeder Visagistin Ehre gemacht hätte. Farbloser Nagellack. Ach ja, den nahm sie, um Laufmaschen zu fixieren. Und Pillen: Er sah sich die orangefarbenen Apothekerflaschen genauer an. Das waren ihre Migränetabletten, zwei unterschiedliche Sorten, und Diclofenac, ein Mittel gegen Muskel- und Gelenkschmerzen. Aber kein Beruhigungsmittel, keine Antidepressiva. Er fand eine halbleere 1.000er-Flasche Ibuprofentabletten, die sie bei aufsteigender Migräne nahm, und eine mittelgroße Packung Kinderaspirin. Ihr Lieblingsparfüm „Angel". Es roch nach seiner Jolly. Dazu sage und schreibe neun Kugelschreiber mit Softball-Spitze zum Simsen. Wozu brauchte man neun Kugelschreiber? Wahrscheinlich steckte sie sich immer wieder einen neuen ein, wenn sie wegging, weil sie vergessen hatte, dass sie bereits einige in der Handtasche hatte. Drei Notizblöcke. Vier Kinderbücher. Zwei Malhefte. Malstifte. Einige abgebrochen.

Kein Tablet, kein Handy. Tablet und Handy hatten wahrscheinlich im Wagen gelegen, als sie den Unfall hatte. Ebenso gab es in der Handtasche keine Kindertablets. Sie hatte die Mädchen sicher damit beschäftigt. Aber es gab Bonbons verschiedenster Sorten. Eingewickelt. Handdesinfektionsmittel. Desinfektionstücher. Dazwischen – endlich – ihr Portemonnaie. Andere Leute würden so ein Portemonnaie als Handtasche bezeichnen. Er setzte sich auf das Bett und leerte die pralle, rote Lackledertasche aus. In einem durchsichtigen Fach gab es ein Bild von ihm und seinen Kindern, das sie letztes Jahr zu Thanksgiving in Arizona geschossen hatte. Er saß im Schlafanzug auf dem Sofa, die Zwillinge rechts und links neben ihm, und Noah hockte auf seiner Schulter. Er fand das Bild ein wenig peinlich, aber Joleen liebte es und zeigte es wahrscheinlich jedem, der nicht schnell genug weglaufen konnte. Neben den Kreditkarten und dem Bargeld fand er einen dicken Packen Rabattcoupons, die sie aus den Werbeanzeigen der Supermärkte ausgeschnitten hatte. Joleen hatte Freude daran, so preisgünstig wie möglich einzukaufen. In einem Extrafach lagerten die ID-Karten und ihr Führerschein. Und dann: die Kreditkartenbelege. Danach hatte er gesucht. Robert stopfte alles zurück in die Handtasche und legte die Kreditkartenbelege auf den kleinen Schreibtisch vor dem Bett. Er sortierte sie nach Datum. Da war die Tankquittung. Und hier die Essensrechnung. Darauf standen auch drei T-Shirts. Eine Rechnung von einem Market in Waterford. Na also, damit konnte er etwas anfangen.

Robert fasste einen Entschluss. Er würde morgen nach Naples fahren und seinem Sohn und dem Augustus-Bove-Haus einen Besuch abstatten. Und anschließend würde er die Fahrt von Joleen durch die White Mountains nachvollziehen. Einen Abstecher in Burlington machen. Dort seine Sachen zusammenpacken. Die Kreuzfahrt stornieren. Robert war inzwischen klar geworden, dass er mit einem sehr langen Aufenthalt in North Conway rechnen musste. Seine Mädchen waren nicht transportfähig. Er konnte die Nacht über in seinem Haus bleiben, eventuell mit Matt persönlich sprechen. Und mit Jeff.

Warum eigentlich rief ihn dieser Steven Jenkins nicht zurück? Wahrscheinlich war der so eingebildet, dass er mit Normalsterblichen nicht mehr verkehrte.

Auf Joleens Spuren

Robert stand bereits bei Sonnenaufgang auf. Nach einem Frühstück aus Zellophanverpackungen und einem Plastikbecher mit Kaffee fuhr er ins Krankenhaus. Dort hielt er Joleens Hand und erzählte ihr von seinem Vorhaben. Vielleicht hörte sie es ja, vielleicht machte es ihr Mut, schnell wieder ins Leben zurückzufinden. Er hatte den Eindruck, dass ihre Augen weiter geöffnet waren als in den Tagen vorher. „Ich glaube an dich, Jolly“, flüsterte er.

Sophia quengelte, dass sie nicht mehr liegen könne. Hannah schlief und ließ sich nicht wecken. „Hannah hat Fieber, hat die Schwester gesagt.“

Oje, das war nicht gut. Er musste mit der Schwester sprechen. „Ich werde erst morgen wieder bei euch sein können“, sagte Robert zu Sophia. „Ich will kurz zu Noah ins Camp fahren, und dann muss ich mal nach Hause, ein paar Sachen holen. Soll ich dir etwas mitbringen?“

„Wo ist Winky?“, fragte Sophia. Winky war ihr geliebter Knuddelbär, den sie normalerweise nie aus der Hand gab. Eigentlich war Winky natürlich ein Stinky, denn Sophia hatte sich schon einmal über dem abgeknuddelten Stofftier übergeben, das sich allen Wasch- und Reinigungsaktionen tapfer widersetzte, aber sie wollte auf keinen Fall ein neues. Wahrscheinlich war der Bär entweder noch im Wagen oder lag auf dem steilen Abhang oder aber er war in der Tüte mit den Marienkäferkofferrudimenten. Warum hatte er nicht nachgeschaut? Er versprach seiner Tochter, nach Winky zu suchen und, wenn es irgend möglich war, den geliebten Bären ins Krankenhaus zu schaffen. Allerdings fragte er sich, ob das eine gute Idee war, denn was auch immer mit Hannahs Bär Balloo passiert war, die Hygienevorschriften geboten strikte Knuddelabstinenz. Und wenn Sophie ihren Plüschbären hatte und Hannah nicht – lieber nicht drüber nachdenken.

Als er eine Schwester auf Hannahs Fieber ansprach, versprach diese, einen Arzt zu rufen. Robert brach der Schweiß aus. Musste er sich schon wieder mit so einem schnöseligen Jungmediziner abgeben? Zu seiner Erleichterung kam zwanzig Minuten später die nette junge Assistenzärztin, die er schon kannte.

„Was hat das zu bedeuten, dass meine Tochter Fieber hat?“, fragte er ohne weitere Freundlichkeitsfloskeln.

„Nichts Gutes“, sagte die junge Frau. „Das Fieber ist recht hoch und weist auf eine Infektion hin.“

„Ist das gefährlich?“

„Wenn wir nichts dagegen tun, kann das gefährlich werden, natürlich. Aber wir haben ihr jetzt erst einmal Antibiotika und fiebersenkende Mittel gegeben, wir müssen abwarten, ob sie wirken.“

„Woher kommt so eine Infektion, ich meine, sie liegt da ja ziemlich isoliert.“

„Krankenhauskeime kann man nicht hundertprozentig isolieren. Vielleicht hat sie sich auch erkältet. Wir müssen abwarten, machen Sie sich jetzt erst mal keine Sorgen.“

Wie Robert diesen Satz inzwischen hasste. Wie sollte

man sich erst mal keine Sorgen machen? Sollte er sich später Sorgen machen?

„Ich wollte heute kurz nach Vermont fahren, um einige Sachen zu holen. Soll ich lieber hierbleiben?“, fragte er.

„Nein, aber hinterlassen Sie bitte Ihre Telefonnummer, damit wir Sie im Notfall erreichen können.“

Wie beruhigend, dachte Robert und bedankte sich bei der Ärztin, für die solche Gespräche sicher auch nicht einfach waren.

Mit gemischten Gefühlen verließ Robert das Krankenhaus. Obwohl es nur knapp vierzig Meilen waren, dauerte es mehr als eine Stunde, bis endlich das Augustus-Bove-Haus am Long Lake in Sicht kam. Er parkte seinen Kia auf dem kleinen Parkplatz vor dem Souvenirgeschäft. Natürlich würden die Wirtsleute sich nicht mehr an ihn erinnern, wenn es denn überhaupt dieselben waren, die das Haus geführt hatten, als er als Junge hierhergekommen war. Er ging in den kleinen Geschenkeshop und fragte nach den Wirtsleuten. Eine beleibte, sympathisch aussehende Frau sagte, sie sei Arlene. Robert stellte sich vor und erzählte, dass er bereits als Junge mit seinen Eltern hier gewohnt habe.

„Wann war das?“

„Das muss jetzt fast neunundzwanzig Jahre her sein, als ich das erste Mal hier war.“

„Ach wie schön, dann waren Ihre Eltern mit unsere ersten Gäste. Wir haben das Haus seit genau neunundzwanzig Jahren. Kommen Sie rein, lassen Sie uns eine selbstgemachte Limonade auf der Veranda trinken. Wollen Sie Fotos sehen von damals?“

Die Freundlichkeit der Frau rührte Robert. „Ich habe ganz wenig Zeit, ich will schnell zu meinem Sohn ins Camp Takajo. Aber mir geht es noch um etwas anderes. Meine Frau und meine Zwillingstöchter sind hier vor kurzem zu Gast gewesen." Er zeigte Arlene ein Foto von seiner Familie, das er immer bei sich trug.

„Ach, die beiden Süßen, ja, die waren vor einigen Tagen hier. Wieso fragen Sie?"

„Meine Frau hatte auf der Rückfahrt einen schrecklichen Unfall, sie liegt im Koma, und meine beiden Mädchen sind ebenfalls schwer verletzt."

„Oh Gott! Ja, ich habe gehört, dass es einen Unfall gegeben hat. Das waren also unsere Gäste." Arlene war blass geworden. „Das ist ja furchtbar, kann ich etwas für Sie tun?"

„Ja, ich möchte wissen, wie sie waren. Ich meine, hatten Sie den Eindruck, dass meine Frau depressiv war?"

„Depressiv? Ich weiß nicht. Eher überfordert. Die beiden Wirbelwinde haben ihr ganz schön zu schaffen gemacht. Sie haben meine Küche in einen Zuckerguss- und Marzipanfriedhof verwandelt, aber mir macht das nichts, wissen Sie, ich liebe Kinder. Ihrer Frau war das unangenehm. Das Auto musste sie auch einer Großreinigungsaktion unterziehen, na, Sie wissen schon, Kindermägen und Bergstraßen sind nicht so richtig kompatibel. Dave hat ihr mit dem Gartenschlauch geholfen. Sie hat dann den Wagen zwei Tage lang offen stehen lassen, damit der Geruch rauszog. Und am Morgen, als sie abgereist sind, da schien sie mir, wie soll ich sagen, in sich gekehrt. Ja, als wäre sie beim Frühstück gar nicht bei der Sache gewesen. Sie müssen wissen, wir frühstücken mit unseren Gästen gemeinsam.“

„Danke“, sagte Robert, „Sie haben mir weitergeholfen.“ Dabei dachte er genau das Gegenteil. „Darf ich Sie noch mal anrufen, falls ich eine Frage habe?“

„Selbstverständlich, meine ersten kleinen Gäste gehören ja sozusagen zur Familie. Das muss ich Dave erzählen, dass ich einen Gast der ersten Stunde wiedergetroffen habe. Ich hoffe, dass Ihre Familie wieder gesund wird.“

„Das hoffe ich auch“, sagte Robert und verabschiedete sich. Er fuhr die kurze Strecke zum Camp Takajo, wo er am Vorabend seinen Besuch angekündigt hatte. Vor knapp einem Monat, als er Noah hierhergebracht hatte, war seine Welt noch in Ordnung gewesen. Camp Takajo hatte ihn empfangen wie einen guten, alten Freund.

Lilly brachte ihn zum Tenniscenter, wo Noah mit einer Ballmaschine trainierte. Als er seinen Vater sah, ließ er den Schläger mitten auf dem Court fallen und rannte zu ihm.

„Was geht ab, alles okay?“, fragte er.

Robert hörte sehr wohl, wie unterschwellig ängstlich das klang. Er hatte nicht daran gedacht, dass Noah vielleicht einen Schreck kriegen könnte, wenn er unerwartet auftauchte.

„Alles wie gehabt, ich komme gerade von unseren Frauen, sie lassen dich grüßen“, beeilte er sich zu sagen.

Noah nahm seinen Vater in Schlepptau. „Ich muss dir unbedingt unsere Hütte zeigen!“ Die kannte Robert natürlich, fast jeden Tag hatte er sich in die diversen Webcams eingeloggt, um bei den ersten Campferien seines Sohnes dabei zu sein. Damals, als er hier seine Ferien verbracht hatte, gab es so etwas wie eine Livecam noch nicht.

Als sie in der Hütte auf Noahs ordentlich gemachtem Bett saßen, fragte er seinen Sohn: „Sag mal, war Mommy wie immer, als sie dich besucht hat?“

„Ja, schrecklich.“

Typisch Noah. „Was meinst du damit?“

„Na, du kennst doch Mommy. Sie will immer küssen.“

Robert lächelte. „Das haben Mommys so an sich. Was habt ihr unternommen?“

„Am ersten Tag habe ich ihr das Camp gezeigt, und anschließend sind wir ausgegangen, zu *Rick's Café*, Eis essen. Und am zweiten Tag haben sie diese Tour für Eltern mitgemacht, da durften sie dann überall gucken, auch bei den älteren Jungs. Und sie haben sich ein Footballspiel angesehen, glaube ich.“

„Du warst nicht dabei?“

„Nö, da wollte ich nicht mit, kenn ich doch alles, bin lieber Kajakfahren gewesen. Das war voll geil.“

„War Mom da nicht traurig?“

„Wieso traurig?“

„Weil du lieber mit den Kumpels was machen wolltest als mit ihr?“

„Keine Ahnung.“

„Und nach dem Footballspiel, wart ihr da noch mal zusammen aus?“

„Ja, wir waren essen in diesem Restaurant oben am Wasser. Mommy hat einen Hummer gegessen. Voll eklig.“

„Und da war sie auch wie immer?“

„Weiß nicht.“

„Was heißt das?“

„Sie hat mich immer so komisch angeguckt.“

„Also doch traurig, dass sie dich allein zurücklassen musste?“

„Kann sein. Hast du schon meine Zahnlücke gesehen?“

Natürlich hatte er, aber er wollte ihm nicht den Spaß verderben. „Lächle mal“, sagte er. „Cool!“

Er nahm seinen Sohn nach Absprache mit Eathan noch mit in *Rick's Café*, wo sie sich ein gemeinsames Mittagessen gönnten. Dann brachte er Noah zurück ins Camp und machte sich auf den Weg nach Burlington.

Joleen hatte offensichtlich einen Abstecher nach Waterford unternommen. Es war das erste Ziel auf seiner Liste, die er auf der Grundlage der Kreditkartenbelege zusammengestellt hatte. *Melby's Market* war leicht zu finden. Ein wunderbarer Duft von frisch gebackenen Waffeln empfing ihn. *Diesen Laden sollte man unter Denkmalschutz stellen*, dachte er, als er am Tresen rechts von der Verkaufsabteilung Platz nahm. Eine dicke Frau mit einer weißen Schürze fragte ihn, was sie für ihn tun könne.

„Das, wonach es hier so köstlich riecht“, sagte er.

„Blaubeerwaffeln“, schlug sie augenzwinkernd vor. „Unsere Spezialität.“

„Dann Blaubeerwaffeln und Kaffee.“

Als sie ihm den Kaffee brachte, zeigte er ihr das Foto.

„Ach ja, die Kinder, die keinen Fencheltee wollten“, sagte sie lächelnd. „Die haben ihrer Mutter das Leben echt schwer gemacht.“ Sie drehte sich um und goss Teig in das Waffeleisen. „Wieso fragen Sie?“

„Meine Frau und die Kinder hatten einen Unfall. Da meine Frau im Koma liegt, versuche ich, ihre letzten Tage zu rekonstruieren."

„Wie entsetzlich. Das tut mir leid. Die Mädchen waren wirklich niedlich. Aber sie haben die Mutter genervt. Die arme Frau war schon blass wie die Wand. ‚Irgendwann schlage ich sie tot', hat sie mir an der Kasse zugezischt."

Robert nickte. Er schlang die köstliche Blaubeerwaffel herunter, ohne sie genießen zu können. Seine Gedanken drehten sich wie ein Jahrmarktskarussell. Er bezahlte und machte sich auf den Weg zum *Cabin Fever Restaurant*.

Die Blaubeerwaffel lag ihm wie ein Stein im Magen, noch etwas würde er nicht hinunterbekommen können. Im *Cabin Fever* bestellte er bei einer weißblond gefärbten Kellnerin deshalb nur eine Cola, bevor er ihr ebenfalls das Foto zeigte.

„Ach, die Frau, die mir ihre Zwillinge für zehn Dollar verkaufen wollte. Aber ohne Verpackung, hat sie gesagt."

Du lieber Himmel, Robert schluckte. War es möglich, dass er sich so in Joleen getäuscht hatte? Natürlich nervten die Mädchen manchmal, aber die Erinnerungen von Fremden an seine Frau schockierten ihn.

Auch bei der letzten Station seiner Reise auf der Tankstelle in Montpelier konnte man seine Befürchtungen nicht zerstreuen.

„Die Frau war total durch den Wind", erinnerte sich die dicke, schwarze Frau hinter dem Kassentresen. „‚Ich bringe euch um', hat sie ihre Kinder angeschrien."

Robert fühlte sich, als ob er unter den Fleischklopfer gekommen sei. Das war doch nicht möglich, war er so blind gewesen? War es denkbar, dass Joleen mit den Kindern tatsächlich total überfordert war? So wie es sich anhörte, war sie nicht die liebende, fürsorgliche Mutter, als die er sie immer sah, sondern eine Frau, die sich durch ihre Kinder gestört fühlte. Waren das Anzeichen für eine Depression? Quatsch. *Robert, krieg dich wieder ein*, rief er sich zur Ordnung. *Du weißt doch, dass sie manchmal ein wenig flapsig ist. Das ist ein Teil ihres Charmes*, sagte er sich. Aber er konnte nichts dagegen tun, der Zweifel nagte an ihm wie eine hungrige Ratte. *Wenn ich so weitermache, drehe ich durch.*

Daheim

Das blaue Holzhaus sah verlassen aus. Er parkte seinen Wagen vor der Garage und schaute nach der Post. Der Briefkasten schien überzuquellen. Er musste daran denken, Matt den Briefkastenschlüssel zu geben. Unterbewusst registrierte er, dass der Rasen dringend gemäht werden musste. Es war ihm egal. Robert sortierte die Anzeigenblätter und die Werbung aus und warf sie in den Müll. Joleen würde ihre geliebten Rabattcoupons in absehbarer Zeit nicht ausschneiden können, dachte er traurig.

Die Auto-Versicherung hatte ihm geschrieben, sie wollten eine genaue Schilderung des Unfalls mit einer Skizze. Na prima, und wie sollte er die anfertigen? Er setzte sich mit der Post aufs Sofa und rief seinen alten Kumpel Jeff an.

„Wie soll Joleen eine Skizze machen, sie liegt im Koma."

„Ich weiß. Und genau das ist das Problem. Wenn sie nicht etwas zum Unfallhergang sagen kann, muss sich die Versicherung auf die Ausführungen des Sheriffs verlassen."

„Der hat den Fall an die Staatsanwaltschaft weitergegeben", sagte Robert.

„Wieso das denn?"

„Weil geklärt werden soll, wer den Unfall verursacht hat. Es gibt keine Bremsspuren, verstehst du?"

„Ach du Scheiße."

„Sag ich doch."

„Dann kann ich dir jetzt schon Brief und Siegel darauf geben, dass sich die Versicherung elegant aus der Affäre ziehen wird. Machen wir uns nichts vor: Da sind alle Versicherungen der Welt gleich. Sobald sie eine Möglichkeit sehen, ein Eigenverschulden zu erkennen, heben sie die Hand: Wir sind dafür nicht zuständig."

„Schicken die dafür keinen Gutachter?"

„Nö, wenn der Staatsanwalt Eigenverschulden feststellt, freut sich die Versicherung. Wenn nicht, bleibt immer noch ein Restzweifel, der als Nichtzahlungsgrund ausreicht. Dann musst du klagen, um dein Recht zu kriegen. Machen alle so."

Robert war bei dem Gespräch der Schweiß auf die Stirn getreten. Eine neue Befürchtung stieg in ihm hoch: „Sag mal, unter uns zwei Gebetsschwestern: Wir sind über meine Firma krankenversichert. Denken Krankenversicherungen auch so? Zahlen die auch nicht bei Selbstverschulden?"

„Das kommt auf deine Versicherung an. Wenn du gut versichert bist, dann zahlen sie. Allerdings musst du sicher nachweisen, dass das Selbstverschulden ein Unfall war, zum Beispiel durch Unaufmerksamkeit. Vielleicht, weil eine deiner Töchter ins Steuerrad gegriffen hat. Oder zum Beispiel ein Suizidversuch im Stadium einer klinischen Depression, also bei Vorliegen einer psychischen Krankheit."

„Aha. Ich hoffe ja, dass ich gut versichert bin."

„Du weißt ja sicher, dass zweiundsechzig Prozent aller

Privatinsolvenzen in den USA die Folge von Krankheit und der damit verbundenen Arzt- und Klinikrechnungen sind. Mehr als zwei Drittel der so Ruinierten haben geglaubt, sie seien gut versichert – bis sie die Krankheit traf …"

Robert hatte das Gefühl, dass er im offenen Meer trieb und eine Monsterwelle über ihn hereinbrechen würde. Schnell verabschiedete er sich von Jeff. Er musste nachdenken.

Was für ein Schlamassel. Was würde geschehen, wenn die Krankenversicherung sich weigern würde, die Krankenhausrechnung zu bezahlen? Dann konnten sie sich verabschieden von ihrem schönen, blauen Holzhaus, auf dem noch gewaltige Hypotheken lagen, die regelmäßig bedient werden mussten. Die Kreditkarten wären futsch. Und mit ihnen die laufenden Kredite für all das, was sie auf Karte gekauft hatten. Vom Fernseher über die Waschmaschine bis hin zu seinem nagelneuen Kia. Die Angst schnürte Robert die Kehle zu. Er mochte nicht weiterdenken als bis zu diesem Punkt, das Zimmer drehte sich um ihn, nein, jetzt keinen Herzkasper kriegen, nicht auch noch du. Konnte es noch schlimmer kommen? In dem Moment klingelte sein Telefon.

Steven Jenkins

„Steven Jenkins, mein Manager sagte, es gehe um Joleen Jones."

Robert war erleichtert, endlich die Stimme des Mannes zu vernehmen, der vielleicht ein bisschen Licht ins Dunkel bringen konnte. Er stellte sich vor und erklärte Steven die vertrackte Situation.

„Arme kleine Joleen", sagte Steven, was in Roberts Ohren nach echtem Mitleid klang. „Natürlich kann ich Ihnen erzählen, wie es war, damals, vor neun Jahren."

„Ich habe gehört, dass Joleen sich schuldig bekannt hat, ihr Haus angezündet zu haben, um sich und ihren Sohn zu töten. Tut mir leid, aber das passt so gar nicht zu der Joleen, die ich geheiratet habe", erklärte Robert.

„Das glaube ich Ihnen gern, es passte auch nicht zu der Joleen, in die ich mich verliebt hatte. Ich habe Joleen während des Springbreaks in Pensacola kennengelernt, sie ist dann auch nach Florida gezogen und hat in Fort Myers an der Uni Kurse in Biologie belegt. Sie war ein fröhliches, ausgelassenes Mädchen, schlagfertig, frech und blitzgescheit. Mit einem ganz eigenen Charme."

„Ich weiß, was Sie meinen", bestätigte Robert lächelnd, darin erkannte er das Mädchen, das seit fast sieben Jahren seine Frau war.

„Es war Liebe auf den ersten Blick. Wir waren jung und naiv. Deshalb dachten wir, dass wir das schon irgendwie hinkriegen würden, als Joleen feststellte, dass sie schwanger war. Eine Abtreibung kam für sie nicht in Frage.

Meine Eltern haben uns ihr altes Haus in Cape Coral überlassen, und im Laufe der Monate freuten wir uns immer mehr auf das Kind. Ich war damals vollauf damit beschäftigt, meine Karriere als Footballspieler voranzutreiben, und musste eine Menge an Terminen wahrnehmen. Joleen stand mir zur Seite, sie war nicht nur ein bildhübsches Mädchen, sondern auch ein echter Kumpel. Sie hatte kaum Freunde in Florida, sie kam ja aus Oregon.

Als ihr Bauch immer dicker und es in Cape Coral immer heißer wurde, begann sie sich mehr zurückzuziehen. Die Hitze bekam ihr nicht so gut. Aber von einer Depression habe ich nichts gemerkt. Als es dann endlich so weit war, waren wir beide sehr nervös. Wahrscheinlich hatte ich mehr Angst als sie. Ich habe allerdings nie eine glücklichere Frau gesehen als Joleen, als sie zum ersten Mal unseren Sohn im Arm hielt. Noch im Krankenhaus haben wir beschlossen, zu heiraten, damit Joshua, so nannten wir den Kleinen, nicht als uneheliches Kind aufwächst. Ich war so stolz auf meine kleine Familie, auch wenn ich damit eigentlich überfordert war. Oder sagen wir besser, noch nicht reif für ein Leben als Erwachsener."

Robert hatte ihm bisher schweigend zugehört. Er musste ihm ein Signal geben, dass er weiterhin gebannt lauschte. „Das kann ich gut verstehen, wie alt waren Sie damals?"

„Einundzwanzig, Joleen war gerade mal neunzehn. Sie hatte das alte Haus meiner Eltern mit unseren bescheidenen Mitteln gemütlich hergerichtet, wie ein Vögelchen hat sie für unseren Sohn ein Nest gebaut. Der Kleine hielt sie auf Trab, er brüllte oft wie am Spieß, und wir konnten keine Nacht mehr durchschlafen. Aber Joleen war ganz vernarrt in den kleinen Kerl, eigentlich habe ich gar nicht mehr existiert, sie sah nur noch Joshua, wahrscheinlich ist das normal in den ersten Wochen nach der Geburt. Und dann passierte das Unglück."

„Was genau ist passiert?"

„Man hat später rekonstruiert, dass Joleen eine Benzinspur quer durch das Haus gelegt und sie dann angezündet haben muss. Sie wollte wohl zurück in die Küche, ist aber laut kriminaltechnischer Untersuchung auf dem ausgekippten Benzin auf der Terrasse ausgerutscht und hat sich am Pool den Kopf aufgeschlagen. Dort hat die Feuerwehr sie bewusstlos gefunden. Eine Babyleiche wurde nie entdeckt, man hat angenommen, dass unser Kind vollständig verbrannt war, zumal das Kinderzimmer durch den Brand komplett zerstört war."

„Wo waren Sie zu diesem Zeitpunkt?"

„Ich war gerade in Los Angeles zu Vertragsverhandlungen. Joleen war allein zu Hause, aber das machte ihr nichts aus, ich hatte sogar den Eindruck, dass sie ganz froh war, sich hundertprozentig auf Joshua konzentrieren zu können."

„Und Sie haben keine Anzeichen für eine postpartale Depression gesehen?"

„Nicht das Geringste. Aber das bleibt bitte unter uns. Vor Gericht habe ich auf Joleens Wunsch hin etwas anderes ausgesagt. Nein, Joleen war eine glückliche, ausgelassene, optimistische Frau, die total verliebt in ihr erstes Kind war."

„Warum hat sie dann das Haus angezündet?"

„Robert, ich weiß es nicht. Ehrlich gesagt, ich fasse es bis heute nicht. Joleen hat es zunächst geleugnet. Sie hätten sie erleben müssen, sie hat geschrien und getobt, sie wollte ihr Kind wiederhaben, sie hat die ganze Welt verdächtigt, irgendjemand hätte ihr ihr Kind geraubt. Ich bin kein Arzt, aber nach meiner Einschätzung hatte sie keine postpartale Depression, wie man ihr später attestierte, sondern ist komplett durchgedreht, nachdem ihr Kind weg war. Sie hat die Polizisten tätlich angegriffen, ist auf den Psychiater losgegangen, hat unseren Rechtsanwalt der Kindesentführung verdächtigt, meinen Eltern und meinen Freunden hat sie unterstellt, das Kind geraubt zu haben, sogar mir hat sie vorgeworfen, unser Kind entführt zu haben. Sie hat geglaubt, dass ich jemanden beauftragt hätte, sie und das Kind zu entsorgen, weil sie mir bei meiner Karriere als Footballspieler im Weg gestanden hätten. Sie können sich nicht vorstellen, wie sie sich nach dem Vorfall verändert hat. Ich habe sie zu einem Therapeuten gebracht, denn es war eindeutig, dass Joleen schwer traumatisiert war."

„Aber wenn sie wegen versuchten Selbstmords und Mordes an ihrem Baby verurteilt wurde, dann muss die Polizei doch Beweise dafür gehabt haben, dass das Kind getötet wurde."

„Ein sechs Wochen altes Baby hat noch keine Zähne. Bei der enormen Hitzeentwicklung im Haus war es möglich, dass das Baby hundertprozentig verbrannt ist. Man hat keinerlei Knochenreste gefunden."

„Wie ist es möglich, dass Joleen den Vorfall, wie Sie es

nennen, unverletzt überlebt hat? Sie hat nicht einmal eine Brandnarbe."

„Joshua schlief in seinem Kinderzimmer in der Wiege. Nach den Recherchen der Gerichtsmediziner hat Joleen das Benzin vor allem im Wohnzimmer und im Kinderzimmer vergossen. Sie muss zuerst das Wohnzimmer angezündet haben, denn dort brannte es als Erstes, bevor sich das Feuer bis zum Kinderzimmer durchgefressen hatte. Da Joleen auf der Terrasse lag, gab es über ihr keine geschlossene Decke, die brennend herabfallen konnte, sondern nur den Fliegencage aus Drahtgewebe, Sie wissen schon, das sind diese Riesenkäfige aus Drahtgeflecht, die man in Florida gegen das Ungeziefer über die Terrassen stülpt. Joleen lag also quasi unter freiem Himmel, deshalb erlitt sie auch keine Rauchvergiftung, und die Wasserpfützen von ihrem morgendlichen Schwimmen auf der Terrasse verhinderten, dass sich das Feuer bis zu ihr durchfraß. Sie wurde bewusstlos, aber unverletzt von der Feuerwehr am Pool gefunden, sie hatte sich nur eine offene Wunde am Hinterkopf zugezogen."

„Und da hat die Polizei nicht nachgeforscht, ob eventuell jemand anderer das Feuer gelegt haben könnte?"

„Natürlich hat die Polizei auf Brandstiftung mit Todesfolge ermittelt, aber es ist niemand gefunden worden, der aus dem Brand unseres Hauses einen Nutzen ziehen konnte. Niemand ist gesehen worden, die Gegend war im August in der Mittagszeit wie ausgestorben, niemand hat irgendeine Spur hinterlassen. Es hat uns auch niemand erpresst, der das Baby vielleicht entführt haben könnte, wie Joleen damals nicht müde wurde zu beteuern. Und das Benzin hatte Joleen eindeutig am Tag vorher selbst auf der Tankstelle um die Ecke gekauft, es gab ein Video, wie sie es in den Kanister gefüllt hat, der sich neben ihr befand, als das Haus abbrannte. Auf dem Kanister waren nur ihre Fingerabdrücke."

„Konnte sie erklären, wofür sie das Benzin brauchte?"

„Für den Rasenmäher."

„Wenn Sie nicht geglaubt haben, dass Joleen ihr Kind verbrannt hat, warum haben Sie dann das Gegenteil bei dem Prozess ausgesagt?"

„Zunächst einmal, weil unser Rechtsanwalt uns klar gemacht hat, dass es Joleens einzige Chance war, nicht lebenslang ins Gefängnis zu wandern. Der Staatsanwalt hatte Zeugen aufgetrieben, die ausgesagt haben, dass Joleen nicht zufrieden war mit der Situation. Sie hat zum Beispiel ihrem Friseur erzählt, dass ihr zu Hause die Decke auf den Kopf falle. Einer Nachbarin hatte sie anvertraut, dass sie sich ein wenig einsam fühle in Florida, ohne Familie und Freunde. Unserem direkten Nachbarn, der zudem noch Sheriff war, gestand sie, dass sie nachts Angst habe, da sie ja meist alleine war. Und dann kamen ihre liebreizenden Eltern, die aussagten, dass ich Joleen vernachlässigen würde und sie mit dem Kind allein gelassen hätte. Dass ich mich aus der Verantwortung für meinen Sohn gestohlen hätte, ich hätte sie ja nicht mal geheiratet und damit zu einer anständigen Frau gemacht."

„Und Sie haben nicht für sie gekämpft? Haben Sie denn keine Zeugen gefunden, die das Gegenteil behauptet hätten?"

„Nein, das war ja das Verflixte. Meine eigenen sogenannten Freunde haben Joleen eher abgelehnt. Seitdem ich Vater war, sah mein Leben anders aus als ihres, wir passten nicht mehr zueinander. Ich bewegte mich damals schon fast ausschließlich in Footballer-Kreisen. Eine Familie war so ziemlich das Letzte, was man sich für einen kommenden Footballstar wünscht. Eine Frau störte da nur. Und einen Skandal konnte ich auch nicht gebrauchen. Die Einzigen, die für sie aussagen wollten, waren meine Eltern. Aber dann passierte das Undenkbare: Eines Abends hat Joleen mir gestanden, dass sie sich und das Baby hatte umbringen wollen."

„Oh nein! War das noch, bevor sie angeklagt wurde?"

„Ganz kurz, nachdem der Staatsanwalt sie angeklagt hat."

„Hat Ihre Versicherung das Haus bezahlt?"

„Ja, meine Eltern hatten das Haus versichert, die Versicherung hat allerdings erst den Schaden bezahlt, nachdem der Gutachter Joleen eine schwere psychische Krankheit attestiert hat. Wenn sie ins Gefängnis gegangen wäre, hätte sich die Versicherung an ihr oder ihren Eltern schadlos gehalten."

„Dann sind Sie ja sehr gut aus der Geschichte herausgekommen. Ich nehme an, dass es auch für Sie nicht gut ausgesehen hätte, wenn Joleen wegen Mordes ins Gefängnis hätte gehen müssen."

„Wie gesagt, ich stand am Anfang meiner Karriere. Noch war das nicht so interessant, da ich einer breiten überregionalen Öffentlichkeit noch gar nicht bekannt war, ich war noch kein Profi, sondern spielte in unserem Uniteam. Aber ich hätte mich von Joleen auch nicht getrennt, als sie in der geschlossenen Psychiatrie war. Unsere Trennung war Joleens Wunsch."

„Sie wollte Sie schützen, nehme ich an."

„Sie hatte genug mit sich zu tun. Ich weiß heute nicht mehr, was ich über den Vorfall denken soll, es waren so viele Ungereimtheiten dabei. Aber wenn ich höre, dass Joleen sich schon wieder mit ihren Kindern umbringen wollte, dann denke ich, vielleicht habe ich ja damals alles zunächst durch die rosarote Brille gesehen. Vielleicht habe ich die Signale, die Außenstehende offensichtlich wahrnahmen, nicht empfangen. Es tut mir sehr leid für Sie, Robert. Vielleicht wäre es besser gewesen, wenn Joleen weggeschlossen worden wäre."

Als Robert aufgelegt hatte, rannen ihm die Tränen hinunter. Das, was ihm Steven Jenkins eben erzählt hatte, gab ihm den Rest. Sie hatte es selbst zugegeben. Nicht etwa nur gegenüber der Staatsanwaltschaft, weil es keine andere Chance gab, sondern ihrem Lebensgefährten gegenüber. Robert bearbeitete das Sofakissen mit der Faust. War er also nur der Trottel, der einer gefährlichen Verrückten ein paar Kinder gemacht hatte?

Das Schrillen des Telefons riss ihn aus seinen verzweifelten Gedanken.

Hannah

Konnte es noch schlimmer kommen? Ja, es konnte. Die nette Assistenzärztin war am Telefon und bat ihn, dringend nach Conway zu kommen. Hannahs Fieber war gestiegen, sie hatten eine akute Lungenentzündung festgestellt und mussten das Mädchen intubieren.

Wieder fing die Welt an, sich um Robert zu drehen, er wurde in einen Strudel hinabgezogen, ohne irgendwo zu landen. Robert lief in die Garage, zog einen Koffer aus einem Regal, rannte ins Schlafzimmer und schmiss wahllos Kleidungsstücke hinein, genug, um die nächsten Wochen zu überstehen. Als er den Koffer im Kia verstaut hatte, fiel ihm gerade noch ein, dass er den Schlüssel noch Matt in den Briefkasten werfen musste. Er würde ihn später anrufen. Schnell entfernte er seinen Briefkastenschlüssel von seinem Schlüsselbund, riss ein Stück Papier von dem Notizblock ab, den er in der Ablage liegen hatte, kritzelte einen Gruß an Matt darauf und wickelte den Schlüssel darin ein. Dann gab er so ruckartig Gas, dass die Reifen durchdrehten.

Robert, bleib ruhig, sonst kommst du nie zu deinen Mädchen, sagte er sich. Er fuhr an Matts Briefkasten heran und warf den Schlüssel hinein. Dann schaute er auf die Uhr, es war kurz vor sechs. Die Geschwindigkeitsbegrenzungen auf dem Weg nach Conway interessierten ihn nicht mehr, Robert gab Gas.

Um kurz nach halb neun brachte Robert den Kia auf dem Krankenhausparkplatz zum Stehen. Als er ausstieg, hätten ihm fast seine Knie den Dienst versagt. Er rannte den langen Gang hinunter zu den Fahrstühlen, wartete – warum dauerte das bloß so lange, er hatte einen trockenen Hals, seine Hände waren schweißnass. *Bitte, bitte, lieber Gott, lass meine Kleine leben*, betete er, als er endlich die Intensivstation betrat.

Sie hatten Hannah isoliert, das Mädchen wurde künstlich beatmet.

„Meine arme kleine Maus“, sagte er, als er sich neben ihr Bett setzte. Hannah hatte die Augen halb geschlossen, hatte sie registriert, dass ihr Daddy da war? Er nahm ihre Hand, die ganz heiß war, viel zu heiß, in seine großen Hände. Wie klein diese glühende Hand war, wie schutzbedürftig. Robert konnte die Tränen nicht mehr zurückhalten, sie liefen ihm unkontrolliert die Wangen hinunter. Niemals, niemals würde er glauben, dass Joleen so etwas ihrer Familie antun würde.

Robert, der noch nie Patient in einem Krankenhaus gewesen war, war trotz seiner Sorge nicht entgangen, dass man ausnehmend nett und hilfsbereit zu ihm war, die gesamte Belegschaft schien mit ihm um das Leben seiner Mädchen zu bangen. Oder hatten sie einfach Mitleid mit ihm? Es war das erste Mal in seinem Leben, dass Robert auf so einen Gedanken kam, er war nicht gerade das geborene Opfer.

Der Neurochirurg, der Hannah operiert hatte, trat an ihr Bett und bat Robert, mit ihm hinauszugehen.

„Sie ist eine Kämpferin“, sagte der Arzt, „aber ich will

Ihnen nicht verhehlen, dass ihr Zustand sehr ernst ist. Nach so einer Gehirnoperation ist das Infektionsrisiko hoch, und Hannah hat jetzt eine schwere Lungenentzündung. Wir hatten ihr prophylaktisch Antibiotika gegeben, sie erhält jetzt natürlich die Höchstdosis. Aber sie ist noch nicht über den Berg."

„Wann wird es ihr besser gehen?", fragte Robert. Er hörte selbst, wie kläglich seine Stimme klang.

„Ich habe keine Glaskugel, in die ich blicken könnte. Bei Gehirnverletzungen gibt es keine Prognosen, und wenn Komplikationen dazukommen, noch weniger."

„Woran sehe ich denn, dass sie auf dem Weg der Besserung ist?"

„Wenn das Fieber sinkt und sie die Nacht übersteht", sagte der Arzt. So schlimm also war es. „Wir müssen sehen, ob sie auf diese Antibiotika anspricht oder ob die Keime dagegen bereits resistent sind.

„Wie geht es meiner Frau?"

„Da habe ich bessere Nachrichten. Ihre Frau hat nun schon mehrfach die Augen halb geöffnet. Das ist ein gutes Zeichen dafür, dass sie sich aus dem Koma zurück ins Leben kämpft."

„Heißt das, dass sie bald zu sich kommen wird?"

„Das wissen wir nicht, wie gesagt, Prognosen sind bei einem Schädel-Hirn-Trauma so gut wie unmöglich. Sie müssen sich das Erwachen aus dem Koma vorstellen wie ein Erwachen aus dem Tiefschlaf. Das geht nicht innerhalb von Sekunden."

„Und Sophia? Sie ist jetzt ganz alleine."

„Um Ihre andere Tochter brauchen Sie sich im Moment nicht so große Sorgen zu machen, das wird alles wieder heilen."

„Wäre es nicht sinnvoll, die Mädchen wieder zusammenzulegen? Die beiden sind unzertrennlich, ich schätze, Sophia könnte Hannah helfen, gesund zu werden."

„Darüber werde ich erst nachdenken, wenn wir Hannah vom Beatmungsgerät nehmen können. Ich habe sie einstweilen in eine Langzeitnarkose versetzt, damit sie die Intubation nicht spürt."

„Langzeitnarkose?"

„Man nennt es auch künstliches Koma."

„Darf ich heute Nacht hierbleiben?"

„Das wäre sinnvoll. Es hilft, wenn die Patienten eine beruhigende Stimme hören. Das nehmen sie wohl wahr. Sie müssen wissen, dass Patienten im künstlichen Koma oft Albträume haben."

„Danke." Robert schluckte.

Er setzte sich wieder neben seine Tochter. Sie sah so winzig aus in dem Krankenhausbett, zwischen all diesen Schläuchen und Apparaten.

„Hast du Schmerzen, Liebes?", fragte er sie. Natürlich bekam er keine Antwort, sie schwebte in einer anderen Sphäre. Wieder nahm er ihre glühende Hand und streichelte sie. Normalerweise würde er einen Lappen nass machen und ihn seiner Tochter auf die Stirn legen, so wie seine Mutter es gemacht hatte, als er als kleiner Junge an Scharlach erkrankt war. Aber er durfte nichts in Hannahs Kopfnähe bringen, damit die Operationswunde nicht mit Keimen belastet wurde. Das winzige Zimmer, das sehr warm war, schien ihm wie eine Brutkammer für Keime.

Bevor er sich auf eine Nacht neben Hannahs Bett vorbereitete, ging er zu Sophia, die in Tränen ausbrach, als sie ihn kommen sah. Natürlich, die Kleine verging vor Angst um ihre Schwester und ihre Mommy. Er zog sich einen Stuhl an ihr Bett und redete beruhigend auf sie ein. Es fiel ihm von Tag zu Tag schwerer, seinen Lieben Halt zu geben, wo er doch selbst das Gefühl hatte, jeden Halt in seinem Leben zu verlieren. Robert warf einen Blick auf die Uhr, er konnte sich in die Webcam vom Camp Takajo einloggen und seinem Sohn beim Schlafengehen zusehen. Er zeigte Sophia das Tablet, was ihr zum ersten Mal seit Tagen ein Lächeln ins Gesicht zauberte. Jetzt rief er Noah an und wünschte ihm eine gute Nacht, dann hielt er das Handy an Sophias Ohr, damit sie ihm einen Gruß zurufen konnte.

Nachdem Sophia endlich eingeschlafen war, schaute er noch einmal bei Joleen vorbei, bevor er zu Hannah ging.

Er zog sich den Pullover über den Kopf und versuchte, in dem Krankenhaussessel eine halbwegs entspannte Position einzunehmen. Obwohl es viele Stunden her war, dass er etwas gegessen hatte, verspürte er keinen Hunger. In seinem Magen schien ein dicker Kloß zu liegen. Eine Krankenschwester kam herein und fragte ihn, ob er einen Tee wolle. Ja, danke, einen Tee konnte er gut gebrauchen.

Er konnte den Blick nicht von seiner Tochter abwenden. Zum ersten Mal spürte er, dass das Leben seiner Tochter ihm wichtiger war als sein eigenes. Er würde alles dafür geben, damit sie wieder gesund wurde. Seine Gedanken schweiften zurück, zu Hannahs und Sophias Geburt. Nicht nur die Schwangerschaft, sondern auch die

Geburt hatte Joleen zutiefst erschöpft, aber er würde nie den Augenblick vergessen, als sie endlich die zwei Bündel Mensch im Arm hatte und er ihr versprach, immer auf seine Mädchen aufzupassen. „Meine drei geliebten Mädchen“, hatte er gesagt und Joleen mit den Zwillingen im Arm ganz fest an sich gedrückt. Sie hatten geweint vor Glück. Seine Mutter hatte mit Noah auf dem Arm am Ende des Bettes gestanden und seinen Vater angelächelt, der sich vor lauter Rührung hatte setzen müssen. Nie zuvor hatte Robert so bedingungslos, so grenzenlos geliebt wie an jenem Morgen vor vier Jahren in der Universitätsklinik von Vermont.

Lebenszeichen

„Mr Nolen!“ Er war doch tatsächlich eingenickt neben seiner Tochter.

„Ja?“ Robert strich sich über die Haare und zog sein Hemd gerade, während er sich aufsetzte. Er war in dem ungemütlichen Krankenhaussessel immer tiefer gerutscht und schließlich eingeschlafen. Es war wohl das gleichmäßige Fiepen der Apparate, die immer gleichen Kurven, auf die er geblickt hatte, die wie ein Mandala auf ihn gewirkt hatten. Er schaute auf Hannah, die friedlich zu schlafen schien, während sie mit halbgeöffneten Augen dort lag und mit dem Beatmungsgerät atmete. Er nahm ihre Hand. Irrte er sich oder war sie weniger heiß?

„Ich glaube, das Fieber sinkt“, sagte er zu der Schwester, die immer noch in der Tür stand.

„Sie werden nebenan gebraucht“, sagte die Schwester.

Wie der Blitz erhob sich Robert aus dem niedrigen Sessel. „Oh Gott, ist was mit Sophia?“ Er war so sehr an schlechte Nachrichten gewöhnt, dass er auf eine gute nicht vorbereitet war.

„Ihre Frau kommt langsam zu Bewusstsein“, sagte die Schwester lächelnd.

„Wirklich? Und ich darf zu ihr?“

„Ja, unbedingt. Die Ärzte sind bei ihr.“

Robert war sofort hellwach. Er folgte der Schwester in den Raum, in dem Joleen lag. Der schnöselige Arzt, der ihn neulich auf dem Flur so brüsk abgefertigt hatte, war über das Bett seiner Frau gebeugt.

„Sie reagiert auf Fragen“, sagte er ohne Begrüßung. „Da sie noch nicht sprechen kann, verständigt sie sich über die Augen oder über einen leichten Händedruck. Versuchen Sie doch mal, mit ihr zu kommunizieren.“

Robert stellte sich neben das Bett und sah seine Frau an, deren Augen immer noch halboffen waren, so wie in den vergangenen Tagen auch.

„Jolly, Liebling, hörst du mich?“ Etwas anderes fiel ihm nicht ein.

Joleen zwinkerte.

„Fragen Sie sie noch etwas, wir müssen sehen, ob das eine Antwort oder eine unwillkürliche Reaktion war“, bat der Arzt, der auf Robert jetzt deutlich weniger jung wirkte als neulich auf dem Krankenhausflur.

„Darf ich ihre Hand nehmen?“, fragte Robert.

„Natürlich, das wäre gut.“

Robert nahm behutsam die Hand seiner Frau und drückte sie. Er spürte einen ganz leichten Druck zurück.

„Sie hat es gemerkt, sie hat meine Hand gedrückt!“ Tränen liefen ihm über die Wangen. „Jolly, meine kleine Jolly, hast du Schmerzen?“, fragte er.

Nichts passierte. „Du hast also keine Schmerzen?“, formulierte er die Frage um. Und wieder öffnete und schloss sie die Augen.

„Sehen Sie, sie hat keine Schmerzen“, sagte Robert, der vor Erleichterung beinahe geschrien hätte.

„Wir werden die aktive Unterstützung durch die Beatmungsmaschine pausieren und beobachten, ob sie schon die Kraft hat, auch selbständig zu atmen. Das Aufwachen wird einige Zeit brauchen, bitte geben Sie Ihrer Frau Zeit und haben Sie Geduld.“

„Wie lange wird es dauern, bis sie wieder sprechen kann?“

„Das können wir zum jetzigen Zeitpunkt nicht sagen. Wir haben jedoch Anlass zur Hoffnung, dass Ihre Frau das Sprechen wieder erlernen kann.“

Gequält schaute Robert den Arzt an. „Bedeutet das, dass sie das Sprechen verlernt hat?“

„Das wissen wir später. Ihre Frau ist noch sehr, sehr müde und angestrengt. Wir werden jetzt die Geräte entfernen, bitte warten Sie draußen.“

„Darf ich nicht bleiben?“

„Nein.“

„Ich bin dann bei meiner Tochter Sophia“, sagte Robert. Er warf einen Blick auf die Uhr, es war acht Uhr morgens, sicher war die Kleine schon wach.

Albträume

Hatten sie ihn vergessen? Er hatte Sophia mit Frühstück gefüttert und ihr nach der Visite eine Geschichte erzählt. Dabei war sie eingeschlafen.

Niemand kam, um ihm wegen seiner Frau Bescheid zu sagen. Er ging wieder zu Hannah. Sie schien schlecht zu träumen, sie sah nicht mehr so friedlich aus wie noch am Abend. Ihre Augen rollten unter den geschlossenen Lidern hin und her, ihre Händchen zuckten. Er nahm eine Hand und stellte erleichtert fest, dass sie nicht mehr so heiß war wie noch vor Stunden. Beruhigend redete er auf seine Kleine ein, und sie schien tatsächlich ein wenig ruhiger zu werden. Als sie nach einer halben Stunde den Eindruck machte, wieder friedlich zu schlafen, ging er zum Zimmer seiner Frau. Sie schien ebenfalls ruhig zu schlafen. Er beschloss, an Sophias Bett auf Neuigkeiten zu warten.

„… dass Ihre Frau das Sprechen wieder erlernen kann." In den vergangenen Tagen war Robert so absorbiert von dem Geschehen gewesen, dass er das Nächstliegende nicht getan hatte. Er hatte nicht gegoogelt, um sich selbst einen Überblick darüber zu verschaffen, wie sich ein Koma langfristig auf einen Patienten auswirkt. Während er Wache über Sophias Träume hielt, durchforschte er das Internet. Das, was er jetzt auf dem Tablet fand, war niederschmetternd. Wie gut, dass er nicht vorher daran gedacht hatte zu recherchieren. Nur ein geringer Prozentsatz echter Komapatienten überlebte überhaupt. Ein gutes Zeichen war, dass Joleen nur wenige Tage im Koma gelegen hatte, viele Patienten blieben Wochen, Monate oder gar Jahre im Koma. Die Ärztin hatte ihm gesagt, dass Joleen in ein Koma ersten Grades gefallen war. Das bedeutete nach seiner Recherche, dass Joleen noch in der Lage war, Schmerz gezielt abzuwehren, dass ihre Pupillen bei der Reizung des Gleichgewichtorgans reagierten, man nannte das den Vestibulookulären Reflex. Allerdings war es wahrscheinlich, dass Joleen alles würde neu lernen müssen: sprechen, schlucken, schreiben, laufen. Eine monate-, wenn nicht jahrelange Reha war unumgänglich.

Er loggte sich in die Webcam im Camp Takajo ein. Sein Sohn. War es wirklich erst vierundzwanzig Stunden her, dass er ihn im Camp in die Arme geschlossen hatte? Ein ganzes Leben schien dazwischen zu liegen, auf jeden Fall Sorgen, die für ein ganzes Leben reichten.

Durch die geschlossenen Vorhänge sah er, dass die Sonne bereits fast senkrecht am Himmel stand. Er würde am besten kurz ins Hotel fahren und duschen. Um nichts auf der Welt würde er sich heute schlafen legen, er wollte dabei sein, wenn seine Joleen ins Leben zurückkehrte. Er ging zum Schwesternzimmer und fragte, wie es mit seiner Frau weiterginge.

„Sie schläft immer noch“, sagte die Intensivschwester.

„Ich wollte kurz ins Hotel fahren und mich frisch machen, ist das okay?“

„Natürlich. Sie sollten auch etwas essen. Und schlafen!“

Robert nickte. Er spürte, dass sich langsam sein Magen

zu Wort meldete. Auf dem Weg ins Hotel fuhr er wieder bei *Denny's* vorbei. Er setzte sich an den Tresen, wo bereits zwei Männer saßen, die wohl gerade von der Arbeit gekommen waren, und bestellte Spiegeleier mit Speck. Nach der dritten Tasse Kaffee fühlte er sich ein wenig besser.

An der Kasse nahm ein gelangweilt aussehender Mann mit einem grauen Gesicht Kreditkarte und Rechnung entgegen. Nachdem er den Rechnungsbetrag eingetippt hatte, zog er Roberts Kreditkarte durch. Nichts passierte. Der Mann schüttelte den Kopf. Er wischte den Magnetstreifen an seinem Hemd ab und zog ihn erneut durch. Mit einem bedauernden Lächeln gab er Robert die Kreditkarte zurück. „Haben Sie noch eine andere? Die Kreditkartenfirma kann den Betrag nicht abbuchen."

„Das verstehe ich nicht. Ist Ihr Gerät kaputt?" Robert zog eine zweite Kreditkarte aus seinem Portemonnaie und reichte sie dem Mann. Er zog sie mit dem gleichen gelangweilten Ausdruck im Gesicht durch den Kartenleser. Diesmal spuckte der Apparat die Quittung aus. „Der mag wohl kein Visa", sagte Robert und verließ schnell das Restaurant. Er hoffte, dass der Mann nicht gesehen hatte, wie seine Hände zitterten, als er die Kreditkarte einsteckte.

Kredite

Als Robert bei einer Filiale seiner Hausbank vorbeikam, wendete er kurz entschlossen und fuhr zum Geldautomaten auf der Rückseite. Er führte die Scheckkarte ein, tippte seine Geheimzahl und wartete mit laut klopfendem Herzen. Nach gefühlten dreißig Minuten spuckte der Automat seine Scheckkarte wieder aus. Auf dem Display erschien die Schrift: *Keine Abbuchung möglich.* Robert brach der Schweiß aus. Seine Albträume waren wahr geworden – er musste dringend seine Bank in Vermont anrufen. Mit letzter Kraft fuhr er ins Hotel, er hatte das Gefühl, als ob über ihm ein Gebäude eingestürzt sei.

Den Fahrstuhl missachtend stürmte Robert die Treppe zu seinem Hotelzimmer hoch. Er hatte sich bisher nicht in sein Konto eingeloggt, weil er das nicht gern über das Hotel-WLAN machte. Aber jetzt ging es nicht anders, und es war so, wie er befürchtet hatte: Am Monatsersten, also am Vortag, hatte das Krankenhaus offensichtlich vorsorglich die erste Monatsrechnung von seiner Kreditkarte abgebucht. Satte fünfunddreißigtausend Dollar.

Fünfunddreißigtausendsiebenhundertundzwei Dollar und neunundsiebzig Cent, um genau zu sein. Dabei hatte er noch nicht einmal eine Krankenhausrechnung gesehen, die er an seine Krankenversicherung hätte weitergeben können.

Seine Bank hatte alle Daueraufträge zurückgebucht: seine Hypotheken, seine Autoleasingraten, Telefon und Internet, sogar Netflix waren storniert worden. Robert schaute sich die Abbuchung vom Krankenhaus an. Das waren nur die Kosten für das Krankenhaus. Wie er die Brüder kannte, würden die Ärzte noch mal eine Rechnung stellen.

Er rief Sally an, die Filialleiterin seiner Bank. „Ich habe ein Problem."

„Ja", sagte sie, „das sehe ich."

Er erklärte ihr, was passiert war.

Sie drückte ihm in ihrer netten, herzlichen Art ihr Mitgefühl aus. „Wir müssen mal sehen, was wir da tun können", versuchte sie, ihn zu beruhigen. „Wenn ich das richtig sehe, haben Sie ja auch ein Sparkonto bei uns, ich werde also erst mal das Guthaben auf Ihr Abwicklungskonto umbuchen. Das reicht allerdings nicht ganz. Können Sie irgendwo Geld auftreiben?"

„Sally, ich kann hier gar nichts. Die Krankenversicherung muss zahlen, aber ich habe noch nicht einmal eine Rechnung bekommen. Können Sie nicht meinen Dispo erhöhen?"

„Ich werde das prüfen", versprach sie. „Und Sie kümmern sich darum, dass die Krankenversicherung ganz schnell überweist."

Robert schluckte. Ihm schwante, dass ihm noch ein Tanz mit der Versicherung bevorstand.

Als er aufgelegt hatte, war er nur minimal beruhigt. Was konnte er tun? Als Erstes die Krankenversicherung anrufen? Nein, als Erstes beim Krankenhaus nach der Rechnung fragen.

Robert ließ sich aufs Bett fallen. Er musste seine Schwester Amy anrufen und sie um Hilfe bitten. Die Situation war ungeklärt, er wusste nicht, wie es weitergehen sollte. Bis jetzt war er immer der große, starke Bruder gewesen, einer, der immer wusste, was zu tun ist. Und jetzt fühlte er sich hilflos in einen Strudel von Ereignissen hineingerissen, die er nicht verstand und auf die er keinen Einfluss hatte.

Er sah auf die Uhr. Es war inzwischen früher Abend, aber zu Arizona gab es einen Zeitunterschied von drei Stunden. Amy arbeitete noch, er wollte sie lieber zu Hause anrufen als auf dem Handy. Seine Schwester war Immobilienmaklerin, und er wollte seine Bitte nicht mitten in einem Kundentermin unterbringen.

Unter dem heißen Wasser zogen ihn seine dunklen Gedanken mit sich. Was, wenn die anderen Kreditkartenfirmen ebenfalls seine Karten sperren würden? Wovon sollte er das Hotel bezahlen? Er konnte nicht mehr tanken, nichts mehr essen, er hatte so gut wie kein Bargeld mehr. Sollte er versuchen, über die anderen Kreditkarten so viel Bargeld wie möglich abzuheben?

Er hatte keinen Überblick, wie hoch seine Kreditkartenschulden im Moment waren und ob er da irgendwo noch einen Dispo hatte, den er ausreizen konnte. Die Belege waren alle zu Hause. Er musste sich online in die Konten einbuchen und nachsehen. Jetzt. Jetzt sofort. Wie viel hatte Joleen ausgegeben?

Die Dusche hatte ihn überhaupt nicht erfrischt, er schwitzte aus allen Poren, als er sich mit seinem Tablet aufs Bett legte. Wie gut, dass er daran gedacht hatte, das kleine Buch mit all den schrecklichen Passwörtern mitzunehmen, die er so verschlüsselt aufgeschrieben hatte, dass nur er und Joleen sie verstehen konnten. Nacheinander loggte er sich auf seinen verschiedenen Kreditkartenkonten ein: Master, Visa, American Express. Dazu die Karten der großen Tankstellen und der Supermärkte.

Sie hatten viele Kreditkarten, und sie hatten auch viele Kreditkartenschulden. Eine junge Familie brauchte viel und vieles gleichzeitig, ohne Abzahlung waren so gut wie keine größeren Anschaffungen möglich, obwohl Robert als Marketingchef des Eiscreme-Herstellers gut verdiente.

Was er sah, war niederschmetternd. Bis auf die American-Express-Karte, die noch nicht am Limit war, waren seine Kreditrahmen ausgeschöpft. Eine Karte nach der anderen würde jetzt gesperrt werden, wenn sie versuchten, die monatliche Rate von der Bank abzubuchen. Robert konstatierte: *Ich bin pleite.*

Allerdings: American Express buchte erst am Fünfzehnten des Monats ab. Er könnte also sofort den gesamten Kreditrahmen ausschöpfen, um manövrierfähig zu bleiben. Dass man ihm danach für alle Zeiten eine Kreditkarte verwehren würde, war ihm klar, aber er sah keine andere Wahl. Schnell zog er sich frische Wäsche an und sprintete zu seinem Auto. Am nächsten Geldautomaten holte er sich den Tageshöchstsatz. Das Spielchen würde er jetzt bis zum Fünfzehnten aufführen. Das würde für Essen, Benzin und Hotel reichen. Bekam man überhaupt Benzin für Bargeld? Er hatte es noch nie versucht, schließlich musste man überall vor dem Tanken seine Kreditkarte einspeisen, sonst gab es in den USA kein Benzin.

Mit den Scheinen in der Tasche fühlte er sich ein wenig wohler. So schnell also konnte es gehen: Gestern noch die gut situierte Familie mit Haus, zwei Autos und Urlaub auf einem Kreuzfahrtschiff, war er heute jemand, der, wenn es ganz schlimm kam, auf der Straße würde schlafen und um Essen würde betteln müssen. Während der großen Finanzkrise hatte er von solchen Familien gehört, die von einem Tag auf den anderen alles verloren hatten. Familien, die in ihrem Auto irgendwo auf einem Parkplatz schliefen, auf der Flucht vor den Inkasso-Unternehmen, die ihnen auch noch das Stück Blech, was sie jetzt Zuhause nannten, wegnehmen würden. Er hatte immer gedacht, dass ihm so etwas nie passieren konnte. Sie hatten sich nicht überschuldet, sie hatten nicht auf Kredit so viel angeschafft, dass sie die Raten nicht locker mit seinem Gehalt begleichen konnten. Aber was wäre, wenn Joleen monate-, vielleicht jahrelang in einem Sanatorium bleiben müsste, bis sie wiederhergestellt war? Wer – außer ihm – würde sich um die Zwillinge und seinen Sohn kümmern können? Wie sollte er seinen Job erledigen, wenn er noch wochenlang hier in New Hampshire im Krankenhaus angebunden war? Er konnte doch seine Familie nicht im Stich lassen. Noch hatte er Urlaub und einen Chef, der Verständnis zeigte. Aber was war, wenn er monatelang nicht zur Arbeit kommen konnte? Man müsste ihn entlassen, natürlich müsste man ihn entlassen. Und dann? Wovon sollte er die Krankenversicherung bezahlen, die für die Kosten der Behandlung seiner Familie aufkommen musste?

Robert öffnete das Fenster und versuchte, den Kopf

über der Panikwelle zu behalten, die gerade über ihn hinwegrollte. Er würde das Haus verkaufen müssen. Na gut, Häuser konnte man wieder kaufen. Aus den Leasingverträgen würden sie nicht rauskommen. Natürlich würde man ihnen die Leasingverträge kündigen, aber er müsste die Raten trotzdem weiterbezahlen. Man würde ihnen alles abnehmen, was ein normaler Haushalt brauchte, vom Fernseher über die Computer bis zu den Autos. Wie sollten sie sich fortbewegen? Ein Leben ohne Auto? Undenkbar, nicht machbar.

Er musste seinen Sohn anrufen. Funktionierte sein Telefon überhaupt noch? Hatte die Telefongesellschaft ihm bereits den Anschluss gesperrt? Nein, stellte er erleichtert fest, es war aber wohl nur eine Frage der Zeit. Er würde also danach vom Hoteltelefon agieren müssen. Und sich ein Prepaid-Handy anschaffen. Wie sollte er das seinem Sohn erklären, wenn dessen Handy plötzlich nicht mehr funktionierte?

Als sein Sohn sich meldete, war er erleichtert, seine Stimme zu hören. Der Kleine war munter und sprudelte über von den vielen Eindrücken im Camp. Robert hörte ihm dankbar zu, kommentierte vieles mit „toll“ und „klasse“, und dann erzählte er ihm, dass seine Mom aus der Narkose aufgewacht sei.

Robert sah auf die Uhr. Amy war jetzt bestimmt zu Hause. Er verabschiedete sich von seinem Sohn, wählte ihre Nummer und wartete mit klopfendem Herzen.

„Hallo Bruderherz! Wie geht es deinen Lieben? Ich habe schon mehrmals angerufen, aber du hattest immer das Telefon ausgeschaltet.“

„Da war ich sicher gerade auf der Intensivstation. Schwesterchen, ich brauche deine Hilfe“, sagte er, nachdem er sie über die Entwicklung der letzten Tage informiert hatte. „Ich habe ein Riesenproblem.“

So sehr Amy es liebte, selbst zu erzählen, so gut konnte sie im Ernstfall auch zuhören. Robert gab die ungeschönte Variante seiner Situation zum Besten.

„Oh Gott, Bruderherz, mir fehlen die Worte.“ Er hatte es geschafft, sie zum ersten Mal in seinem Leben sprachlos zu machen.

„Amy, Mom und Dad habe ich es wie abgesprochen noch nicht gesagt. Aber ich brauche jetzt Hilfe. Ich brauche dringend kurzfristig Geld, sonst sind wir im Arsch.“

„Ich verstehe. Ich muss mit Jay besprechen, wie wir dir helfen können.“

Das war Robert klar, sie versprach, ihn am kommenden Tag anzurufen. Sie kamen überein, ihre Eltern weiterhin zu verschonen. „Das würden sie nicht überleben!“, stimmte er Amy zu.

Nach dem Telefonat mit seiner Schwester fühlte Robert sich ein wenig besser. Er sah auf die Uhr. Er musste unbedingt eine Mütze Schlaf bekommen, nachdem er die Nacht im Krankenhaus verbracht hatte.

Offene Rechnungen

Am nächsten Morgen bat Robert bei der Krankenhausleitung um einen Termin.

„Wir melden uns", beschied ihm die Sekretärin.

„Es ist dringend."

Die Sekretärin nickte. Na klar, hier war alles dringend.

„Ich bin bei meiner Frau oder bei meinen Töchtern." Er schrieb ihr auf, wo er zu finden war. „Bitte benachrichtigen Sie mich, wenn der Krankenhausdirektor Zeit für mich hat." Sein Handy vibrierte in seiner Tasche. Schnell ging Robert damit vor das Eingangsportal. Es war Matt.

„Schlechte Nachrichten", eröffnete er das Gespräch. „Die Rechnung vom Krankenhaus ist heute gekommen. Darunter steht ‚Bezahlt', offensichtlich haben sie sie dir bereits irgendwo abgezogen." Robert hatte Matt gebeten, nicht nur den Postkasten zu entleeren, sondern seine Briefe auch zu öffnen und ihm gegebenenfalls Bescheid zu sagen, wenn etwas Wichtiges dabei war.

„Ja, von meiner Visacard. Bei meiner Bank bricht gerade alles zusammen. Sag mal, dürfen die das, den Rechnungsbetrag einfach abbuchen, ohne mir vorher eine Rechnung zu schicken?"

„Du könntest ihn stornieren."

„Ich kriege das Geld von meiner Krankenversicherung zurück, aber das dauert natürlich einige Tage, bis die das geprüft haben. Ich habe jetzt ein Gespräch mit der Krankenhausleitung angeleiert, mit den Leuten hier kann und will ich mich in keinem Fall anlegen, die kümmern sich rührend um meine Mädchen."

„Dann ruf deine Krankenversicherung an. An wen soll ich die Rechnung weiterleiten?"

„Ich schicke dir eine SMS mit der Adresse."

„Und, Robert, du solltest dich mit der Staatsanwaltschaft in Verbindung setzen. Wie geht es denn jetzt deinen Mädchen?"

„Joleen ist im Aufwachprozess, Hannah haben sie in ein künstliches Koma versetzt, weil sie sich eine Lungenentzündung zugezogen hat. Nur Sophia ist außer Gefahr, wenn auch lädiert."

„Ich drücke dir die Daumen", sagte Matt und legte auf.

Ja, dachte Robert, gedrückte Daumen konnte er gebrauchen. Joleen lag mit halbgeöffneten Augen in ihrem Krankenbett. Die Stationsschwester sagte, sie schlafe, er solle später wiederkommen. Aber sie atme selbständig, das wären doch ganz wunderbare Nachrichten.

Robert ging zu Hannah, die immer noch im künstlichen Koma lag. Er nahm ihre Hand, sie fühlte sich ganz normal an. Gern hätte er gefragt, wann man Hannah denn wieder zurückholen würde, aber es war weit und breit niemand zu sehen, der ihm seine Frage beantworten konnte. Also ging er zu Sophia. Sie schien wirklich auf dem Weg der Besserung, sie quengelte, dass sie sich langweile. Na also, das war doch ein gewaltiges Lebenszeichen. Lächelnd setzte er sich neben ihr Bett. „Soll ich dir eine Geschichte erzählen?"

Eine Stationsschwester steckte den Kopf durch die Tür: „Sie können jetzt zum Direktor."

„Ich komme wieder, Liebling, und dann erzähle ich dir die Geschichte."

Robert hatte das Gefühl, Wackelpudding in den Kniegelenken zu haben, als er zum Krankenhausdirektor geführt wurde. Der Mann war kaum älter als er. „Mr Nolen, erlauben Sie mir, Ihnen mein Mitgefühl auszusprechen, ich weiß, dass Sie eine sehr, sehr schwere Zeit durchmachen."

„Die das Krankenhaus mir nicht gerade leichter macht", sagte Robert und nahm auf dem angebotenen harten Holzstuhl vor dem Schreibtisch des Direktors Platz. „Sie haben ohne Rechnungsstellung meine Kreditkarte mit satten fünfunddreißigtausend Dollar belastet", erklärte er. „Ich habe jetzt ein gewaltiges Problem."

Der Direktor sah ihn verblüfft an. „Ohne Rechnung? Das kann ich mir nicht vorstellen. Im Übrigen werden die Rechnungen nicht von uns ausgestellt, sondern wie üblich von der zentralen Rechnungsstelle. Aber wenn ich es Ihren Unterlagen richtig entnehme, dann haben Sie doch selbst Ihre Visakarte als Sicherheit angegeben."

„Sie haben mir nicht einmal die Chance gegeben, die Rechnung an meine Krankenkasse weiterzuleiten. Das ist absolut nicht üblich."

„Mr Nolen, wo ist das Problem? Sie senden die Rechnung an die Krankenkasse, und die erstatten Ihnen den Betrag."

„Haben Sie fünfunddreißigtausend Dollar so einfach am Monatsersten auf Ihrem Konto herumliegen? Wissen

Sie, was passiert ist: Alle meine Fixkosten sind zurückgebucht worden. Meine Kreditkarten sind gesperrt worden. Ich konnte nicht mal mein Frühstücksei bei *Denny's* bezahlen. Das ist wirklich nicht okay."

„Lassen Sie uns offen sprechen, Mr Nolen. Sie sind doch ein vernünftiger Mann. Ein Krankenhaus ist kein Wohltätigkeitsverein. Ich muss hier Geld verdienen. Wir haben keine Ahnung, was für eine Art von Krankenversicherung Sie haben. Ob Sie überhaupt eine haben, ob und wie viel Eigenanteil Sie zu zahlen haben. All das interessiert uns nicht. Wir haben Kosten. Für die stationäre Unterbringung von drei Schwerstkranken. Denn nur das haben wir in der Monatsrechnung abgerechnet. Von der Kreditkarte, die Sie uns gegeben haben. Sie haben selbst unterschrieben", er wühlte in einem Stapel Papiere und wies auf eine Stelle, „dass Sie damit einverstanden sind, die Kosten mit der von Ihnen hinterlegten Kreditkarte sofort zu begleichen."

Robert wurde schwarz vor Augen. Natürlich hatte er die ganzen Papiere, die man ihm gegeben hatte, nicht durchgelesen, das konnte kein Mensch lesen, das waren keine Vereinbarungen, das war Körperverletzung in acht Punkt.

„Soll das heißen, dass ich im nächsten Monat mit einem noch höheren Betrag von Ihnen belastet werde?"

„In der Zwischenzeit sollten Sie mit Ihrer Krankenversicherung klargekommen sein. Bitte lassen Sie uns wissen, ob Sie das regeln konnten. Anderenfalls müssten wir uns Alternativen ausdenken."

Robert wagte nicht zu fragen, was er unter Alternativen

verstand, vor seinem geistigen Auge sah er, wie man seine halbtoten Mädchen einfach entlassen würde.

„Also bitte denken Sie daran, dass Sie auch noch die Rechnungen für die ärztliche Behandlung bekommen werden."

Robert nickte. Ja, das war ihm klar gewesen. Dass die Fünfunddreißigtausend nur ein schlapper Anfang waren.

Niedergeschlagen verließ er das Büro des Direktors. Er würde telefonieren müssen. Später, im Hotel. Robert stieg die Treppe ins nächste Stockwerk hoch, wo Joleen lag. Ob sie jetzt aufgewacht war? Wie schon gestern stand der gar nicht mehr so jung wirkende Arzt neben ihrem Bett. „Hallo, Mr Nolen, Ihre Frau versucht zu sprechen!", sagte er, als Robert die Tür hinter sich schloss.

Robert trat neben ihr Bett. Sie schaute ihn an. Und ja, sie erkannte ihn. Sie öffnete den Mund, aber es kam kein Wort heraus. Robert sah an ihrem Blick, dass es sie selbst erschreckte. Er schaute fragend zum Arzt.

„Keine Angst, Mrs Nolen, das ist ganz normal. Versuchen Sie es einfach weiter, das wird schon."

Robert nahm die Hand seiner Frau und streichelte sie. „Ich bleibe bei dir."

„Das wäre gut, versuchen Sie, so viel wie möglich mit ihr zu kommunizieren", sagte der Arzt, bevor er das Zimmer verließ.

„Die Mädchen liegen auch hier", sagte Robert, während er sich neben ihr Bett setzte. „Kannst du mich verstehen?"

Sie zwinkerte, hatte es also verstanden.

„Sophia hat nur Knochenbrüche, Hannah hat man ins künstliche Koma versetzt."

„Wieso?“

Er hatte es klar und deutlich gehört. Sie hatte gesprochen. Joleen hatte gefragt, warum man ihre Tochter ins künstliche Koma versetzt hatte. Oder hatten ihm seine Nerven einen Streich gespielt?

„Hannah hat nach der Operation eine Lungenentzündung bekommen. Jetzt geht es ihr schon viel besser. Du brauchst dir keine Sorgen zu machen, Liebling, du und die Mädchen müssen einfach wieder gesund werden.“

„Wieso?“

Er hatte es genau gehört. Sie hatte es wieder gefragt. Hatte sie ihn nicht verstanden? War er zu schnell gewesen mit seiner Antwort, hatte er sie überfordert?

„Hannah geht es schon besser. Sie wurde in ein künstliches Koma versetzt, nachdem sie eine Lungenentzündung bekommen hat.“ Diesmal sprach er ganz langsam und akzentuiert.

„Wieso – sind – wir – hier?“ Es kam leise, ein wenig abgehackt, aber sie hatte einen vollständigen Satz gesprochen.

„Ihr hattet einen Unfall.“

„Wo?“

Sie sprach! Sie konnte sprechen! Wenn auch noch etwas undeutlich und verwaschen. Robert konnte sein Glück kaum fassen. Er hatte sich innerlich darauf eingestellt, dass sie monatelang mit einer Logopädin würde üben müssen, die Sprache wiederzuerlangen.

„In den White Mountains.“

„Wieso?“

„Kannst du dich an den Unfall nicht erinnern?“

„Nein.“

Das kam laut und deutlich.

„Kannst du mir sagen, woran du dich als Letztes erinnerst?“

„Abendessen.“

„Wo?“

„*Chili’s.*“

„Das war am Abend vor eurer Abreise“, sagte Robert. „Kannst du dich nicht daran erinnern, dass ihr nach Maine gefahren seid, um Noah zum Geburtstag zu überraschen?“

„Nein.“

„Überhaupt nicht?“

„Doch. Kuchen – gebacken. Für Noah.“

„Und an die Fahrt nach Naples kannst du dich nicht erinnern?“

„Nein. Müde.“

Das kurze Gespräch schien sie sehr angestrengt zu haben. Robert tätschelte seiner Frau die Hand. „Schlaf, mein Engel, ruh dich aus, ich komme später wieder. Derweil bin ich bei unseren Mädchen.“

Joleen waren bereits die Augen zugefallen, aber auf ihren Lippen lag ein Lächeln. Robert beugte sich zu seiner Frau herunter und gab ihr einen sanften Kuss auf die Stirn. „Ich liebe dich.“

Versicherungen

Robert fuhr zurück ins Hotel, um die wichtigsten Anrufe zu tätigen. Da war zum einen die Krankenkasse. Er schickte Matt eine SMS mit seiner Versichertennummer. Am liebsten hätte er vor dem Telefonat einen kräftigen Schluck Whiskey getrunken. Aber er hatte weder Whiskey im Hotelzimmer, noch würde er irgendetwas tun, was seine Sinne benebelte. Denn er brauchte einen klaren Kopf, sein Leben befand sich im Moment im Alarmmodus. Er wählte die Nummer der Krankenkasse und fand sich, wie erwartet, in einer Warteschleife wieder. Als sich endlich jemand meldete, gab er seine Nummer an und erklärte sein Problem. „Das tut uns sehr leid, Mr Nolen, bitte senden Sie uns schnellstmöglich die Rechnung zu, damit wir Ihr Problem regeln können. Darüber hinaus benötigen wir einen Unfallbericht der Polizei. Dann sollte es kein Problem sein, dass wir so schnell wie möglich überweisen."

Robert hatte mit dieser Antwort gerechnet. „Das wird hier noch eine Weile dauern im Krankenhaus, was kann ich tun, damit mir das nicht am nächsten Monatsersten wieder passiert?"

„Senden Sie uns zusammen mit dem Unfallbericht der Polizei ein Schreiben, in dem Sie das schriftlich festhalten, was Sie mir soeben gesagt haben. Dann können wir das in der Zwischenzeit direkt mit dem Krankenhaus regeln."

Robert bedankte sich. Immerhin ein Silberstreif am Horizont. Allerdings hatte Robert gewaltige Angst vor dem Bericht der Polizei. Denn ganz so glatt, wie die Dame eben am Telefon versprach, würde es bestimmt nicht ablaufen, das sagte Robert seine Lebenserfahrung. Zeit, seinen Freund Jeff anzurufen.

„Zwei Seelen, ein Gedanke“, sagte Jeff, als Robert zu ihm durchgestellt wurde. „Ich habe heute eine freundliche Nachfrage deiner Versicherung bekommen. Sie haben mir in Kopie eine Rechnung des Sheriffs von Carroll County zugesandt, sowie den Unfallbericht. Was sie wissen wollten, war, ob ich vor Versicherungsabschluss gewusst habe, dass deine Frau depressiv ist. War Joleen depressiv?“

Was sollte Robert darauf antworten. Nein? Das wäre seine Wahrheit gewesen. Aber es gab eine Sozialversicherungsnummer von Joleen, und anhand dieser Nummer konnte man nachvollziehen, dass Joleen bereits des versuchten erweiterten Suizids und Mordes an ihrem Kind infolge von postpartaler Depressionen verurteilt worden war. Was also konnte er Jeff sagen? Er entschied sich für die Wahrheit und erzählte ihm, was er in den letzten Tagen erfahren hatte.

„Halleluja.“ Jeff schwieg eine Weile. „Da haben wir ein hartes Stück Arbeit vor uns. Denn der Bericht des Sheriffs sagt eindeutig: Keine Bremsspuren, Verdacht auf versuchten erweiterten Suizid, Verfahren an die Staatsanwaltschaft weitergeleitet.“

„Ich werde einen eigenen Sachverständigen beauftragen“, sagte Robert und fragte sich im nächsten Moment, wovon zum Teufel er den Sachverständigen bezahlen sollte. „Joleen war ganz und gar nicht depressiv."

„Du kennst doch Versicherungen, wenn auch nur ein Hauch eines Zweifels besteht, weigert sich jede Versicherung zu zahlen. Und sag jetzt nicht, ich hätte dich warnen sollen. Du bist erwachsen."

„Dass du nichts dafür kannst, weiß ich. Ich werde mich schnellstmöglich mit dem Büro des Staatsanwalts in Verbindung setzen. Danke dir einstweilen, jetzt weiß ich ja, dass ich nicht auf Geldeingang von der Versicherung warten muss."

Mit wachsender Verzweiflung legte er auf und rief beim Büro des Sheriffs an, wo er nach der Nummer des Staatsanwalts fragte. Der Staatsanwalt war an diesem Tag nicht mehr zu erreichen. Robert legte sich aufs Bett. Als er die Augen für eine Sekunde schloss, hatte er das Gefühl, dass das Zimmer sich um ihn drehte. Schnell öffnete er wieder die Lider. Er musste schlafen, es war wichtig, dass er einen klaren Kopf behielt. Noch einmal schloss er die Augen. Er versuchte sich einzureden, dass es ein guter Tag gewesen war. Joleen konnte sprechen, konnte ihm antworten. Und Hannahs Fieber war deutlich gesunken. Die Bank hatte zugesagt, sein Anliegen zu prüfen.

Es war bereits spät am Abend, als Robert aufwachte. Er war in einen bleiernen Schlaf gefallen und konnte sich nicht erinnern, ob er geträumt hatte. Mit seinen Klamotten war er auf dem Bett eingeschlafen, denen man das jetzt natürlich ansah. Schnell zog er sich aus und stieg unter die Dusche. Er hatte das Gefühl, als hätte jemand seinen Kopf in einen Schraubstock gezwängt. Aber nachdem er einige Minuten das heiße Wasser auf seine Schultern hatte prasseln lassen, fühlte er, wie sich die Anspannung löste. Er sollte eine Runde um das Hotel joggen, das würde seinen Knochen und ganz bestimmt auch seinem Geist guttun. Er hatte zwar keine Sportklamotten dabei, aber Jeans, T-Shirt und Sneakers taten es auch.

Auf dem Rückweg zog Robert wieder einen Tagessatz von seinem Amex-Kreditkartenkonto und gönnte sich einen Burger und eine Cola. Warum nur hatte er das Gefühl, dass er sich für seinen Anruf bei Amy stärken musste?

Amy

Amy war ungewohnt wortkarg. Er begriff und sagte es ihr auf den Kopf zu: „Jay meint, ihr könnt mir nicht helfen."

„Nein, nein, so ist es nicht. Er meint nur, ach Scheiße, ich weiß nicht, wie ich das sagen soll."

„Sag es doch einfach so, wie er es gesagt hat", empfahl Robert seiner kleinen Schwester. Er hatte am Vortag länger darüber nachgedacht, wie er reagiert hätte, wäre sie mit dem gleichen Ansinnen zu ihm gekommen.

„Also, er hat gesagt, dass wir dir natürlich helfen, so gut wir können. Wir haben im Moment nicht viel auf der hohen Kante, verstehst du? Das Haus, wir hatten eine riesige Reparatur, also, mehr als zwanzigtausend können wir im Moment nicht lockermachen."

„Das hilft mir schon gewaltig weiter", sagte Robert, der mit einer so hohen Summe nicht gerechnet hatte.

„Na ja, so einfach ist das nicht. Jay sagt, woher ich denn wisse, dass du das Geld auch zurückzahlen kannst. Wir haben uns echt gestritten, weißt du?"

„Ihr kennt mich doch, ihr wisst, dass ich es kann."

„Jay sagt, wenn die Krankenversicherung nicht zahlt, wirst du alles verlieren, was du hast. Und wenn du nicht bald wieder arbeiten kannst, wirst du deinen Job verlieren. Und wovon du uns dann das Geld wirst zurückzahlen können, steht in den Sternen. Bitte, Robert, ich wiederhole nur, wie Jay denkt, du weißt, dass ich dir das Geld sofort schicken würde, wenn es mein eigenes wäre."

„Es ist dein eigenes, Liebling, schließlich arbeitest du auch", sagte Robert. Aber natürlich verstand er, dass ihr Ehepartner beim Finanziellen ein Vetorecht hatte. „Das heißt also, ihr wollt mir nicht helfen", fasste er zusammen.

„Nein, nein, das verstehst du falsch, das hat mit Wollen nichts zu tun. Wir wollen dir ja helfen. Nur Jay sagt, er will eine Sicherheit haben."

„Ich habe im Moment keine Sicherheit, das weißt du, Amy!"

„Im Moment nicht. Aber irgendwann werden wir von unseren Eltern etwas erben. Das Riesenhaus, und sie haben sicher noch etwas auf der hohen Kante, du weißt, wie sparsam sie immer waren."

„Ja, und wie viel sie dir und mir in den Hals gesteckt haben", ergänzte er.

„Also Jay sagt, er würde dir sofort unsere letzten zwanzigtausend Dollar schicken, wenn du schriftlich auf das Erbe unserer Eltern verzichtest. Ich sag nur, was Jay gesagt hat."

Robert sog die Luft ein. Er hatte sich mit seinem Schwager bisher ganz gut verstanden und war nun fassungslos. Seine Eltern würden Amy und ihm ein veritables Vermögen hinterlassen. Und das sollte er für zwanzigtausend Dollar aufs Spiel setzen?

„Ich muss darüber nachdenken, Amy", sagte er.

„Du versprichst mir, dass du mir nicht böse bist. Wir müssen an unsere Tochter denken."

„Ich bin dir nicht böse, Kleines", sagte er und fragte sich gleichzeitig, ob das der Wahrheit entsprach. Als er aufgelegt hatte, merkte er, dass er stinksauer war. Wie hätten Joleen und er reagiert, wenn Amy das Gleiche zugestoßen wäre? Er war sich sicher, dass er alles versilbert hätte, was es zu versilbern gab, und er Amy bedingungslos geholfen hätte. Allerdings sagte sich das leicht, wenn man gerade selbst nicht in dieser Situation war. Was, wenn er doch seine Eltern anhauen würde? Nein, nicht bevor er genau wusste, dass seine Mädchen wieder gesund und munter wären.

Entdeckung

„Es tut mir leid, Mr Nolen, ich werde Anklage gegen Ihre Frau wegen versuchten erweiterten Suizids erheben. Ich habe bereits eine Einweisung in eine geschlossene psychiatrische Abteilung angeordnet, sobald Joleen Nolen von den Ärzten für transportfähig erklärt wird“, sagte der Staatsanwalt.

„Das können Sie doch nicht machen, die Kinder brauchen ihre Mutter!“ Robert schrie fast ins Telefon. Er hatte voller Wut beim Staatsanwalt angerufen, nachdem er am Morgen vor der Tür von Joleens Krankenzimmer auf einen Mitarbeiter des Sheriffs gestoßen war.

„Mr Nolen, Ihre Frau hat versucht, Ihre eigenen Kinder umzubringen. Und das ist nicht ihr erster versuchter Infantizid, beim letzten Mal hat sie es ja geschafft. Es kommt überhaupt nicht in Frage, dass Ihre Kinder nochmals unbeaufsichtigten Kontakt zu Ihrer Frau haben.“

„Kann ich das Gutachten des Sachverständigen sehen?“

„Natürlich kann das Ihr Anwalt anfordern.“ Robert meinte, Mitleid in der Stimme des Staatsanwalts zu hören.

Resigniert beendete er das Gespräch, er wollte sich auch nicht um Kopf und Kragen reden, da musste Matt ihm jetzt helfen. Er setzte sofort einen Hilferuf an Matt ab, der aber gerade im Gericht war. Robert bat um dringenden Rückruf.

Er betrat an dem Polizisten vorbei Joleens Zimmer. Sie

saß ein wenig aufgerichtet im Bett und erkannte ihn. Auf dem Nachttisch stand eine Schnabeltasse. Man traute ihr offensichtlich bereits zu, selbständig zu trinken.

„Guten Morgen, mein Schatz.“ Robert hatte Mühe, das Gespräch mit dem Staatsanwalt abzuschütteln, als er Joleen begrüßte.

„Guten. Morgen. Robert.“ Sie sprach abgehackt, aber immerhin konnte sie sich verständigen.

Robert zog sich einen Stuhl an ihr Bett. „Wie geht es meiner Sonne heute früh?“

„Ich. Werde. Heute. Aufstehen.“

Robert schaute ihr in die Augen und sah darin die Anspannung. Würde sie die Füße bewegen können? Noch war nicht klar, ob Joleen einen bleibenden Schaden von dem Unfall davontragen würde.

„Das ist doch ein toller Fortschritt“, sagte er und tätschelte ihr die Hand. Er fragte sich, was für eine Art von Reha seine Frau in der Psychiatrie haben würde. Denn dass sie eine langwierige Reha brauchte, hatten ihm die Ärzte bereits klar gemacht.

„Wann. Darf. Ich. Zu. Mädchen?“

Diese Frage hatte Robert befürchtet. „Noch nicht, mein Schatz, sie liegen wegen der Ansteckungsgefahr in Quarantäne“, log er. Irgendwann würde sie es erfahren müssen. Aber nicht jetzt. Nicht heute. Sie sollte erst einmal auf die Beine kommen, sich ein wenig erholen.

„Erinnerst du dich heute an den Unfall?“

„Nein.“

Robert kämpfte mich sich. Sollte er Joleen zu dem Brand in ihrem Haus in Florida befragen? Nein, besser nicht. Nicht heute. Es war viel zu früh. Sie sollte sich nicht aufregen, sein geliebter Schatz sollte erst einmal gesund werden. Wieder ganz die alte werden. So, wie er sie gekannt hatte. Sie war nicht depressiv, flüsterte eine Stimme in seinem Inneren. Wir waren glücklich. Glücklich. Sehr glücklich. Eine Träne rann ihm aus dem Augenwinkel, ohne dass er es kontrollieren konnte. Vielleicht sollte er ihr Fotos zeigen. Oder nein. Am besten sollte er erst einmal von den Ereignissen berichten. Wozu hatte er schließlich recherchiert?

„Ich werde dir jetzt ein wenig erzählen, was in den letzten Tagen passiert ist, vielleicht erinnerst du dich dann. Du hattest den Zwillingen diese lustigen Koffer im Internet bestellt, entsinnst du dich?"

„Hummel. Und. Marienkäfer." Joleen gelang sogar ein Lächeln.

Sie waren gerade bei dem schicksalhaften Moose-Menü angelangt, als die Tür geöffnet wurde und mehrere in Weiß gekleidete Menschen eintraten. Die sympathische Assistenzärztin war ebenfalls dabei. „Wir werden heute versuchen, Sie ein wenig zu bewegen, Mrs Nolen. Mr Nolen, wollen Sie vielleicht bei Ihren Kindern warten?"

Robert nickte und erhob sich. „Ich komme wieder, mein Schatz. Gib dir Mühe, ja? Für mich!"

Joleen sah ihn flehentlich an. Der Blick seiner Frau brach ihm fast das Herz. Er ging über den Flur zu seiner Tochter Hannah. Noch lag sie im künstlichen Koma. Ihr Fieber war zwar gesunken, aber die Antibiotika hatten die Lungenentzündung noch nicht vollständig zum Erliegen gebracht. Sie experimentierten mit verschiedenen

Antibiotika und hofften, Hannah bald von der künstlichen Beatmung befreien zu können und langsam die Narkotika zurückzufahren, um sie wieder ins Leben zurückzuholen. Es ging Hannah besser, aber sie war noch nicht über den Berg. Robert stand neben dem Bett seiner Tochter und schaute auf den winzigen Leberfleck links unter der Nase, das Kainsmal, das ihm verriet, dass es seine Hannah war, die hier lag, und nicht ihre Schwester Sophia.

Dann war es Zeit, zu Sophia zu gehen. „Mir ist so langweilig, Daddy“, quengelte sie. Das konnte Robert gut verstehen, ihre beiden Händchen waren eingegipst, so dass sie nicht mit einem Tablet spielen oder die Fernbedienung des Fernsehers nutzen konnte. Er gab seiner Kleinen einen Kuss auf die Stirn und setzte sich neben ihr aufs Bett.

„Wie geht es Hannah?“, fragte sie.

Was sollte er sagen? „Besser, sie wird bald wieder bei dir sein.“

„Und Mommy?“

Ja, wie ging es Mommy. Wie würden die Kids damit klarkommen, ihre Mutter für lange Zeit nicht sehen zu können? Moment mal, der Staatsanwalt hatte gesagt „nicht ohne Aufsicht“. Das hieß also, dass sie ihre Kinder mit einer Aufsichtsperson sehen durfte. Hoffnung keimte in Robert auf. „Mommy versucht heute zum ersten Mal, ihre Beine zu bewegen. Die Ärzte sind bei ihr, sie ist gleich gegenüber von dir. Ich soll dich grüßen und dir einen ganz dicken Kuss geben.“

„Noah hat es gut“, sagte Sophia.

Das war die Idee. Er würde Sophia Fotos von Noah zeigen, dann würde sie sich vielleicht ein kleines bisschen weniger allein hier fühlen. Er nahm sein Tablet aus der Tasche und öffnete die Foto-App. Noah hatte auch gestern wieder fleißig fotografiert, Robert hatte in den letzten Tagen allerdings etwas anderes zu tun gehabt, als sich Fotos vom Camp Takajo anzuschauen. Aber jetzt war es eine willkommene Unterhaltung für Sophia. Er musste Bild für Bild aus dem Fotostream für Sophia aufrufen, da sie selbst mit den Händen nicht arbeiten konnte.

„Das ist am Schwimmbecken", sagte sie begeistert, als sie ein Foto von zwei kleinen Jungs sah. „Die haben ein Schwimmbecken im See abgeteilt", erzählte sie Robert.

Robert rief ein Bild nach dem anderen auf, und zu jedem der Fotos gab sie einen Kommentar. Es wärmte Roberts Herz, als er sah, wie sehr sich seine Tochter freute, die Fotos von ihrem Bruder zu betrachten, obwohl es hauptsächlich verwackelte Selfies und Bilder von Kindern waren, die sie nicht kannte. Sie gluckste bei den Faxen, die ihr Bruder vor der Kamera machte.

„Ach, guck mal, das ist das Footballfeld, das Foto hat Mommy gemacht, als wir da waren."

Robert nahm Sophia das Tablet ab und schaute auf ein Foto von einem leeren Footballfeld, im Vordergrund sah man einen Tisch mit Wasserflaschen und eine Getränkekiste.

„Tolles Bild", sagte er und wischte weiter. Man sah Jungs zu den Wasserflaschen laufen. Wieso hatte Joleen dieses Foto gemacht? Er holte das nächste Foto auf den Bildschirm. Zuerst dachte er, es sei ein Bild von Noah, aber das war nicht Noah, der Junge war zu groß und trug die Haare ein wenig länger als sein Sohn. Robert vergrößerte das Bild so weit, dass man nur noch das Gesicht des Jungen in dem langen, grünen Footballhemd sah. Der Junge war Noah wie aus dem Gesicht geschnitten. Als er das Foto noch ein wenig mehr vergrößerte, sah er, dass der Junge wie Noah und Hannah einen winzigen Leberfleck unter dem linken Nasenflügel hatte. Zufall? Eine Laune der Natur?

Etwas in den Augen des Jungen irritierte ihn. Er vergrößerte das Bild noch mehr. Jetzt wurde es zwar unscharf, aber er sah, dass der Junge einen kleinen schwarzen Fleck neben der grüngrauen Iris hatte. Robert schüttelte den Kopf. Das konnte nicht sein. So eine Ähnlichkeit und dann … Er schaute Sophia an. „Kannst du dich auch an den Jungen erinnern?“

Gelangweilt schaute Sophia auf das Foto. „Nö, mach weiter, Daddy, das ist doof.“

Es folgten Bilder vom Augustus-Bove-Haus, vom Eingang des Camps, vom Eisessen in *Rick's Café*, vom Abendessen mit Noah, von der Geburtstagsüberraschung in der Hütte. Sophia gab zu jedem Foto ihren Kommentar ab, sie lachte über ihren großen Bruder. Robert war nicht bei der Sache. Er musste etwas nachprüfen. So schnell wie möglich.

Das Handy vibrierte in seiner Hosentasche. Matt. Schnell verabschiedete er sich von Sophia.

„Matt, ich muss vor die Tür gehen, ich rufe dich zurück“, sagte er, als er auf dem Krankenhausflur war. Dabei warf er dem Polizisten einen misstrauischen Blick zu.

Als er in sein Auto gestiegen war, rief er Matt zurück. Er erklärte ihm sowohl die Situation mit dem Staatsanwalt als auch die Situation mit dem Krankenhaus. Er hatte darüber nachgedacht, ob er Matt überhaupt mitteilen sollte, dass er quasi pleite war, weil er Angst hatte, dass Matt dann nicht für ihn arbeiten würde. Aber dann war er zu dem Schluss gekommen, dass Matt ihm unter Umständen zu seinem Recht bei den Versicherungen verhelfen musste, deshalb hatte er sich für die nackte Wahrheit entschieden.

„Nun beruhige dich erst einmal. Die Tatsache, dass der Staatsanwalt Joleen in die Psychiatrie bringen will, kommt dir im Moment entgegen."

„Wieso das denn, verdammt, da gehört sie nicht hin, Joleen ist doch nicht verrückt!"

„Sie wird so als Krankheitsfall anerkannt, und damit muss deine Versicherung zahlen, und zwar pronto."

„Ich fürchte, Joleen hat bei der Versicherung nicht angegeben, dass sie bereits wegen einer postpartalen Depression in der Psychiatrie war", gab Robert zu bedenken.

„Herzlichen Glückwunsch, dass ihr in Vermont lebt. In anderen Staaten hättet ihr jetzt ein Riesenproblem. Die werden vielleicht noch ein wenig zucken und ruckeln, aber dann werden sie zahlen müssen, ansonsten kriegen sie gewaltigen Ärger mit mir."

Robert atmete tief durch. „Ich habe wirklich Angst, dass wir alles verlieren werden. Die Kreditkartenfirmen werden mich in der Luft zerreißen."

„Das kann allerdings wirklich passieren, das mit den Kreditkarten. Du solltest das offensiv angehen, Robert, rufe sie alle an und warne sie vor, dass eventuell im Moment nicht abgebucht wird. Bitte um Aussetzung der Raten für einen Monat. Geh auf keinen Fall auf Tauchstation!"

„Aber wie kriege ich Joleen wieder raus aus der Psychiatrie?"

„Das wird allerdings schwieriger. Zwei Gutachter müssen ihr bestätigen, dass sie nicht mehr krank ist. Damals, als man eine postpartale Depression diagnostiziert hat, war das einfacher. Denn die besteht natürlich nur in den ersten Wochen nach der Geburt, so dass sie nach zwei Jahren problemlos entlassen werden konnte."

„Kann man gegen die Einweisung etwas unternehmen?"

„Im Moment wäre es das falsche Signal, lass erst mal die Versicherung zahlen."

„Matt, was passiert mit meiner Familie? Wenn Joleen nicht zu Hause ist, wer kümmert sich um die Kinder? Und ich muss nächste Woche auch wieder in meiner Firma erscheinen, sonst kann ich mir meinen Job aus der Ferne angucken. Und wenn ich meinen Job verliere, verliere ich auch meine Versicherung."

„Du bist im Moment auf den guten Willen von allen angewiesen. Hast du mit deiner Bank geredet?"

„Natürlich, ich werde Sally gleich noch mal anrufen, sie hat versprochen zu versuchen, meinen Kreditrahmen zu erweitern. Ich bin da aber nicht sehr zuversichtlich, wenn schon meine eigene Schwester für ein Darlehen den Verzicht auf unser Erbe fordert."

„Oh je, das tut mir leid."

„Davon kann ich mir auch nichts kaufen." Robert merkte, dass er zynisch wurde. „Sorry. Aber sag mir, was kann ich tun, um Joleen aus der Psychiatrie zu holen?"

„Warte erst mal ab, was die Psychiater über ihren Fall denken. Es ist allemal die bessere Alternative zum Gefängnis."

„Matt, ich glaube nicht eine Sekunde daran, dass Joleen sich und die Kinder ins Jenseits befördern wollte. Nicht eine einzige Sekunde!"

„Weil du einen gesunden Menschenverstand hast. Aber Kranke ticken anders."

„Joleen war nicht depressiv. Dafür lege ich meine Hand ins Feuer."

„Wieso gibt es dann keine Bremsspuren?"

„Vielleicht haben die Bremsen versagt?"

„Wieso sollten sie?"

„Vielleicht, weil sie kaputt waren."

„Dann geht eine Warnlampe am Armaturenbrett an. So dumm ist Joleen nicht, dass sie mit kaputten Bremsen durch die Berge fahren würde."

„Könntest du den Bericht des Gutachters beim Staatsanwalt anfordern? Bitte!"

„Klar, das mache ich. Aber bitte, Robert, finde dich langsam damit ab, dass Joleen krank ist. Je eher, desto besser. Wenn du dich an eine vage Hoffnung klammerst, bist du derjenige, der zum Schluss alles verliert. Du hilfst auch ihr damit nicht."

Robert hatte keine Lust mehr, mit Matt zu diskutieren. Er war kein Idiot, so sehr konnte er sich nicht in seiner Frau getäuscht haben. Er verabschiedete sich und wollte schon wieder aus dem Kia aussteigen, als ihm noch etwas einfiel. Er gab den Namen Steven Jenkins bei Google ein und ging auf „Bilder".

Seine Erinnerung hatte ihn nicht getrogen. Er vergrößerte ein Porträt von Steven Jenkins. Der schwarze Fleck neben der Iris war deutlich zu sehen.

Joleen hatte im Camp Takajo eine unheimliche Begegnung gehabt. So viel war sicher. Der Junge musste sie an Steven Jenkins und ihren Sohn Joshua erinnert haben. Hatte sie diese Begegnung so aus der Fassung gebracht, dass sie sehenden Auges in den Abgrund gerast war?

Nein, nein, nein. Joleen war alles andere als eine verantwortungslose Mutter. Gab es so einen Zufall, dass ein Fremder gleich zwei Merkmale hatte, die jeweils von einem Elternteil stammen könnten?

Wie sollte er jetzt vorgehen? War Joleen schon so weit, dass er ihr das Foto zeigen und sie befragen könnte? Aber dann musste er ihr sagen, dass er von ihrem ersten Sohn wusste. War sie bereits in der Lage, dieses Gespräch zu führen?

Robert wollte es davon abhängig machen, wie ihr Zustand heute war. Er steckte sein Handy in die Hosentasche und ging zurück ins Krankenhaus.

Joleen war neben ihrem Bett zusammengebrochen, sie hatte vergessen, wie es war, die Beine zu bewegen. Sie hatte geschrien und getobt, deshalb hatten die Ärzte ihr ein Beruhigungsmittel gegeben. Als Robert zu ihr ins Zimmer trat, schlief sie.

Camp Takajo

Robert entschloss sich, am nächsten Morgen nach Maine zu fahren. Er würde herausfinden, was es mit dem Jungen auf sich hatte. Telefonisch vereinbarte er einen Termin mit dem Campvater und gab Noah Bescheid, dass er nach Naples kommen würde. Es war kurz vor der Mittagszeit, als Robert in Naples eintraf. Er parkte seinen Wagen vor dem großen Holztor und ging zu Fuß ins Büro.

Der Campvater, ein Mann von Mitte vierzig, frühzeitig ergraut und mit Lachfältchen um die Augen gesegnet, begrüßte ihn herzlich. Robert hatte ihm bereits am Telefon gesagt, dass er eine heikle Frage habe, die er mit ihm persönlich würde besprechen müssen. Als sie bei einer eisgekühlten Cola in dem klimatisierten Büro saßen, fing Robert an zu erzählen. Von dem Unfall seiner Frau, von den Fotos, die er im Fotostream der Familiencloud gefunden hatte.

„Ich versuche, die letzten Stunden meiner Frau zu rekonstruieren, sie hat keinerlei Erinnerung an die Zeit nach ihrer Abreise. Aber sie schien sich für ein Footballspiel der älteren Jungen zu interessieren.“ Robert hatte die Fotos des Spiels und des Jungen auf dem Schreibtisch des Computers abgespeichert, so dass er sie jetzt griffbereit auf dem Tablet hatte und dem Campvater zeigen konnte. „Können Sie mir sagen, wer der Junge ist?“, fragte Robert.

Der Campvater sah sich die Fotos an. „Nein, sorry, ich kenne den Jungen nicht. Aber der Footballtrainer, Marvin, weiß bestimmt, wie der Junge heißt und wo er herkommt. Wir haben gerade Mittagspause, ich werde Marvin kurz anpiepen."

Robert bedankte sich.

Der Campvater dachte nach. „Wenn Sie wissen wollen, was Ihre Frau bei dem Footballfeld gemacht hat, kann ich Ihnen weiterhelfen. Wir haben ja überall Webcams aufgestellt, damit die Eltern zu jeder Tages- und Nachtzeit ihre Sprösslinge beobachten können."

„Ja, aber das ist ja schon ein bisschen her."

„Kein Problem, wir schneiden alles mit. Im Vertrauen, Robert, es ist unsere Lebensversicherung, dass wir alles aufzeichnen und archivieren. Es passieren immer wieder Unfälle mit den Kindern, und nicht selten werden wir auf eine erhebliche Summe Schadensersatz verklagt. Da ist es sehr hilfreich, wenn man nachweisen kann, dass keine Mitschuld des Camps und keine Verletzung der Aufsichtspflicht vorlagen. Sie glauben gar nicht, was sich manche Rechtsanwälte so einfallen lassen, vor allem, wenn sie selbst Väter sind. Also, wann war Ihre Frau hier, dann schauen wir uns den betreffenden Mitschnitt an. In der Zwischenzeit müsste dann auch Marvin kommen."

Robert nannte ihm Datum und Uhrzeit, die er der Fotoinfo entnahm.

„Okay", sagte der Campvater, als es klopfte.

„Sie wollten mich sprechen?" Marvin, ein Student höheren Semesters, wie Robert mutmaßte, steckte den Kopf zur Tür herein.

„Marvin, Sie können helfen. Können Sie uns sagen, wie der Junge hier heißt?“

Robert hielt ihm das Tablet hin.

„Klar, das ist Logan. Logan Bennett. Aus Boston. Guter Junge. Der wird mal ein großartiger Quarterback.“

Robert hatte den Namen mitgeschrieben. „Können Sie mir seine Adresse geben?“, fragte er.

Der Campvater kratzte sich am Kopf und überlegte. „Ich fürchte, dass ich das nicht darf. Sie haben jetzt den Namen des Jungen, wir schauen uns gleich den Mitschnitt an, aber ehrlich gesagt, also, die Adresse in Boston, nein, das geht nicht. Oder ich muss vorher die Eltern anrufen und um Erlaubnis fragen.“

Robert nickte. „Natürlich. Das ist in Ordnung, wirklich. Wollen wir?“

Sie gingen zusammen in einen kleinen Monitorraum. Ein Wachmann saß vor den Bildschirmen, die aus den verschiedensten Blickwinkeln das Leben in Camp Takajo aufzeichneten. Der Campvater gab ihm den Zettel mit den Daten. „Ich müsste mir das Footballfeld an diesem Tag zu diesem Zeitpunkt anschauen.“

Der Wachmann gab in einen großen Rechner Zeit und Ort ein.

„Lassen Sie es ruhig ein wenig vorher beginnen, vielleicht zehn Minuten vor der Zeit, die ich Ihnen genannt habe.“

Der Wachmann zeigte auf einen Monitor in der Ecke. Dort erschien jetzt das Footballfeld, auf dem Jungs spielten. Robert erkannte Marvin, der mit einer Trillerpfeife im Mund für Ordnung sorgte. Und dann trat Joleen in die

Reichweite der Webcam. Die Auflösung war nicht sehr gut, aber sie reichte aus, um zu sehen, dass Joleen wie vom Donner gerührt war. Auf ihrem Gesicht lag ein ungläubiges Staunen. Hannah sprang um sie herum, wollte ihre Aufmerksamkeit, doch Joleen hatte nur Augen und Ohren für das Spiel. Sie starrte auf einen Jungen, den sie mit Blicken verschlang, sogar das konnte man der schlechten Aufnahme entnehmen. Sie stand da am Spielfeldrand, bewegungslos, mit leicht geöffnetem Mund.

Kurz danach pfiff Marvin das Spiel ab, die Jungs rannten zum gegenüberliegenden Spielfeldrand und versorgten sich mit Getränken.

Joleen nahm Hannah bei der Hand und zerrte Sophia auf die Füße, dann ging sie zusammen mit den Mädchen um das ganze Spielfeld herum. Zeitweise war sie außerhalb der Reichweite der Webcam, um dann wieder auf dem Monitor aufzutauchen. Was tat sie da? Sie suchte etwas in ihrer Handtasche. Was suchte sie? Kurzzeitig war sie wieder aus dem Bild verschwunden, dann tauchten die Zwillinge erneut auf, sie sprangen vor den Füßen ihrer Mutter munter umher.

Robert sah, dass Joleen sich zurückfallen ließ. Was hatte sie vor? Seine Frau war jetzt auf der Höhe der Getränkestation am Spielfeldrand. Da! Er hatte es genau gesehen. Joleens Hand zuckte zu den leeren Flaschen, die die Jungs in eine Getränkekiste zurückgestellt hatten. Sie hatte eine Plastiktüte in der Hand, in die sie eine Flasche hineinfallen ließ.

„Halt! Könnten Sie das noch mal zurückspulen, bis zu

dem Punkt, an dem die Jungs zu der Getränkestation laufen?“

Der Wachmann nickte. Erneut kamen die Jungs in ihren überlangen grünen und gelben Footballhemden ins Bild. Robert konzentrierte sich auf den Jungen, der aussah wie der ältere Bruder von Noah. Er trank die kleine Flasche Wasser fast in einem Zug leer, den Rest kippte er sich über den erhitzten Kopf. Er stellte die Wasserflasche in die Getränkekiste, rechts in die erste Reihe. Dann drehte er sich um und trottete davon, wahrscheinlich Richtung Kabine.

Joleen schaute sich um, ob sie beobachtet wurde, und – schwupps – verschwand die Flasche, die rechts in der ersten Reihe stand, in der Plastiktüte und danach in ihrer Wohntasche.

Robert schüttelte den Kopf. Hatte Joleen das Gleiche gedacht wie er, als sie den Jungen gesehen hatte? Hatte sie gedacht, der sieht aus, wie mein Sohn Joshua heute aussehen würde? Wollte sie die Flasche mit seinem Speichel daran im Labor untersuchen lassen?

Robert hatte genügend CSI-Serien gesehen, um zu wissen, dass man an einer Flasche, aus der jemand getrunken hatte, dessen DNA ermitteln konnte.

Aber sie hatte zugegeben, ihren Sohn Joshua ermordet zu haben. Konnte sie sich nicht mehr an die Tat erinnern? Steven Jenkins hatte erzählt, sie habe erst getobt und alle der Kindesentführung beschuldigt. Erst nachdem sie sich in psychiatrische Behandlung begeben hatte, erklärte sie, dass sie vorgehabt habe, sich und das Baby umzubringen. Was hatte der Psychiater mit ihr angestellt?

„Könnten wir noch mal zurückgehen zum Anfang?", fragte Robert. Er hatte sich so auf Joleen und den Jungen konzentriert, dass er nicht darauf geachtet hatte, ob sich weitere Erwachsene in Spielfeldnähe befanden, die die Szene eventuell beobachtet hatten.

Robert konzentrierte sich jetzt auf die Umgebung. Da war niemand zu sehen. Jedenfalls nicht am Spielfeldrand, die Tribünen wurden von der Webcam nicht vollständig erfasst. Auch auf der gegenüberliegenden Seite des Spielfelds wurde nur ein schmaler Streifen gezeigt. Auch dort war niemand zu sehen. Moment – blitzte da nicht etwas in der Sonne auf?

„Stopp, könnten wir noch mal zurück?"

„Wie weit?"

„Nur ganz kurz, halt!"

Der Wachmann ließ die Aufzeichnung wieder laufen. Man sah tatsächlich etwas in der Sonne blitzen. Aber das war auch alles.

„Gibt es noch eine andere Webcam am Footballfeld, die vielleicht andere Perspektiven aufzeichnet?", fragte Robert.

Der Wachmann verneinte.

„Dann lassen Sie das ruhig noch eine Weile laufen, vielleicht taucht ja noch jemand vor der Kamera auf."

Eine Zeit lang geschah nichts. Robert wollte sich schon bedanken für die Mühe, die er dem Wachmann und dem Campvater gemacht hatte, als eine Schulter in der Webcam erschien. Die Schulter hatte sich aus dem toten Winkel ins Bild geschoben. Es war eindeutig die Schulter einer Frau, einer Frau in einem weißen T-Shirt. Mehr war nicht zu sehen, bis die Schulter nach kurzer Zeit wieder vom Bildschirm verschwand.

„Können Sie einen Schnelldurchlauf machen, das also noch ein paar Minuten vorspulen?"

„Klar." Der Wachmann hielt eine Taste gedrückt. Man sah das Spielfeld, man sah Marvin, der sich die Getränkekisten griff, man sah, wie ein paar Jungs auf dem Rasen rangelten, man sah sogar mehrere Krähen auf dem leeren Spielfeld nach Nahrung suchen. Aber leider kam die weiße Schulter nicht mehr ins Blickfeld.

„Könnten Sie mir von diesen Szenen, die wir jetzt gesehen haben, einen Mitschnitt machen? Auf einer CD oder einem USB-Stick?"

Der Wachmann warf dem Campvater einen fragenden Blick zu. Dieser nickte. „Okay, natürlich, Ihre Frau muss Ihre Erinnerung wiederfinden."

Robert bedankte sich. „Dann will ich mal meinen Sohnemann überraschen", fügte er hinzu.

„Die Jungs sind jetzt auf ihren Hütten oder davor, Sie können ein Golfcart nehmen", verabschiedete sich der Campvater von ihm.

„Sie haben mir sehr geholfen, vielen Dank."

Auf dem großen Vorplatz gab ihm der Campvater einen Schlüssel und zeigte auf ein Cart. „Bringen Sie es bitte heil zurück", sagte er augenzwinkernd.

Robert nickte wissend, so manche Eltern hatten sich inklusive Kindern im Camp ein Cartrennen geliefert, daran entsann er sich noch gut aus seinen eigenen Ferien. An den mitunter steilen Hängen mit den dicken Baumwurzeln neigten diese Dinger dazu, schnell zu kippen, wenn man vor seinen Kids den starken Mann markieren wollte und zu viel Gas gab.

„Daaaaaddy!“ Als Noah ihn kommen sah, waren seine Kumpels vergessen. Er sprang auf das Cart und umarmte seinen Vater. Natürlich hatte der Kleine furchtbare Angst um seine Mutter und seine Schwestern, zu denen er im Moment keinen Kontakt hatte. Aber Robert ahnte, dass Noah vielleicht schon die ganze Zeit ein wenig Heimweh gehabt hatte, aber zu tapfer oder zu stolz war, das seiner Familie gegenüber zu zeigen.

„Wollen wir Eis essen fahren?“

„Jaaaa!“

Erkenntnisse

Während der Rückfahrt überlegte Robert fieberhaft, wie er an die Adresse von Logans Familie in Boston kommen sollte. Bennett war nicht gerade ein seltener Name in den USA. Der Campleiter hatte ihm nicht erlaubt, Aufnahmen aus Logans Hütte anzusehen, um so vielleicht ein Bild von Logans Mutter aufzutreiben. Denn er war sich sicher, dass sie, wie wahrscheinlich alle Eltern, ihren Sohn irgendwann in den letzten Wochen besucht hatte.

Den Gedanken, in den Bed & Breakfasts in der Umgebung nach Mrs Bennett zu fragen, hatte er rasch verworfen. Auch dort würde wohl kaum jemand die Adresse der Familie herausrücken.

Robert merkte, dass er viel zu aufgewühlt war, um klar denken zu können. Immer wieder kehrten seine Gedanken zu seinen Frauen zurück, und er fühlte, dass er bei ihnen sein sollte, sie brauchten ihn im Krankenhaus. Zwischendurch stieg eine andere Panik in ihm hoch, er dachte an die Kreditkartenfirmen, die womöglich im Moment dabei waren, ihm den Hahn ein für alle Mal zuzudrehen. Er musste sie alle der Reihe nach anrufen, so wie Matt gesagt hatte. Robert hatte das Gefühl, auf drei Baustellen gleichzeitig Beton zu gießen.

Ihm fiel die Flasche ein, die Joleen in ihre Tasche gepackt hatte. Sie war nicht in der Tüte gewesen, die der Sheriff ihm in die Hand gedrückt hatte. Wo war die Flasche geblieben? Natürlich – in der Reisetasche! Und die stand in seinem Hotelzimmer. Er drückte das Gaspedal durch, je schneller er nachsehen konnte, desto besser.

Und er konnte noch etwas tun: Steven Jenkins anrufen. Die Ähnlichkeit des Jungen, zumindest der Fleck in seinem Auge, war auffallend. Vielleicht kannte Steven Jenkins eine Mrs Bennett.

Als Robert in North Conway ankam, beeilte er sich, in sein Hotelzimmer zu kommen. Er zerrte die Reisetasche aus dem Wandschrank und schüttete den Inhalt auf sein Bett. Da war sie! Eingewickelt in eine durchsichtige Plastiktüte lag die kleine Wasserflasche mit der Aufschrift „Ice Mountain" auf seinem Bett. Er musste das Ding in ein Labor bringen, das eine DNA-Analyse erstellte. Aber wo fand man so etwas? Er musste Matt anrufen.

Eins nach dem anderen. Zuerst die Kreditkarten. Er begann mit der Firma, von der das Krankenhaus abgebucht hatte. Der Sachbearbeiter am Telefon war sehr freundlich und zeigte Verständnis für seine Situation. „Aber alles, was ich tun kann, ist, in Ihrer Akte zu vermerken, dass Sie innerhalb der nächsten vier Wochen Ihre Schulden begleichen werden. Das ist doch so, wenn ich Sie richtig verstanden habe? Die Kündigung kann ich nicht rückgängig machen, das tut mir leid."

Robert war bereits nach diesem Telefonat kurz davor zu resignieren. Die Krankenhausrechnung war ja nur ein Teil der Schulden auf der Kreditkarte. Natürlich lagen noch andere Anschaffungen darauf, so dass der Betrag, den Robert innerhalb von vier Wochen aufzubringen hatte, weit höher war als die Krankenhausrechnung. Er war so niedergeschlagen, dass er in den Ton eines Bittstellers abgerutscht war. Das war nicht der Ton, den die Kreditkartenfirmen verstanden. Denen musste man mit Härte und Drohungen entgegentreten. Aber wie und womit drohen? Also Matt anrufen.

Matt war sofort am Apparat. Robert erzählte ihm, was er in Naples gesehen hatte.

„Und was schließt du daraus?“, fragte er.

„Dass Joleen jemanden gesehen hat, der so aussah wie ihr angeblich verbrannter Sohn Joshua.“

„Und du meinst, dass sie das so sehr erschreckt hat, dass sie in eine tiefe Depression verfiel? Oder sie so durcheinander war, dass sie den Abhang hinuntergefahren ist?“

„Matt, sie hat die Flasche in ihrer Reisetasche. Ich möchte daraus ein DNA-Profil erstellen lassen.“

„Dann brauchen wir zum Vergleich ein DNA-Profil von Joleen, wenn du meinst, dass das was bringt. Ist nicht ganz billig, wenn man das privat macht.“

„Bitte, wenn ich dir die Flasche vorbeibringe und Bargeld, könntest du das veranlassen?“

„Hast du mit deinen Kreditkartenfirmen gesprochen?“

„Das ist der zweite Grund meines Anrufs. Der erste Versuch war ein Desaster.“ Robert berichtete von seinem Misserfolg. „Ich muss das anders angehen, nur weiß ich nicht, wie. Ich brauche etwas, womit ich denen drohen kann.“

„Das ist doch kein Problem. Beruf dich einfach auf Chapter 13.“

„Was ist das denn?“

„Das ist so eine Art Privatinsolvenz. So etwas kriegen wir im Normalfall in vier Monaten abgewickelt. Du machst eine Vermögensaufstellung. Dann schaust du, wie viele Miese du hast, das stellen wir deinem Vermögen gegenüber. Wenn die Schulden dein Vermögen übersteigen, musst du fünf Jahre lang einen machbaren Betrag monatlich an die Gläubiger zahlen. Die können dann nicht mehr zwangsvollstrecken, und du bist schuldenfrei."

„Ja, aber dann müssen wir aus unserem Haus ausziehen."

„Im Regelfall kannst du dein Haus sogar behalten, wenn du die Bankhypothek weiter bedienst."

„Ach, so einfach ist das?"

„Einfach nicht, aber machbar. Natürlich fürchten die Kreditkartenfirmen Chapter 13 wie der Teufel das Weihwasser. Weil du nur in der Lage sein wirst, einen Teil ihrer Forderungen zu bedienen. Während der großen Wirtschaftskrise 2008 haben sie damit sehr, sehr viel Geld verloren. Also drohe denen mit Chapter 13, und sie werden dir entgegenkommen. Du bist doch Verhandlungsprofi."

Robert atmete durch. „Ich darf dir die Flache also vorbeibringen?"

„Ja, und eine Haarbürste von Joleen oder ein Glas, aus dem sie getrunken hat."

„Morgen Abend bin ich bei dir", sagte Robert.

„Ich hoffe, dass ich dann schon den Bericht des Schadenssachverständigen auf dem Tisch habe."

Robert verabschiedete sich schnell, er war neugierig, wie die nächste Kreditkartenfirma auf seiner Liste reagieren würde. Und richtig, allein die Erwähnung von Chapter 13 ließ die Dame am Telefon glatt einen Ton höher sprechen. Er solle sich bitte keine Sorgen machen, man würde die Rückzahlungsraten für zwei Monate aussetzen. „Selbstverständlich können Sie Ihre Karte weiterhin benutzen, ich werde sie sofort wieder freischalten." Matts Rat war Gold wert!

Nachdem Robert alle Gläubiger eingefangen hatte, traute er sich sogar, Sally von der Bank anzurufen.

„Wie geht es Ihnen, Robert?", fragte sie leutselig.

Robert ahnte Böses. „Konnten Sie meinen Kreditrahmen erweitern?", fragte er daher ohne Umschweife.

„Das ist überhaupt kein Problem, Robert, Sie müssten allerdings mit Ihrem Haus dafür bürgen", sagte Sally.

Das kam Robert bekannt vor, es erinnerte ihn an seine Schwester. „Aber auf dem Haus liegen noch hohe Hypotheken."

„Das macht nichts", sagte Sally, „ist einfach nur eine Vorsichtsmaßnahme. Wann können Sie vorbeikommen?"

Robert dachte nach. Mit dem Haus zu bürgen, kam überhaupt nicht in Frage. „Ich muss darüber nachdenken", sagte er deshalb. Er wollte vorher mit Matt darüber reden.

Auch wenn es schon früher Abend war, wollte er auf jeden Fall noch einmal ins Krankenhaus fahren. Seine Süßen würden ihn schon vermissen. Ob er heute mit Joleen über den Jungen würde reden können?

Im Krankenhaus spürte er sofort, dass irgendetwas überhaupt nicht in Ordnung war. Die Tür zu Joleens Zimmer war offen, und es stand kein Polizist mehr davor. Er betrat den Raum – er war leer. Robert wurde schwarz vor Augen, er musste sich am Türrahmen festhalten. Dann rannte er zum Schwesternzimmer.

Geschlossene Abteilung

„Wo ist meine Frau?“ Er schrie es fast.

„Fragen Sie bitte den Chefarzt“, sagte die Schwester.

„Und wo finde ich den?“

Die Schwester blickte auf die Uhr. „Er operiert noch.“

Na fein, und bis er fertig operiert hatte, sollte er im Ungewissen bleiben.

„Und Sie können mir das nicht sagen?“

Sie schenkte ihm ein bedauerndes Lächeln, was ihn noch mehr in Panik versetzte.

„Ich bin bei meiner Tochter Sophia“, sagte er und ging schnell über den Flur zu ihrem Zimmer.

„Daddy!“, rief sie, als er die Tür aufmachte. „Mom war hier!“

Na, das war ja eine gute Nachricht. „Ach, mein Schätzchen, wann denn?“, fragte er, während er sich den Stuhl an ihr Bett zog.

„Heute Mittag, der Sheriff hat sie in einem Stuhl hereingefahren.“

„Der Sheriff?“

„Ja, ein Sheriff. Richtig mit Sheriffstern und so.“

Robert brach der Schweiß aus. Was hatte das zu bedeuten? Wahrscheinlich war, dass ein Deputy, der gerade Wachdienst vor Joleens Tür hielt, sie in das Zimmer ihrer Tochter gebracht hat. „Unter Aufsicht“ hatte der Sheriff gesagt. Aber wo war Joleen jetzt? Vielleicht bei Hannah?

„Hast du ihr gesagt, wo Hannah ist?"

„Sie war vorher schon bei Hannah, hat sie gesagt. Warum spricht Mommy so komisch?"

„Du meinst so langsam und abgehackt? Sie muss erst wieder lernen zu sprechen, aber das wird wieder, mach dir keine Sorgen, meine Kleine. Was hat Mommy denn gesagt?"

„Sie hat mich lieb, hat sie gesagt. Und es tut ihr leid."

„Was tut ihr leid?"

„Das hat sie nicht gesagt, Daddy. Ich habe sie gefragt, ob sie nicht mehr laufen kann. Sie hat gesagt, das muss sie wieder lernen. Kann man so was vergessen?"

„Ja, mein Schatz, wenn man so lange bewusstlos war wie deine Mom, dann ist es normal, dass man alles noch mal lernen muss."

„Muss Mom wieder in die Schule gehen?"

Robert war beeindruckt von der Logik seiner Vierjährigen.

„So ähnlich. Man nennt das Reha. Das kommt von Rehabilitation. Da lernen Menschen wieder sprechen, laufen, essen, ganz normale Dinge halt."

„Wann kommt Hannah wieder zu mir?"

„Gute Frage, ich habe nachher einen Termin mit dem Chefarzt, dann werde ich ihn fragen. Wollen wir einen Film gucken?"

„Jaaaa!"

Robert griff nach dem Kindertablet, das er in der Reisetasche von Joleen gefunden und bei Sophia auf den Nachttisch gelegt hatte.

„Wie wäre es mit der Geschichte von der Giraffe, die tanzen wollte?"

„Och nö, die ist doof, die haben wir schon im Auto gesehen. Ich will Dr. Snuggles."

„Na, dann gucken wir mal, ob wir Dr. Snuggles finden", sagte Robert und durchsuchte die Familiencloud. „Hier ist er! Dr. Snuggles persönlich. Äh, also Volume eins, zwei, drei oder vier?"

„Alle." Das war typisch Sophia. Also fing er erst mal mit Volume eins an.

Knobby the Mouse trieb Miss Nettles gerade in den Wahnsinn, als die Schwester den Kopf in die Tür steckte und ihm mitteilte, der Chefarzt wäre jetzt für ihn zu sprechen. „Ich muss gehen, Kleines, bis später", sagte er. Sie war so vertieft in den Zeichentrickfilm, den sie schon fast mitsprechen konnte, dass sie nur wortlos nickte.

„Danke, dass Sie Zeit für mich haben", sagte er zu dem Chefarzt, der in keiner Weise seinen Vorstellungen eines Chefarztes entsprach. Der Mann war klein, dick, hatte eine schiefe Nase und ein pockennarbiges Gesicht. Er sah eher aus wie ein ehemaliger Preisboxer als wie ein leitender Arzt. Der Preisboxer nickte so gnädig wie der Papst, wenn er eine Audienz gewährt. „Wo ist meine Frau?", fragte Robert.

„Es tut mir leid, heute früh kam jemand aus dem Büro des Sheriffs mit einer Anordnung vom Staatsanwalt, dass Joleen Nolen sofort in die psychiatrische Abteilung des Krankenhauses verlegt werden muss."

„Und das haben Sie zugelassen? Die Frau ist erst vor vier Tagen aus dem Koma aufgewacht! Sie kann noch nicht mal laufen!"

„Doch, Ihre Frau ist heute früh gelaufen. Mit Festhalten, Bein vor Bein, sie wird es wieder lernen."

„Aber doch nicht ohne Reha! Meine Frau ist krank!“

„Nach meinem Ermessen ist die psychische Gesundheit Ihrer Frau stärker beeinträchtigt als ihre physische.“

„Was für ein Quatsch, meine Frau ist psychisch kerngesund.“

„Der Staatsanwalt sieht das anders. Bitte verstehen Sie uns, wir können kein Risiko eingehen. Ihre Frau hat laut Staatsanwaltschaft versucht, sich selbst und ihre Kinder umzubringen.“

„Aber das stimmt nicht.“

„Bitte, ich bin der Falsche für eine solche Diskussion. Ich kann auf einer Station, auf der schwerstkranke Patienten liegen, keine psychisch Kranken brauchen. Ich muss das Leben unserer schwerkranken Patienten schützen. Und vor allem auch das Leben Ihrer zwei kleinen Töchter. Wir haben im Übrigen die Narkosegabe bei Ihrer Tochter Hannah reduziert, wir werden sie innerhalb der nächsten Tage wieder ins Bewusstsein zurückholen.“

„Na, das ist ja eine wunderbare Nachricht. Wenigstens eine gute Nachricht heute. Heißt das, dass die Lungenentzündung ausgeheilt ist?“

„Ausgeheilt noch nicht, aber am Abklingen. Die letzten Antibiotika haben so gut angesprochen, dass Hannah nicht mehr intubiert bleiben muss.“

„Und was ist mit meiner Frau? Sie braucht eine Reha, damit sie wieder auf die Beine kommt.“ Robert fühlte sich total hilflos.

„Wir werden jeden Tag jemanden von der neurologischen Station zu ihr schicken und dafür sorgen, dass sie auch in der Psychiatrie die erforderliche medizinische Versorgung bekommt."

Das sollte ihn wohl beruhigen, der Preisboxer schien nervös, er hatte es augenscheinlich eilig, aus dem unangenehmen Gespräch zu fliehen.

„Auf welchem Flur finde ich meine Frau?"

„Ganz oben, unterm Dach. Und nun entschuldigen Sie mich."

Am liebsten wollte Robert sagen „Sie mich auch", aber er nickte nur. Im Fahrstuhl, der ihn zwei Etagen höher bringen sollte, trat Robert mit voller Wucht gegen die Fahrstuhlwand. Erschreckt schaute er sich um, ob es irgendwo eine Kamera gab.

Die psychiatrische Station konnte man nicht so einfach betreten wie jede andere Station des Krankenhauses. Die Tür war verschlossen, man musste sich bei einer Frau an einem Tresen hinter einer Glaswand anmelden.

„Mein Name ist Robert Nolen, meine Frau ist heute hierher verlegt worden", sagte er.

Die Frau schaute auf einen Zettel und nickte. „Ja, stimmt."

„Darf ich sie besuchen?"

„Sie können da heute nicht mehr hinein, bitte kommen Sie morgen wieder."

Robert zählte lautlos *eins, zwei, drei, tief durchatmen, nicht ausrasten, die Frau kann auch nichts dafür.*

„Bitte, ich muss meine Frau heute noch sehen, sie muss wissen, dass ich für sie da bin, das ist wichtig, verstehen Sie?"

„Es tut mir leid, keine Ausnahmen, im Moment ist keine Besuchszeit. Und ob Ihre Frau Besuch empfangen darf, muss der Chefarzt bestimmen."

„Und wann darf ich den Chefarzt sprechen?"

Die Krankenschwester sah ihn an, als habe er ihr einen unsittlichen Antrag gemacht.

„Sie können gern morgen früh auf der Station anrufen." Sie gab ihm eine Karte mit der Telefonnummer.

„Und jetzt kann ich da nicht anrufen?", bohrte er.

„Nein. Bitte morgen nach zehn Uhr. Nicht vorher. Nach der Konferenz. Dann wissen wir mehr."

Robert musste sich am Tresen festhalten, um nicht auch diesen mit dem Fuß zu bearbeiten. *Nicht randalieren*, sagte er sich, *sonst bin ich auch gleich auf der anderen Seite der Tür.*

Mit zusammengebissenen Zähnen und gesenktem Kopf verließ er das Krankenhaus. Er fragte sich, wie Joleen sich jetzt wohl fühlen musste, so ganz allein, abgeschnitten von allem. Sie wusste ja, wie es auf einer geschlossenen Station zuging. Wahrscheinlich dachte sie, dass er sie jetzt auch im Stich lassen würde. *Nein, das denkt sie nicht, Robert, sie kennt dich. Sie verlässt sich darauf, dass du sie da rausholst.* Bevor Robert sich ins Auto setzte, schaute er hinauf. Er schickte zu den winzigen Dachfenstern in der psychiatrischen Abteilung einen stummen Gruß an seine Frau: *Halt durch, Liebling! Ich kämpfe für dich.* Er glaubte nicht an Telepathie, aber wie oft hatten sie beide das Gleiche gedacht. Sie würde es spüren, sie würde spüren, dass er hier unten stand und ganz fest an sie dachte.

Quarterback

Auf dem Weg ins Hotel holte er sich eine Pizza, weil ihm schon ganz schlecht vor Hunger war. In seinem Zimmer klaubte er die Salami von der Pizza, den Teig bekam er nicht runter, seine Kehle war wie zugeschnürt, er musste würgen.

Wie viel konnte ein Mensch aushalten? Die Angst, ob seine kleine Hannah jemals wieder wie jedes andere Kind auf einem Trampolin würde hüpfen können, die Angst, alles zu verlieren, was sie sich in den vergangenen Jahren so mühsam aufgebaut hatten, und nicht zuletzt die Angst um seine Frau, die man ihm einfach von der Seite gerissen hatte, nachdem er bereits geglaubt hatte, dass sie das Schlimmste überstanden hatte – all das brachte ihn selbst fast um.

Er wählte die Handynummer von Steven Jenkins, der sich auch sofort meldete.

„Robert Nolen, störe ich?“, fragte er.

„Gibt es etwas Neues von Joleen?“

Robert atmete erleichtert auf. Ein Steven Jenkins, der jetzt keine Zeit oder kein Interesse gehabt hätte, mit ihm zu reden, wäre das Letzte gewesen, was er brauchte. Robert berichtete, dass Joleen auf Verfügung des Staatsanwalts in die geschlossene psychiatrische Abteilung verlegt worden sei. „Ich habe allerdings in der Zwischenzeit etwas gefunden, was vielleicht ein anderes Licht auf die Ereignisse wirft“, fügte er hinzu. „Kennen Sie eine Mrs Bennett?“

Schweigen am anderen Ende der Leitung. Robert hörte Steven Jenkins durchatmen.

„Carolyn Bennett?", fragte er nach einer Weile.

„Ich weiß nicht, wie die Dame mit Vornamen heißt", sagte Robert. „Sie kennen sie also?"

„Oh Gott, Carolyn. Ja, das ist aber sehr lange her. Ich bin eine Zeit lang mit Carolyn gegangen, als wir auf der Highschool waren", gestand Steven. „Es war nichts Ernstes, wir haben damals noch geübt, wenn Sie verstehen, was ich meine."

Robert musste bei der Formulierung lächeln. Ja, so eine Highschool-Freundin hatte er auch gehabt. „War Carolyn eifersüchtig auf Joleen?"

Steven Jenkins lachte. „Nein, ganz bestimmt nicht, die kannten einander ja gar nicht. Ich hatte mich längst von Carolyn getrennt, als ich Joleen kennengelernt habe. Carolyn ist sofort nach dem Abitur nach Boston gegangen, um dort zu studieren."

„Könnte es sein, dass Sie ein Kind mit Carolyn haben?"

„Nein, nein, auf keinen Fall, ausgeschlossen! Wie kommen Sie überhaupt auf die Frage?"

„Sagen Sie mir bitte, hatte Ihr Sohn Joshua den gleichen kleinen schwarzen Fleck neben der Iris wie Sie?"

„Äh, ja. Er hatte den gleichen Augenfehler wie ich."

Robert berichtete Steven Jenkins von dem ungefähr neun Jahre alten Jungen, den Joleen im Camp Takajo gesehen hatte. „Der Junge hat einen kleinen schwarzen Fleck neben der Iris und das gleiche Muttermal wie mein Junge."

„Das kann ich nicht glauben." Steven Jenkins war hörbar geschockt. „Wenn Carolyn tatsächlich ein Kind von mir gehabt hätte, hätte ich das erfahren“, behauptete er. „Ich bin oft in Cape Coral, meine Eltern wohnen immer noch dort, und natürlich bringen meine Eltern unsere Autos immer bei Carolyns Vater zur Reparatur. *Bennett's Pitstop* – das ist die führende Kfz-Werkstatt in meiner Heimatstadt. Ich besuche ihn meistens, wenn ich dort bin. Pete Bennett hätte mir längst den Hals umgedreht, wenn ich seine Tochter mit einem Kind hätte sitzen lassen, das dürfen Sie mir glauben. Alle Kids in Cape Coral haben den Zorn von Pete Bennett gefürchtet. Der Alte ist hochgradig cholerisch. Er trainierte früher unser Footballteam auf der Highschool.“

„Steven, ich möchte Ihnen ein Foto senden. Bitte schauen Sie sich den Jungen genau an. Und ich habe eine Bitte, die vielleicht etwas seltsam klingt. Könnten Sie mir ein Wattestäbchen mit Ihrem Speichel schicken?“

„Sie wollen einen DNA-Test machen lassen?“

„Ja, Joleen war so geistesgegenwärtig und hat eine Flasche eingesammelt, aus der der Junge getrunken hat. Ich habe die Flasche bei ihren Sachen gefunden. Joleen erinnert sich an nichts, aber ich habe einen Webcam-Mitschnitt, auf der die Szene zu beobachten ist.“

„Senden Sie mir das Foto. Jetzt. Ich kann das gar nicht glauben.“

„Okay, ich schicke Ihnen das Foto und die Adresse, an die Sie bitte das Wattestäbchen schicken. Sie schicken mir doch eins?“

„Ja, ja, natürlich. Hören Sie, soll ich mal den ollen Bennett anrufen und fragen, wie es Carolyn geht?“

„Das wäre nicht schlecht, ich habe nämlich keine Adresse von der Frau. Ich weiß nur, dass sie in Boston wohnt und ihr Junge zusammen mit meinem Kleinen im Camp Takajo in Maine seine Ferien verbringt."

„Senden Sie mir das Foto sofort, ich rufe Sie dann gleich zurück."

„Okay." Robert legte auf und sandte ihm per WhatsApp das Bild. Es dauerte fast zwanzig Minuten, bevor Steven zurückrief.

„Tschuldigung. Ich musste mich erst mal setzen und was Kühles trinken. Und dann habe ich mir das Foto auf meinem großen Bildschirm angeschaut. Kein Wunder, dass Joleen komplett durcheinander war. Der Junge hat den gleichen Augenfehler wie ich. Und den gleichen, winzigen Leberfleck wie unser Joshua."

„Sag ich doch."

„Ich habe mir nach unserem ersten Gespräch die Situation damals mit Joleen nochmals durch den Kopf gehen lassen. Sie hat ja erst behauptet, das Haus in selbstmörderischer Absicht angezündet zu haben, nachdem ich sie zum Psychiater geschickt habe. Ganz ehrlich, ich wäre nie auf den Gedanken gekommen, dass Joleen Suizidgedanken hatte. Vorher, meine ich. Nicht eine Sekunde. Sie hat davor immer behauptet, dass unser Sohn entführt worden sei."

„Wie konnte man eigentlich nachweisen, dass Joshua verbrannt ist? Da müssten doch irgendwelche Reste in der Asche geblieben sein. Es gab doch auch damals schon DNA-Tests."

„Die kriminaltechnische Untersuchung hat nichts ergeben. Sie haben keinerlei menschliche Reste gefunden. Nichts."

„Wie konnte Joleen dann des Kindesmords angeklagt werden? Ohne Leiche keine Mordanklage, oder?"

„Man hat damals gesagt, dass ein so kleines Kind durchaus rückstandsfrei verbrennen kann. Es hat ja noch keine Zähne."

„Aber Sie haben mir erzählt, dass Joleen alle der Entführung beschuldigt hätte. Hat man denn das nicht untersucht?"

„Doch natürlich. Aber es gab keinen Grund für eine Entführung."

„Eifersucht vielleicht. Carolyn?"

„Die war damals schon lange in Boston. Die kam gar nicht in Frage, weil sie nicht in der Stadt war."

„Das hat man nachgeprüft?"

„Das nehme ich an. Man hat ja sogar mich auf Herz und Nieren überprüft. Wo ich war, mit wem ich Kontakt hatte. Meine Freunde, meine Freundinnen, alle sind überprüft worden."

„Hm. Also bitte senden Sie meinem Anwalt das Wattestäbchen. Am besten per Kurier. Sonst dauert das von Los Angeles aus ja seine Zeit."

„Das mache ich noch heute, versprochen. Und ich rufe mal den alten Pete an. Ich melde mich, wenn ich etwas Neues höre. Halten Sie durch!"

Eiscremefabrik

Um fünf Minuten nach zehn rief Robert in der Psychiatrie an.

„Keine Besuche in den nächsten vierzehn Tagen erlaubt“, sagte der Arzt.

Robert musste tief durchatmen, um den Mann nicht anzuschreien. „Darf ich fragen, wieso?“

„Wir möchten, dass unsere Patienten sich unbeeinflusst von äußeren Einflüssen zunächst einmal erholen können.“

„Darf meine Frau dann also auch nicht die Abteilung verlassen?“

„Das hat der Staatsanwalt verboten“, sagte der Arzt.

Robert fühlte sich komplett machtlos. Ihm war klar, dass es sinnlos war, mit dem Mann zu diskutieren.

„Was machen Sie dann mit meiner Frau? Darf ich wenigstens mit ihr telefonieren?“, fragte er. Seine Fantasie ging mit ihm durch. Er sah Horrorbilder von einer apathischen, ruhiggestellten Joleen, die nur noch als ein Schatten ihrer selbst wie ein Geist dahinvegetierte.

„Wir müssen zunächst ein psychiatrisches Gutachten erstellen, bitte haben Sie Verständnis, dass wir das unter Ausschluss der Angehörigen machen müssen. Bis dahin sind auch keine Telefonate erwünscht.“

„Können Sie ihr vielleicht etwas ausrichten? Bitte. Ich bin mir sicher, dass es ihr bei der Genesung hilft, wenn sie weiß, dass ihr Mann unbeirrt hinter ihr steht. Bitte, richten Sie ihr das aus?“ Robert hörte, dass er schon wieder in einen Bettelton verfallen war. Was war mit seiner Welt geschehen, dass er sich so weit erniedrigen musste, andere anzuflehen?

„Wir werden sehen, was wir tun können.“

WIR. Wir sind Gott. Robert verspürte mit einem Mal so heftige Aggressionen, dass er sich schnell verabschiedete, bevor er ihn anbrüllen würde. Denn es war ihm nach Brüllen zumute. Nach sehr lautem Brüllen.

Okay. Also kein Besuch bei Joleen. Er musste etwas tun. Aggressionskontrolle. Noch nie in seinem Leben hatte Robert sich selbst als cholerisch erlebt, aber das, was er in den letzten Tagen erfahren hatte, weckte in ihm hilflose Wut. Es kostete ihn immer mehr Mühe, sich zu beherrschen.

Als er am Morgen aufgewacht war, pochte etwas in seinem Hinterkopf. Irgendwas hatte er geträumt, was er jedoch nicht mehr zu fassen vermochte. Er hatte das Gefühl, für einen Moment den Anfang des Knäuels in Händen gehalten zu haben – den Faden hatte er jedoch sofort verloren.

Robert entschloss sich, erst einmal eine Runde um das Hotelareal zu joggen, um über die nächsten Schritte nachzudenken. Steven hatte nicht mehr zurückgerufen, wahrscheinlich hatte er Pete Bennett nicht erreicht. Da Steven in Los Angeles in einer anderen Zeitzone wohnte, war es für einen Anruf nun viel zu früh. Robert musste sich also gedulden.

Nach dem Joggen hüpfte er unter die Dusche. Er musste nach Burlington und dort einiges regeln. Zum Beispiel brauchte er einen Termin mit seinem Chef. Roberts Ferien neigten sich dem Ende zu, aber er konnte hier auf absehbare Zeit nicht weg. Da er in den vergangenen Tagen nur schlechte Nachrichten bekommen hatte, erwartete er von dem Gespräch mit seinem Chef die nächste Katastrophe. Aber er konnte es nicht mehr länger aufschieben. Mit zusammengebissenen Zähnen rief er in seiner Firma an. Er hatte den Zeitpunkt abgewartet, an dem sein Chef täglich „Post“ machte, also am Schreibtisch saß und seine Sekretärin quälte. Sie stellte deshalb auch sofort zu ihm durch.

„Hallo Paul, ich bin's, Robert.“

„Gut, dass du anrufst“, sagte er, „wir haben uns schon gefragt, wie es deinen Mädchen geht.“

„Ganz beschissen, wenn ich ehrlich bin. Hannah haben sie in ein künstliches Koma versetzt, aber sie ist seit zwei Tagen außer Lebensgefahr, Sophia sieht aus wie eine Mumie und kann sich nicht bewegen, weil sie vollständig eingegipst ist, und Joleen hat man in die geschlossene psychiatrische Abteilung verlegt. Die Betonung liegt auf geschlossen, ich kann also nicht zu ihr. Und zu allem Überfluss hat die Krankenversicherung noch nicht gezahlt, und das Krankenhaus hat mir fünfunddreißigtausend Dollar von meiner Kreditkarte abgezogen.“

„Heilige Scheiße! Was kann ich für dich tun, Robert?“

„Darf ich das heute Nachmittag mit dir persönlich besprechen?“

„Kannst du vor sechzehn Uhr hier sein?“

Robert versprach, pünktlich zu kommen. Dann fuhr er

ins Krankenhaus und stattete seiner kleinen Mumie einen Besuch ab, sie telefonierten gemeinsam mit Noah. Von der Assistenzärztin hörte er, dass Hannah zwar noch bewusstlos war, aber immerhin wieder selbständig atmete. Robert zog sich den Schutzanzug an, setzte sich neben Hannahs Bett und redete beruhigend auf seine Kleine ein. Er hoffte, dass er sie damit in ihren Träumen erreichte.

Als er gute drei Stunden später bei seiner Firma eintraf, wurde er von jedem, dem er begegnete, herzlich gegrüßt, jeder fragte ihn, wie es denn seinen Mädchen gehe. Die Kunde vom Unfall seiner Frau schien sich herumgesprochen zu haben. Auch Pauls Sekretärin umarmte ihn und wünschte ihm viel Glück. Er wurde sofort zu seinem Chef durchgelassen. Robert betrat das recht bescheiden eingerichtete Büro seines großen Bosses mit einem gewissen Unbehagen. Wenn er ehrlich zu sich selbst war, so hatte er schlicht Angst, seinen Job zu verlieren. Zwar zeigte Paul sich stets mitarbeiterfreundlich und war ein großzügiger Wohltäter. Doch das war jetzt die Nagelprobe.

„Robert, lass dich anschauen. Du siehst furchtbar aus! Darf ich dir ein Wasser anbieten, oder brauchen wir etwas Stärkeres?“ Er war ganz offensichtlich auf schlechte Nachrichten vorbereitet.

„Paul, ich fürchte, ich werde nach meinem Urlaubsende nicht pünktlich meinen Job antreten können. Solange meine kleinen Mädchen nicht transportfähig sind, brauchen sie mich in Conway. Und wie es mit Joleen weitergeht, weiß ich auch nicht. Außerdem ist Noahs Feriencamp bald zu Ende, und dann habe ich drei Kinder, um die ich mich kümmern muss."

„Du brauchst also unbezahlten Urlaub?", fragte Paul und setzte sich wieder hinter seinen Schreibtisch.

„Ich brauche Urlaub, wobei ich keine Ahnung habe, wovon ich den finanzieren soll. Vor allem nicht die Krankenversicherung, die ich dann nicht mehr bezahlen kann."

„Robert, du weißt, dass ich dich sehr schätze. Wir brauchen dich hier, und zwar schnell. Deine Abteilung kommt mir im Moment vor wie ein Auto ohne Räder. Und das so kurz vor dem Start unserer neuen Thanksgiving-Kollektion. Außerdem müssen wir jetzt die Handelswerbung für das Kürbiseis starten. Wie soll ich das ohne dich machen? Ich verstehe ja, dass du in der Bredouille bist, aber hast du eine Idee, wie wir das ändern könnten?"

„Ich habe jetzt ein paar Tage darüber nachgedacht. Ich weiß, dass ungeplanter Urlaub zur Unzeit kommt. Wie wäre es, wenn ich mir in Conway einen Fernarbeitsplatz einrichte und die Kampagne und die Abteilung von dort aus betreue? Ich habe wirklich keine Ahnung, wann ich dort wegkomme. Natürlich kann ich zweimal in der Woche für ein paar Stunden nach Vermont kommen."

„Ich wusste doch, dass du mein kreativster Kopf bist. So machen wir das. Du betreust die Kampagne von Conway aus und kontrollierst und motivierst deine Mitarbeiter, damit sie mal zeigen, dass sie ohne ihren Chef vielleicht auch etwas leisten können. Montags kommst du zu unserer wöchentlichen Abteilungsleitersitzung. Das müsste funktionieren. Und wenn du deine Familie wieder in Vermont hast, musst du dir halt ein Kindermädchen besorgen. Das müsste doch zu machen sein."

„So weit kann ich im Moment überhaupt noch nicht planen. Danke, Paul, dass wir das so regeln können. Das werde ich nicht vergessen."

„Das werde ich mir merken und dir vor die Nase halten, wenn ein Mitbewerber dich mit übertriebenen Konditionen abwerben will."

Robert sah, dass auch Paul erleichtert war.

Hilfe

Robert fühlte sich um zwanzig Kilogramm leichter, als er zu Matts Kanzlei fuhr. Die Frage, was mit seinem Job und mithin auch mit der Krankenversicherung wurde, hatte ihm seit Tagen die kläglichen Reste seiner Seele zerquetscht. Er war gerade auf den Parkplatz vor der Kanzlei eingebogen, als sein Handy klingelte. Es war Steven.

„Das Wattestäbchen müsste heute Abend bei Ihrem Anwalt eintreffen", sagte Steven statt einer Begrüßung.

„Danke." Robert stellte den Motor aus.

„Heute früh habe ich endlich auch Pete Bennett erreicht. Also irgendwas ist da komisch. Ich kenne Pete als einen lauten, polterigen Mann. Er war am Telefon total verdruckst. Seine Tochter lebte immer noch in Boston. Wie ich denn darauf käme, dass Carolyn einen Sohn habe, hat er mich gefragt. Dabei wollte ich nur wissen, ob sie geheiratet und Kinder gekriegt hat. Wie kam er also auf einen Sohn? Er hat es weder zugegeben noch abgestritten. Sie sei geschieden, sagte er. Ich habe dann gezielt nach ihrer Adresse gefragt, die habe er nicht im Büro, er würde mit ihr telefonieren und ihr Bescheid sagen, dass ich angerufen habe und sie sprechen wollte. Das ist nicht der Pete Bennett, den ich kannte, dem ich im Grunde meine Footballkarriere verdanke. Pete war immer präzise. Sowohl in seinen Anweisungen auf dem Rasen als auch in seiner Werkstatt. Ich habe dann noch gefragt, was Carolyn jetzt beruflich macht. Und auch da war er ausweichend. Sie habe sich selbständig gemacht."

Da! Da war er wieder. Dieser Blitzgedanke, der Robert schon am Morgen durch den Kopf geschossen war und den er nicht zu fassen gekriegt hatte. „Hat Carolyn Ahnung von Autos?"

„Wie meinen Sie das? Carolyn ist in einer Werkstatt groß geworden. Die hat mit Wagenschmiere gespielt wie andere Kinder mit Wasser im Sandkasten."

„Vielleicht hat sie auch eine Autowerkstatt." Das war die Idee. Die Suche nach einer Autowerkstatt in Boston war wesentlich leichter, als nur nach einer Carolyn Bennett zu suchen. „Erst einmal vielen Dank, Steven, ich werde Ihnen Bescheid geben, sobald ich das Laborergebnis habe. Vielleicht erweist sich das ja auch alles als ein dummes Hirngespinst. Ich hoffe immer noch, dass wir da halbwegs unbeschadet aus der Sache rauskommen. Bald ist die nächste Krankenhausrechnung fällig, die Krankenversicherung ziert sich immer noch, und meine Bank will unser Haus. Deshalb muss ich jetzt zum Anwalt."

„Kann ich irgendwie helfen?", fragte Steven.

„Im Moment wüsste ich nicht, wie."

„Vielleicht mit einem Scheck?"

„So was kann ich nicht annehmen!" Robert war total verdattert.

„An dieselbe Adresse wie das Wattestäbchen?"

„Wieso sollten Sie das tun?"

„Weil ich Joleen damit helfen kann. Mir tut es nicht weh."

Robert lächelte. An diesem Tag schienen die himmlischen Heerscharen auf seiner Seite zu sein. „Ich weiß nicht, was ich sagen soll.“

Matt

„Du weißt, dass das rausgeschmissenes Geld ist, nicht wahr?“, dämpfte Matt seine Erwartungen. „Deine Frau hat zugegeben, dass sie damals das Haus angezündet hat, um sich selbst und ihren Sohn umzubringen. Erweiterter Suizidversuch. Erfolgter Infantizid. Sie hat das sowohl gegenüber dem Gutachter als auch gegenüber dem Gericht zugegeben. Was also glaubst du jetzt mit einem DNA-Test zu erreichen?“

„Solange nur der Hauch eines Zweifels an Joleens Schuld besteht, werde ich dafür kämpfen, dass sie aus dieser Klapsmühle so schnell wie möglich rauskommt.“

„Nun denn, sobald der Bote mit der Speichelprobe von Steven Jenkins kommt, werde ich das zusammen mit der Flasche und Joleens Haarbürste ins Labor schicken lassen. Ich habe das Labor bereits vorgewarnt, dass die Untersuchung dringend ist, sie haben mir versprochen, das innerhalb von einem Tag zu erledigen. Schneller geht es nur im Fernsehen.“

„Jenkins will mir einen Scheck an dein Büro schicken.“

„Der scheint Joleen gegenüber ein schlechtes Gewissen zu haben. Meinst du, wir könnten von ihm mal Karten für den nächsten Superbowl kriegen?“

„Wenn ich meine Familie heil und gesund wieder in Vermont habe, bezahle ich dir freiwillig zwei Karten für den Superbowl.“

„Entschuldige, das war unpassend. Hier ist der Bericht des Gutachters des Kriminaltechnischen Labors County-Staatsanwalt. Das sieht übel aus. Um es kurz zusammenzufassen: Es gibt keinerlei Bremsspuren. Bei einem Unfall mit einem entgegenkommenden Fahrzeug oder aber bei Kontrollverlust über das Fahrzeug müsste es zumindest einen Bremsversuch und mithin Bremsspuren gegeben haben. Joleen ist sehenden Auges in diesen Abgrund gefahren.

Die Bremsleitungen sind zwar bei dem Unfall beschädigt worden, aber sie waren vorher eindeutig intakt. Die Bremsflüssigkeit ist nur zum Teil an der Unfallstelle ausgelaufen, was für funktionierende Bremsen mit ausreichend Bremsflüssigkeit spricht. Es gibt noch ein Wartungsschild an der Bremsleitung, die Bremsen sind erst vor einem Dreivierteljahr überprüft worden.

Um es kurz zu machen, ein Fremdverschulden kann ausgeschlossen werden, der Unfall kann nach Meinung des Kriminaltechnischen Labors von Carroll County nur mit suizidaler Absicht herbeigeführt worden sein. Und hier schließt sich der Kreis, denn Joleen ist einschlägig vorbelastet."

„Wie kriege ich meine Frau jetzt aus der Geschlossenen wieder raus?"

„Gar nicht. Wir können nicht einmal etwas gegen das ärztliche Kontaktverbot machen. Das ist das Problem: Wenn Joleen inhaftiert worden wäre, könnten wir in einer Anhörung dagegen Einspruch einlegen oder eine Kaution vom Richter festsetzen lassen. Aber gegen eine Einweisung in eine psychiatrische Klinik kannst du so gut wie nichts machen, außerdem setzt diese Einweisung die Anordnung des Gerichts in Florida fort. Man hat Joleen damals als geheilt entlassen, es ist selbstverständlich, dass sie, sobald neue Symptome auftauchen, ohne Gerichtsbeschluss und ohne erneute Verhandlung sofort wieder in die Psychiatrie einfährt."

„Verdammt! Und jetzt?"

„Jetzt warten wir einmal ab, was bei dem DNA-Test herauskommt."

„Könnten wir nicht die Autofirma wegen Bremsversagens ohne Warnung verklagen?"

„Wie willst du das beweisen? Ich denke, Joleen kann sich nicht erinnern, die Kids können sich nicht erinnern, und schon schmettern die uns das ab."

„Habe ich Post von der Krankenversicherung?"

„Nein, dann hätte ich dich sofort benachrichtigt. Die prüfen offensichtlich noch."

„Kannst du die bitte dringlich mahnen? Und denen vielleicht den Bericht des Schadenssachverständigen zukommen lassen? Das sieht doch jetzt eindeutig nach Selbstmord aus. Wenn es meine Frau in die Klapse gebracht hat, könnten wir das wenigstens für die Krankenversicherung nutzen."

„Das habe ich selbstverständlich bereits getan. Ich gehe davon aus, dass die in den nächsten Tagen zahlen werden. Bist du mit den Kreditkartenfirmen weitergekommen?"

„Ja, danke, der Tipp mit Chapter 13 war Gold wert. Nur meine Bank will mich über den Tisch ziehen. Sie geben mir gern einen größeren Dispo, wenn ich dafür mit unserem Haus bürge."

„Nein! Auf keinen Fall!“

„Das dachte ich mir. Ich muss also anderswo Geld auftreiben.“

„Wie viel will Jenkins dir schicken?“

„Ich habe keine Ahnung. Aber ich finde es großartig von ihm. Und meinen Job kann ich bald auch von Conway aus erledigen. Zum ersten Mal habe ich das Gefühl, Licht am Ende des Tunnels zu sehen.“

„Ich wünsche dir, dass es nicht der Schnellzug ist, der auf dich zurast.“

„Danke, du bist heute sehr aufbauend.“

„Fährst du noch zurück nach Conway oder magst du mit uns zu Abend essen?“

„Ich will auf jeden Fall heute noch nach Conway, sie holen Hannah aus dem künstlichen Koma, das heißt, sie reduzieren jetzt die Narkosemittel, ich will bei ihr sein, wenn sie morgen vielleicht wieder langsam zu sich kommt.“

„Na dann, mach dich auf den Heimweg.“

Geistesblitze

Am nächsten Tag fuhr Robert schon sehr früh am Morgen ins Krankenhaus. Hannah war noch nicht ganz bei sich, aber ihre Augenlider flatterten, und sie bewegte die Hände. Ihr Kopf war noch immer fixiert. Robert nahm ihre kleine Hand in seine und redete beruhigend auf sie ein. Vielleicht hörte sie ja die Stimme ihres Daddys, das würde helfen, sagte der Narkosearzt, der das Aufwachen überwachte.

Robert redete und redete, er erzählte ihr alle Märchen, die ihm einfielen, bis er das Gefühl hatte, Fransen am Mund zu haben.

Zwischendurch steckte er immer wieder den Kopf zu seiner Tochter Sophia ins Zimmer. Er versprach ihr, dass ihre Schwester bald wieder bei ihr sein würde. Das half ihm, seine Panik in den Griff zu bekommen. Denn ganz so sicher wie der Arzt war er nicht, ob Hannah das künstliche Koma ohne bleibenden Schaden überstehen würde.

So pendelte er fast den ganzen Tag zwischen Hannah und Sophia, gegen Abend entschieden die Ärzte, dass Hannah nun wieder auf die Station zu Sophia verlegt werden dürfte. Hannah war wach, hinreichend orientiert und hatte nach ihrer Mommy gefragt. „Daddy“, hatte sie krächzend geflüstert, als sie ihn an ihrem Bett erkannt hatte, aber dann war sie sofort wieder eingeschlafen.

Als Robert gegen Abend das Krankenhaus verließ,

schickte er wieder einen stummen Gruß hoch zur geschlossenen Abteilung in der Hoffnung auf Telepathie.

Auf dem Heimweg tat er etwas, was er lange nicht mehr getan hatte: Einer Eingebung folgend kehrte er in die *99 Bar* ein. Er setzte sich an den Tresen, ließ sich eine Portion Buffalo Wings bringen und ein Bud light.

Nach dem zweiten Bier hatte er das Gefühl, ganz leicht zu schweben. Zum ersten Mal seit Joleens Unfall fühlte er sich ein wenig freier. Morgen würde er recherchieren. Nach Carolyn Bennett, nach Logan Bennett, nach Pete Bennett. Bei Google, Facebook, LinkedIn und Instagram. Robert bestellte noch ein Bier. Seinen Gedanken schienen Flügel zu wachsen. Und dann hatte er noch eine Idee. Er könnte ja seinen Sohn einspannen. Für Kinder war das wahrlich kein Problem, sich an andere Kinder heranzumachen. Nur was sollte er ihm sagen, warum er die Adresse von dem Jungen brauchte? Würde Noah nicht selbst seine Ähnlichkeit mit Logan sehen?

Während er die letzten Schlucke seines Buds trank, kam endlich das lose Ende des Wollknäuels in sein Blickfeld. Er hatte mit einem Mal ein Bild vor Augen, eins, das ihn erschreckte. Eine Frau stand über Joleens Wagen gebeugt, bei geöffneter Motorhaube. Das war es, was er wohl geträumt hatte. Oder was ihm im halbwachen Zustand durch den Kopf geschossen war.

Carolyn hat mit Wagenschmiere gespielt wie andere Kinder mit Wasser im Sandkasten. War es möglich, dass sie an dem Wagen von Joleen etwas manipuliert hatte? Aber die Kriminaltechniker hatten ja festgestellt, dass die Bremsleitungen unauffällig gewesen waren. Was hätte sie tun können? Hatte Arlene vom Augustus-Bove-Haus ihm nicht erzählt, dass der Wagen die ganze Nacht mit geöffneten Fenstern und Schiebedach zum Ausmiefen vor dem Haus gestanden hatte? Er musste nach Naples. Nein. Er musste auf das Ergebnis des DNA-Tests warten. Also erst mal eine Internetrecherche und dann nach Naples. Und er würde den Schrauber seines Vertrauens in Burlington anrufen. Robert zeigte der Barfrau, dass er bezahlen wollte.

Als er im Auto saß, kam ihm noch ein Gedanke. Er rief Steven Jenkins an. „Haben Sie ein Foto von Carolyn griffbereit?"

Steven meinte, dass er später zu Hause in seinen alten Fotos wühlen würde und es ihm dann schicken könnte.

Vaterschaftstest

„Sitzt du?"

Robert war auf dem Weg ins Krankenhaus, als der Anruf von Matt kam. „Im Auto."

„Dann fahr mal irgendwo ran und ruf mich zurück."

„Bleib dran, hier ist ein *Walgreens*, ich biege ab auf den Apotheken-Parkplatz." Robert legte das Handy beiseite und parkte. Sein Herz klopfte so laut, dass er es selbst zu hören meinte. „Ich bin ganz Ohr!"

„Unser Quarterback ist eindeutig der Vater von Logan. Und – Wunder geschehen: Logan ist tatsächlich der verlorene Sohn von Joleen."

Robert atmete ganz tief durch. Es half nichts. Die Tränen rannen ihm unkontrolliert aus den Augen, er versuchte, etwas zu sagen, aber es ging nicht, er schluchzte.

„Bist du noch da?"

„Ja, ja. Klar. Das ist ja, das ist ja, ich weiß nicht, was ich sagen soll."

Matt ließ ihn weinen. Robert zitterte am ganzen Körper, er wischte sich mit dem Hemdsärmel über die Augen, aber so richtig wollte seine Stimme immer noch nicht ihren Dienst tun.

„Matt, das bedeutet", er zog vernehmlich hoch, „Joleen ist nicht verrückt, sie hat keine Depressionen, sie hat niemals ihr Baby umgebracht." Robert flennte wie ein kleines Kind, das sich die Knie aufgeschürft hatte.

„Das bedeutet es. Zweifelsohne."

„Oh Gott, was haben die mit meiner Kleinen gemacht, wer hat ihr so was nur angetan? Wie hat man sie dazu gebracht, zuzugeben, dass sie ihr Baby getötet hat? Wie kann so etwas gehen? Ich kann das alles gar nicht glauben." Das Ergebnis kam langsam mit all seiner Bedeutung in Roberts Gehirn an.

„Robert, wir werden jetzt rasch handeln müssen. Wir müssen das FBI verständigen. Ich brauche vorher noch den Mitschnitt, wie Joleen zu der Flasche gekommen ist. Sonst können wir nie beweisen, dass das Kind Logan Bennett ist. Du hast ihn im Camp bekommen, oder?"

„Ja. Und den Namen der Frau, die das Kind entführt hat, kann ich dir auch verraten: Carolyn Bennett, Steven Jenkins' Highschool-Liebe. Sie lebt in Boston. Meinst du, dass wir damit Joleen aus der Klapsmühle befreien können?"

„Das weiß ich nicht. Denn die Entführung des Babys hat ja nichts mit dem Autounfall zu tun. Der Staatsanwalt könnte unterstellen, dass Joleen so aufgewühlt war durch die Entdeckung des Jungen, dass sie ihr Leben als verpfuscht angesehen hätte und es deshalb vorgezogen hat, mit ihren Kindern den Tod zu suchen."

„Quatsch! Es könnte übrigens sein, dass Carolyn Bennett eine Autowerkstatt hat. Sie ist in einer Autowerkstatt groß geworden. Was, wenn sie Joleen erkannt hat, sie beobachtet hat und den Verdacht hatte, dass Joleen ihren Sohn wiedererkannt hätte? Was, wenn sie den Wagen von Joleen manipuliert hat?"

„Kriminaltechnisch ist das jedenfalls nicht zu beweisen", sagte Matt.

Robert zitterte am ganzen Körper. „Matt, wir müssen

uns beeilen, denn Steven hat Carolyns Vater angerufen, und ich vermute, auch der Campvater hat Carolyn informiert, dass sich jemand für ihren Sohn interessiert hat. Ich muss Logan aus dem Camp holen, sofort. Joleen darf ihr Kind nicht noch einmal verlieren!"

„Was willst du tun, ihn entführen?"

„Keine Ahnung, ich fahre sofort nach Naples!"

„Warte um Gottes willen, das FBI wird sich darum kümmern."

„Matt, wenn sie den Jungen abholt und nach Kanada verschwindet, kann das FBI jahrelang nach den beiden suchen. Ich bringe den Jungen jetzt in Sicherheit."

„Das ist Kindesentführung, bist du verrückt? Bleib, wo du bist!"

Aber Robert hatte bereits aufgelegt. Er musste zurück ins Hotel. Der Fahrstuhl war ihm zu langsam, er nahm zwei Stufen auf einmal hinauf zu seinem Zimmer. Robert fuhr den Laptop hoch, den er aus Burlington mitgebracht hatte, legte die CD ein, die er im Camp erhalten hatte, und kopierte den Filmausschnitt in seine Dropbox. Dann schickte er eine E-Mail an Matt mit dem Link zur Dropbox und der Bitte, das Material an das FBI zu überspielen.

Im Hinauslaufen wählte er Steven Jenkins' Nummer. „Herzlichen Glückwunsch. Sie sind Logan Bennetts Vater", sagte er, als Steven sich meldete.

„WAS?"

„Sie haben richtig gehört, Logan Bennett ist Ihr verlorener Sohn Joshua, Joleens Sohn."

„Oh Gott!", war alles, was Steven herausbrachte. „Und nun?"

„Ich fahre sofort nach Naples und hole Logan aus dem Camp, damit Carolyn ihn nicht wieder entführen kann."

„Das geht nicht, dafür kann man Sie einbuchten."

„Ich weiß, aber ich werde nicht zulassen, dass Joleen ihren Sohn zum zweiten Mal verliert."

„Robert, machen Sie jetzt keinen Quatsch. Benachrichtigen Sie das FBI!"

„Das hat mein Anwalt schon getan. Und die kriegen auch die Beweise. Aber ich habe ein ungutes Gefühl, Carolyn wird Ihren Sohn unter Garantie entführen, sobald sie mitkriegt, dass sie gesucht wird."

„Mist, klar, Sie haben recht, ich habe Pete ja fast mit der Nase darauf gestoßen, dass sie gesucht wird. Verdammt. Dann informieren Sie wenigstens sofort den County-Sheriff. Ich habe keine Ahnung, welches County das da unten ist."

„Cumberland County. Das ist gut, das machen wir. Sie sollten den Sheriff aber informieren. Sagen Sie, Sie hätten durch einen Vaterschaftstest festgestellt, dass Sie der Vater des Jungen sind, der als Baby entführt wurde. Und dass Sie jetzt einen Freund beauftragt haben, Logan aus dem Camp abzuholen und vor seiner Entführerin in Sicherheit zu bringen."

„Okay, gute Idee. Aber wie kann ich das beweisen?"

„Rufen Sie meinen Rechtsanwalt an, der kann auch dem Sheriff das Material mailen, das er dem FBI schickt. Außerdem, wenn der berühmte Steven Jenkins anruft, stehen alle stramm."

„Und ich rufe in dem Camp an und kündige Sie an. Vielleicht nützt das ja auch was. Haben Sie die Nummer?"

„Können Sie googeln unter Camp Takajo. Tango, Alfa, Kilo, Alfa, Juliett, Oscar. Haben Sie es?“

„Ja. Viel Glück.“

„Ihnen auch, halten Sie mich auf dem Laufenden.“

Gegen die Zeit

Robert fuhr über den Highway 302, als gelte es, die Rallye Paris-Dakar zu gewinnen. Er wusste, dass er nicht nur Joleens Sohn retten musste, er hatte noch eine andere Mission in Naples. Wobei er sich fragte, was mit Joshua alias Logan in Zukunft geschehen würde. Dass er Joleens leiblicher Sohn war, war eine Seite der Medaille. Aber der Junge kannte nur Carolyn als seine Mutter. Konnte man einen Neunjährigen seiner Mutter entreißen, ohne dass der Junge schwer traumatisiert wurde?

Natürlich kam es nicht in Frage, dass das Verbrechen, was an Joshua und seinen Eltern begangen worden war, ungesühnt blieb. Aber dann würde Carolyn für viele Jahre ins Gefängnis gehen. Skrupel stiegen in ihm auf. Er musste seine Frau aus der Psychiatrie befreien, das war vordringlich, sie von dem Verdacht des geplanten Suizids befreien. Darum ging es. In erster Linie. Und sie von einer Schuld befreien, die sie auf sich genommen hatte, warum auch immer. Würde er je dahinterkommen, warum sie einen Mord an ihrem Sohn zugegeben hatte, obwohl sie ihn gar nicht hatte umbringen wollen?

Es war keine Frage für ihn, natürlich würde er Joshua wie seinen eigenen Sohn behandeln. Aber war das wirklich das Beste, was man für Joshua tun konnte?

Joleen war seine Frau, und er musste in ihrem Interesse handeln. Nur das hatte für ihn zu zählen. Kurz vor Naples klingelte sein Handy. Für die Strecke hatte Robert statt gut fünfzig nur knapp vierzig Minuten gebraucht.

„Sie ist schon mit ihm weg. Gerade eben." Es war Steven, der gerade mit dem Campvater telefoniert hatte.

„Scheiße. Und nun?"

„Ich hatte zuerst den County-Sheriff in Cumberland informiert. Die haben alle Streifenwagen alarmiert und die State Police."

„Wusste der Campvater, mit was für einem Fahrzeug sie Ihren Sohn abgeholt hat?"

„Ja, ein blauer Toyota SUV mit Bostoner Kennzeichen. Der Sheriff vermutet, dass Carolyn nach Kanada will, und hat die Grenzbehörden informiert. Da gibt es zwei Möglichkeiten, entweder über den TransCanada Highway oder mit der Fähre von Portland nach Yarmouth in Nova Scotia."

„Weiß der Sheriff, dass ich auf dem Weg nach Naples bin?"

„Das weiß er, ich habe ihm Ihren Namen gegeben und gesagt, Sie seien der Ehemann der Mutter des Sohnes und von mir beauftragt. Ich schätze mal, in Cumberland County dürfte gerade die Hölle los sein. Wir waren auf jeden Fall schneller als das FBI. Danke, dass Sie so schnell reagiert haben."

„Zu spät, leider."

„Wir kriegen sie, da bin ich mir sicher. Auch in Kanada. Das dauert nur ein wenig länger."

„Ich bin mir nicht sicher, ob die in Kanada auch ausliefern."

„Tun sie, glaube ich."

„Wenn die Todesstrafe droht, dann nicht."

„Carolyn hat ja niemanden umgebracht."

„Aber sie hat es vielleicht versucht, indem sie das Feuer gelegt hat. Damals. Und wenn ich mich nicht irre, auch heute."

„Ich habe den nächsten Flieger nach Chicago gebucht und nehme den Anschlussflug nach Portland. Wenn alles gut geht, bin ich heute Abend in Portland. Bitte halten Sie mich auf dem Laufenden, am besten per WhatsApp, solange ich in der Luft bin."

„Okay, wenn es irgend geht, hole ich Sie vom Flughafen ab. Drücken Sie uns die Daumen!"

Verfolgungsjagd

Robert wollte Steven gerade noch fragen, ob er für ihn ein Hotelzimmer reservieren sollte, als er es sah: das Bostoner Kennzeichen an einem blauen Toyota. Der Land Cruiser kam ihm direkt entgegen. „Ich sehe sie!“, rief er ins Telefon. „Sie sind nicht in Richtung kanadische Grenze oder nach Portland unterwegs, sondern in der Gegenrichtung auf dem Highway 302, kurz vor Bridgton. Rufen Sie den Sheriff an, ich wende und bleibe dran.“

Robert machte an der nächsten Haltebucht eine Vollbremsung und wendete sein Auto in die entgegengesetzte Richtung. Dann gab er Gas, bis er die Rücklichter des Land Cruisers in der Ferne sehen konnte. *Nicht zu nah auffahren, damit sie mich nicht sieht.*

Dann hatte er eine Idee. Er betätigte die eCall-Taste in seinem Kia. Angeblich wurde man mit dieser Notruftaste direkt mit dem zuständigen Sheriff-Büro verbunden. Es meldete sich auch sofort eine freundliche, weibliche Stimme, die fragte, ob sie ihm helfen könne. Robert sagte seinen Namen und dass er den in Cumberland County gesuchten blauen Toyota mit Bostoner Kennzeichen auf der 302 in Richtung Bridgton verfolgen würde. Die Dame wies ihn sofort darauf hin, dass er bitte aus der Leitung gehen solle, dies sei eine Leitung für Emergency-Rufe. Ob er einen Notfall habe.

„Ja, verdammt, natürlich ist das ein Notfall, die Frau,

die vor mir in einem blauen Toyota Land Cruiser fährt, hat den Sohn meiner Frau entführt. Ich brauche Hilfe!"

„Wenn Sie Hilfe brauchen, bleiben Sie bitte stehen, wir schicken sofort einen Wagen! Was ist Ihre genaue Position?"

„Ich habe soeben Bridgton passiert, aber ich werde einen Teufel tun und stehen bleiben, schicken Sie Streifenwagen, es geht um einen flüchtigen, blauen Toyota Land Cruiser mit Bostoner Kennzeichen."

„Sir? Bitte parken Sie Ihr Fahrzeug. Wir schicken Ihnen einen Streifenwagen."

„Nein, hören Sie nicht, ich verfolge einen blauen Toyota …"

„Sir, halten Sie sofort an!"

„Ach, leck mich!"

„Sir?"

In dem Moment klingelte sein Handy. Das Büro des Sheriffs. Vermutlich hatte Steven denen seine Handynummer gegeben. „Wo sind Sie genau?", fragte der Deputy.

„Ich habe das soeben Ihrem Büro über eCall mitgeteilt. Wir haben gerade Bridgton passiert und fahren Richtung Fryeburg."

„Das ist Oxford County. Wir informieren die Kollegen und die State Police. Bitte nennen Sie uns Ihr Kennzeichen und Ihren Fahrzeugtyp."

Robert nannte ihnen beides.

„Bitte bleiben Sie in der Leitung, damit Sie uns über eventuelle Routenänderungen informieren können. Vielen Dank, wir werden den Wagen bald haben."

Als Robert in den Rückspiegel schaute, sah er, wie sich der Wagen eines Sheriffs mit großer Geschwindigkeit näherte. *Stell das Blaulicht ab, du Idiot*, dachte Robert.

Aber der Deputy am Steuer tat genau das Gegenteil. Als er ansetzte, um Robert zu überholen, schaltete er auch noch seine Sirene an. Robert fasste es nicht, trat ein wenig auf die Bremse, damit er ihn überholen konnte. Er deutete dem Deputy an, dass das gesuchte Auto direkt vor ihnen war. Mit heulender Sirene gab der Deputy Gas. Auch Robert beschleunigte. Plötzlich wurde der Wagen langsamer, und der Deputy am Steuer winkte ihn vorbei. Was sollte das? Robert überholte.

„Was soll das, Ihr Funkwagen stoppt mitten auf der Straße!“, schrie er ins Telefon, das auf dem Nebensitz lag.

„Sie sind an der Grenze des Countys, der Sheriff von Oxford County wird jetzt übernehmen. Die State Trooper sollten auch unterwegs sein.“

„Soll ich dranbleiben?“, fragte Robert. Er meinte in der Leitung, denn dass er an dem blauen Toyota dranbleiben würde, war keine Frage.

„Legen Sie auf, wir geben Ihre Nummer an die State Police weiter.“

„Danke.“ Robert hatte Mühe, den Toyota nicht aus den Augen zu verlieren, denn Carolyn hatte jetzt beschleunigt. In der Ferne blinkte es blau. Der Sheriff von Oxford schien ihnen entgegenzukommen. Sie hatten gerade die Ortsgrenze von Fryeburg passiert, da preschte ein Wagen der State Police aus einer Seitenstraße heraus und schnitt dem blauen Toyota den Weg ab. Der Toyota machte eine Vollbremsung, umkurvte den Streifenwagen und bog in die Seitenstraße ein. Robert setzte den Blinker und kam direkt nach dem Sheriff um die scharfe Ecke. Der Weg gabelte sich. Carolyn gab in der kleinen Straße Gas und wich auf eine noch kleinere Straße links aus, der Wagen des Sheriffs kam ins Schleudern, schaffte es aber, wieder in die Spur zu kommen, und auch ein Wagen der State Police konnte sich hinter Robert einreihen. Beide hatten jetzt Sirenen und Lichter angeschaltet, es zuckte blau und rot, aber Carolyn gab unbeirrt Gas. Robert ließ sich hinter die State Police zurückfallen. Wo war er? Er schaltete sein Navi an, was nicht so einfach war, denn er musste sich auf die enge Straße und das hohe Tempo konzentrieren. Endlich hatte er seine Position gefunden. River Street. Ach du Schreck, Carolyn fuhr zur Staatsgrenze! Wenn der Sheriff und die State Police es nicht schafften, den Wagen bald zu stoppen, würde Carolyn ungehindert nach New Hampshire einfahren können. Und bis die State Police dort alarmiert war, das konnte dauern. Robert raste hinter dem Wagen der State Police hinterher.

Sie fuhr die State Route 113, die hier nur jeweils eine Fahrspur in einer Richtung hatte, und war auf dem geraden Weg nach Conway. Zu seinem alten Freund Hank Dawson, dem Sheriff von Carroll County. Warum gab Carolyn nicht auf? Sie hatte ein Tempo drauf, für das diese Straße nicht ausgelegt war. Jetzt scherte sie aus, um einen Lieferwagen zu überholen. Der Sheriff hinterher, der State Trooper ebenfalls, Robert hatte Mühe, an dem Lieferwagen vorbeizukommen, da Gegenverkehr auftauchte. Die Polizei von Maine musste sich beeilen, Carolyn hatte es fast geschafft, die Staatsgrenze zu erreichen. Da sah er die Bremslichter. Robert machte eine Vollbremsung, fast wäre er auf den Wagen der State Police draufgefahren. Vor Carolyn war offensichtlich ein weiterer Laster, ein zweiter kam ihr entgegen. Jetzt, das war die Chance für die Polizei. Carolyn wich auf die Standspur aus, um zu überholen, merkte, dass die Spur zu schmal für ihren breiten Land Cruiser war, berührte mit den Rädern der rechten Seite den Sandstreifen. Sie machte eine Vollbremsung, kam ins Schleudern, und dann hörte Robert nur noch einen lauten Knall und trat mit voller Wucht auf die Bremse.

Robert kam nur Millimeter hinter dem Wagen der State Trooper zum Stehen, wobei auch er sich auf die Standspur mit der Motorhaube gedreht hatte.

Später würde Robert erzählen, dass er alles wie in Zeitlupe gesehen habe. Wie der blaue Toyota auf der Standspur ins Schleudern gekommen war, wie er sich drehte, wie die Fahrerin versuchte, den Wagen einzufangen, und mit Vollgas gegen das Brückengeländer fuhr. Wie der blaue Toyota bockte wie ein scheuendes Pferd, nach oben stieg, über das Brückengeländer und dann kopfüber in die braunen Fluten des Saco Rivers stürzte. Erst hatte er den Knall gehört, dann das berstende Brückengeländer und dann das entsetzliche Geräusch des auf dem Wasser aufklatschenden Fahrzeugs. Er sah sich selbst aus seinem Kia aussteigen, langsam zu dem Brückengeländer gehen, er hörte noch Rufe, ja, alle schrien durcheinander, kaum wahrnehmbar in der schrillen Kakofonie der Polizeisirenen. Nein, würde er später sagen, er hatte nicht nachgedacht, nicht eine Sekunde. Ohne sich umzuschauen, war er in den Fluss gesprungen, er wusste nicht, wie tief der Fluss war, er wusste nur, dass er den Jungen retten musste, für Joleen, er durfte nicht ohne den Jungen nach Hause kommen, sie durfte ihn nicht noch einmal verlieren, er musste das Kind da rausholen, er spürte, wie die Kälte über ihm zusammenschwappte, das Wasser war nicht klar, es war braun, er versuchte, unter Wasser die Augen zu öffnen, seine Jeans zogen ihn herunter, warum hatte er die nicht ausgezogen, da war das Wrack, da war Joleens Sohn, er schwamm zu dem Auto und wollte die Seitentür öffnen. Es ging nicht, verdammt, der Junge hing eingeklemmt hinter einem Airbag, er schaute ihn mit großen Augen an, sah er ihn? Es war bereits so viel Wasser in das Auto eingedrungen, dass der Junge nur noch knapp mit der Nase über Wasser war. Robert ging die Puste aus, er ließ sich an die Flussoberfläche treiben, holte Luft und rief: „Ich brauche etwas, womit man die Scheibe einschlagen kann.“

Warum half denn keiner von den Polizisten, sie standen an der Brücke und schauten zu, wie das Wrack versank. „Scheibe einschlagen?“, schrie Robert erneut. Wahrscheinlich warteten die auf die Feuerwehr, auf Rettungskräfte, die ausgebildet waren, aber so viel Zeit hatte der Junge nicht, er würde ertrinken, wenn er nicht sofort die Scheibe einschlagen konnte. Plötzlich flog etwas Rotes die Brücke herunter, zwar nicht direkt in seine Richtung, aber Robert hatte es gesehen, es war ein Feuerlöscher, einer der Deputys hatte verstanden, was er brauchte. Robert tauchte nach dem roten Ding, bekam es zu fassen und schwamm damit Richtung Wrack. Es war unendlich mühsam, mit den vollgesogenen Jeans und dem schweren Feuerlöscher vorwärts zu schwimmen, aber er schaffte es, holte tief Luft und tauchte erneut mit dem Kopf unter das eiskalte Wasser. Das Auto hatte sich mit der Motorhaube zuerst in die Fluten gebohrt, Robert versuchte, mit dem Feuerlöscher auszuholen, aber es war ein Gefühl, als ob jemand mit ihm Armdrücken spielte, das Wasser bot seinen ganzen Widerstand auf, um ihn am Ausholen zu hindern. Robert nahm alle Kraft zusammen, und dann zerschmetterte er die Seitenscheibe des Toyota. Logan hing regungslos hinter dem Airbag. War er bewusstlos oder in Schockstarre? Robert tauchte noch einmal auf und holte tief Luft, bevor er sich wieder hinabgleiten ließ. Er schwamm ein wenig in das Auto hinein und löste den Sicherheitsgurt des Jungen. Dabei sah er, dass für Carolyn jede Hilfe zu spät kam. Ein verrostetes, spitzes Eisenteil war durch ihren Körper gedrungen. Ihre schreckgeweiteten Augen starrten ihn leer an, ihre Haare umwaberten ihr Gesicht wie eine Feuerqualle. Robert packte Logan und zog ihn aus dem Wagen. Der Junge war schwer wie ein Sack Blei, aber Robert schaffte es trotzdem, sich selbst und den Jungen an die Wasseroberfläche zu ziehen. Er hörte Rufe vom Ufer, ein Polizist schwamm auf ihn zu. Robert war froh, dass der Mann ihm den Jungen abnahm. Mit letzter Kraft schwamm er ans Ufer und ließ sich hustend auf den Grasboden fallen. „Die Frau?“, fragte ein Polizist. Robert schüttelte nur den Kopf. Zu mehr reichte die Kraft nicht mehr. Als er hochschaute, sah er, dass inzwischen ein Notarztwagen und die Feuerwehr eingetroffen waren. Sie wären zu spät gekommen.

„Bringen Sie den Jungen doch bitte ins Memorial Hospital nach Conway", sagte er zu dem Notarzt.

„Natürlich, das ist das nächste Krankenhaus."

„Ja", sagte Robert, „dann ist der Junge auch bei dem Rest seiner Familie."

„Wie heißt der Junge?", fragte der Rettungssanitäter.

„Joshua. Joshua Nolen." Robert hatte es gesagt, ohne zu überlegen.

Déjà-vu

Robert zitterte am ganzen Körper, seine Jeans hingen nass und schwer an ihm. Der Notarzt hatte eine Decke über ihn gelegt, aber die Kälte in seinem Inneren konnte sie nicht abhalten. Joshua war bereits weggebracht worden.

Die State Police von Maine wollte ebenso mit ihm sprechen wie die Leute des Sheriffs von Oxford County. Man vernahm ihn in einem der Polizeiwagen, aber Robert konnte kaum sprechen, so sehr klapperten seine Zähne.

„Ich mache gern meine Aussage, aber bitte, lassen Sie mich erst einmal in mein Hotel in North Conway fahren, damit ich mich umziehen kann“, bat er.

„Und Sie müssen noch eine Aussage in Cumberland County machen, denn die Kollegen haben uns um Amtshilfe gebeten. Sie sind also der Vater des Jungen?“

„Nein, ich bin der Ehemann der leiblichen Mutter des Jungen. Bitte, ich muss jetzt nach Conway und danach ins Krankenhaus und für den Jungen alles regeln. Ich werde heute Abend sowieso nach Portland fahren, um den Vater des Jungen vom Flughafen abzuholen. Ich verspreche, wir werden das Sheriffbüro von Cumberland freiwillig aufsuchen und dort eine Aussage machen.“

„Wer ist der leibliche Vater des Jungen?“, fragte ein State Trooper.

„Steven Jenkins“, sagte Robert müde.

„*Der* Steven Jenkins?“

„Ja, *der* Steven Jenkins!“

„Wir brauchen Sie zusammen mit dem leiblichen Vater im State Police Department in Augusta.“

Das hatte sich Robert gedacht. Der Name des berühmten Quarterbacks öffnete zwar alle Türen, aber verführte natürlich dazu, dass jeder ihn persönlich sprechen wollte. Er nickte müde. „Ich verspreche, dass wir uns dort melden werden. Bitte, darf ich jetzt in mein Hotel?“

Nur widerwillig ließ man ihn fahren. Er war wohl der Einzige, der nicht einer offiziellen Behörde angehörte und bezeugen konnte, dass der Unfall von Carolyn selbst herbeigeführt worden war, ohne direkte Einwirkung eines Polizeifahrzeugs. Die Fragen deuteten darauf hin, dass die Polizisten mehr Angst hatten, für den Unfall verantwortlich gemacht zu werden, als dass sie an dem eigentlichen Grund ihrer Verfolgungsjagd interessiert waren.

Zwei Stunden, nachdem er Joshua aus den Fluten gezogen hatte, war Robert endlich in seinem Hotel. Die Jeans waren inzwischen so weit getrocknet, dass sie an manchen Stellen hart wie ein Brett waren und an anderen noch unangenehm klamm an ihm klebten. Nachdem er sich ausgezogen und heiß geduscht hatte, schickte er Steven Jenkins eine Nachricht, dass er ihn heute Abend in Portland vom Flughafen abholen würde. Einem Geistesblitz folgend rief Robert im Augustus-Bove-Haus an. Sie hatten erstaunlicherweise noch zwei Zimmer frei. Er buchte die beiden Zimmer auf seinen Namen und informierte Steven, dass er eine Bleibe für die Nacht für sie gefunden hatte. Er hatte keine Lust, am späten Abend den weiten Weg nach Conway zurückzulegen, um am nächsten Tag erneut zum Sheriff und zur Staatspolizei nach Maine zu fahren. Für heute war sein Pensum an Autofahrten erfüllt. Danach machte er sich auf ins Krankenhaus.

Während der Fahrt überlegte er, wie er den Sheriff von Carroll County beziehungsweise den Staatsanwalt am besten davon überzeugen konnte, dass sie Joleen sofort aus der geschlossenen Abteilung entlassen mussten. Er rief Matt an.

„Du hast einen Scheck bekommen von Steven Jenkins. Hunderttausend Dollar", sagte Matt statt einer Begrüßung.

„Waaaas?" Robert glaubte seinen Ohren nicht zu trauen. „Der ist verrückt, oder?"

„Soll ich den vielleicht mal gleich zu deiner Bank schicken, damit an der Front Ruhe herrscht?"

„Das kann ich doch nicht annehmen."

„Na klar kannst du, schließlich war Steven der Grund dafür, dass Joleens Leben zerstört wurde. Also hallo, ohne Bedenken kannst du den annehmen."

„Schick ihn erst mal an meine Bank, und ich werde später mit ihm darüber reden." Robert berichtete Matt von den neuesten Ereignissen.

„Die Untersuchungsergebnisse und das Video sind auf dem Weg zur Staatsanwaltschaft. Außerdem überlege ich, ob wir nicht ganz frech eine Anzeige wegen Freiheitsberaubung an den Staatsanwalt schicken. Damit kehren wir das Verfahren sozusagen um."

„Damit machen wir uns aber keine Freunde in New Hampshire."

„Keine Freunde, aber ein späterer Schadensersatzprozess könnte gewinnbringend sein."

„Warte erst einmal. Ich muss jetzt sehen, wie es meinen Mädels geht und was Logan beziehungsweise Joshua macht."

Als Robert ins Krankenhaus kam, hatte er ein Déjà-vu. Er fragte nach Joshua Nolen, da er diesen Namen den Sanitätern genannt hatte. „Sind Sie der Vater des Jungen?", fragte man ihn.

„Nein, die Mutter des Jungen liegt in der psychiatrischen Abteilung, ich bin ihr Ehemann."

„Dann darf ich Ihnen keine Auskunft geben. Wer zahlt für den Jungen, hat er eine Krankenversicherung?"

Entnervt zückte Robert eine Kreditkarte. Wie gut, dass Steven einen Scheck geschickt hatte. „Die kriegen Sie aber nur, wenn man mir eine Auskunft gibt, wie es dem Jungen geht."

Die Frau an der Anmeldung seufzte so vernehmlich, dass die Wartenden in der Notaufnahme aufsahen. „Kommen Sie doch bitte durch", sagte sie und winkte ihn in den Verwaltungstrakt. Sie führte ihn in denselben Wartebereich, in dem er bereits einmal eine Nacht verbracht hatte. Als ihm ein junger Arzt entgegenkam, fragte er nach Joshua Nolen.

„Der wird gerade operiert", sagte der Arzt.

„Wie geht es ihm?" Robert wusste, was jetzt kam: „Den Umständen entsprechend." Na danke.

Als er auf der Station ankam, fand er Hannahs Bett umringt von Weißkitteln. Vor Schreck bekam Robert ganz weiche Knie. Ein Arzt drehte sich um zu ihm und sagte: „Ach, da ist ja dein Daddy“, und winkte ihn heran. Robert war so erleichtert, dass er sich kaum aufrecht halten konnte. Hannah lag winzig und bleich in den weißen Kissen, ihr Kopf noch fixiert in einem Schutzverband, aber ihre Augen waren geöffnet, und sie rief vernehmlich: „Daddy!“ Ihr Stimmchen war noch leise, aber es klang wie Musik in seinen Ohren.

„Wie geht es dir, mein Engelchen?“

„Gut.“ Das kam klar und deutlich. Sie konnte sich offensichtlich nicht mehr daran erinnern, dass sie fast verglüht war. Der Arzt warf ihm einen Blick zu, aus dem Robert schloss, dass er draußen mit ihm sprechen wollte. Sie traten vor die Tür.

„Herzlichen Glückwunsch, sobald Hannah wieder zu Kräften gekommen ist, werden wir ihr die fehlende Schädelplatte wieder einsetzen.“

„Wie lange wird es dauern, bis sie das Krankenhaus verlassen kann?“, fragte Robert.

„Kinder erholen sich schnell, auch die Knochen heilen sehr gut aus. Ich denke, dass Sie beide Mädchen in einigen Wochen wieder zu Hause haben werden. Wir werden jetzt noch einige Untersuchungen mit Hannah vornehmen. Sie können dann morgen länger zu ihr.“

„Wird sie bleibende Schäden von dem Unfall behalten?“

„Das können wir zum gegenwärtigen Zeitpunkt nicht sagen, das kann auch sehr viel später noch kommen. Konzentrationsstörungen, Kopfschmerzen, Gleichgewichtsstörungen bis hin zu epileptischen Anfällen – die

Langzeitfolgen sind im Moment nicht absehbar. Auf jeden Fall sind ihr Sprachzentrum, ihre Sehkraft und ihr Gehör nicht oder nicht in größerem Umfang in Mitleidenschaft gezogen worden."

Robert bedankte sich bei dem Arzt und ging zu Sophia, die ihn mit einem bösen Blick empfing. „Du hast mir nicht mal Guten Tag gesagt."

Er zog sich einen Stuhl an ihr Bett und streichelte über ihre Verbände, während ein Pfleger Hannahs Bett hinausrollte, um sie zu den angekündigten Untersuchungen zu bringen.

„Wurde aber auch Zeit, dass du kommst!" Sie hatte den gleichen, vorwurfsvollen Ton drauf, der sonst von ihrer „älteren" Schwester kultiviert wurde.

„Schätzchen, es ging nicht schneller."

„Wo ist Mommy? Ich will, dass Mommy uns besucht!"

Obwohl sie endlich ihre Schwester wiederhatte, war Sophia heute auf Krawall gebürstet. Robert wusste aus Erfahrung, dass man da nichts machen konnte. „Ihr seid bald alle wieder zu Hause, das verspreche ich dir. Willst du einen Film sehen?"

„Nö, keine Lust, ich habe den ganzen Tag Filme gesehen. Ich will zu Mommy!"

Robert wusste nicht, was er dazu sagen sollte. „Ich soll dich von Noah grüßen. Wollen wir mal gucken, was er gerade macht?"

„Keine Lust. Der darf spielen, und wir müssen hier liegen. Das ist unfair."

„Unfair" war das Lieblingswort der Zwillinge und kam immer dann zur Anwendung, wenn Noah etwas durfte, was sie noch nicht machen konnten. Robert hatte das Gefühl, dass „unfair“ das zweite Wort war, das sie nach „Mommy“ gelernt hatten. Unschlüssig saß er neben Sophias Bett. Es gab so viele Dinge zu erledigen, aber es war natürlich vorrangig, dass er seine Kinder nicht im Stich ließ. Es musste grauenvoll für seinen kleinen Wirbelwind sein, sich nicht bewegen zu können. Deshalb erzählte er ihr eine Geschichte, die er gerade für sie erfunden hatte, bis die Schwester mit dem Essen kam. Robert fütterte seine Tochter, denn die beiden Händchen waren immer noch eingegipst.

Dann sah er auf die Uhr. Er musste bald aufbrechen, wenn er Steven pünktlich in Portland abholen wollte. Aber vorher wollte er noch mal versuchen, herauszufinden, wie es Joshua ging.

Er wanderte also wieder zurück in diesen zentralen inneren Wartebereich und fragte die Frau hinter dem Tresen nach Joshua Nolen. Die Frau griff zum Telefon. Als sie aufgelegt hatte, sagte sie, der sei jetzt im Aufwachraum, die OP sei gut verlaufen. Robert hatte keine Ahnung, was man bei ihm operiert hatte. Mehr Auskunft würde er vermutlich heute nicht bekommen. Und dann hatte er eine Idee. Er fuhr hinauf zur Psychiatrie und fragte die Torwärterin, ob er dem behandelnden Arzt von Joleen Nolen eine Nachricht zukommen lassen könnte.

„Selbstverständlich“, sagte sie und zog eine Augenbraue hoch. Robert bat um die E-Mail-Adresse des behandelnden Arztes. „Sie können es auch gern an ps@memorial.nh schicken“, sagte sie.

„Ich würde es gern dem behandelnden Psychiater persönlich senden“, insistierte er.

„Schicken Sie es an den Chefarzt.“

Himmel, die Frau würde auch gut eine Gefängnisaufseherin abgeben, dachte Robert. Wobei das wahrscheinlich nicht viel anders war.

Robert fuhr schnell ins Hotel und packte seine Zahnbürste und frische Wäsche in eine Plastiktüte und setzte eine E-Mail an den Chefarzt ab.

Sehr geehrter Herr Chefarzt,

ich bin der Ehemann von Joleen Nolen, und ich kann Ihnen versichern, dass meine Frau niemals an einer Depression litt. Sie ist die liebevollste Mutter, die Sie sich vorstellen können, sie würde ihr Leben für ihre Kinder geben. Joleen wurde zwar des versuchten Suizids und des Infantizids in Florida angeklagt, aber der angeblich von ihr ermordete Sohn lebt und liegt im Moment auf der Wachstation dieses Krankenhauses. Ich habe ihn heute nach einem Unfall aus dem Saco River gezogen. Fragen Sie nach Joshua Nolen.

Der Junge war als Baby entführt worden von einer ehemaligen Freundin des Kindsvaters Steven Jenkins, dessen Vaterschaft ebenso wie die Tatsache, dass Joleen Joshuas leibliche Mutter ist, durch einen aktuellen DNA-Test bewiesen worden ist, Ergebnis anbei. Der DNA-Test liegt inzwischen auch der Staatsanwaltschaft von Carroll County vor. Der Kindsvater ist auf dem Weg nach Conway. Bitte berücksichtigen Sie diese Tatsachen bei dem von Ihnen zu erstellenden Gutachten. Meine Frau ist physisch krank, sie benötigt drin-

gend eine Reha. Sie weiß noch nichts von dem Ergebnis des DNA-Tests und dass ihr Sohn hier in ihrer Nähe liegt, ebenso wie sie sich an die letzten Tage vor ihrem Unfall nicht erinnern kann. Vielen Dank im Voraus für Ihr Verständnis,

Robert Nolen

Buddys

Jenkins' Maschine hatte fast zwei Stunden Verspätung. Robert war froh, denn er hatte es nicht pünktlich zum Flughafen in Portland geschafft. Die Wartezeit nutzte er zum Nachdenken. Er hatte Steven so oft im Fernsehen gesehen, aber als der Hüne aus dem Gate kam, hätte Robert ihn fast nicht erkannt. Steven Jenkins sah aus wie jeder andere Reisende, mit zerknittertem, bekleckertem T-Shirt und einem Gesicht mit einem blauen Schatten, dem man ansah, dass er todmüde war.

„Chicago war mal wieder die Hölle", sagte Steven zur Begrüßung. Robert hatte mit ihm telefoniert, als Jenkins dort auf seinen Anschlussflug nach Portland gewartet hatte. Dabei hatte er ihn auf den neuesten Stand gebracht. Jetzt war es, als ob sie sich schon ewig kannten.

„Ihr Sohn hat die Operation gut überstanden, er ist noch im Aufwachraum", antwortete Robert auf Stevens Frage, ob es etwas Neues von Joshua gab.

Sie gingen Seite an Seite zum Parkplatz, Steven warf seine Reisetasche auf Roberts Rücksitz, dann fuhren sie nach Naples.

„Ich dachte, es würde uns beiden guttun, heute nicht mehr nach Conway zu fahren. Es gibt verdammt viel zu erzählen, und der Sheriff von Cumberland County will uns ebenso sehen wie die State Police in Augusta."

„Die können bis morgen warten", sagte Steven. „Ich

will nur noch eine Dusche, ein eiskaltes Bier, einen Imbiss und dann ab ins Bett."

„Im Augustus-Bove-Haus war ich schon mit meinen Eltern, wenn sie mich im Camp Takajo besucht haben. Hier hat Joleen zuletzt mit unseren Zwillingen gewohnt", erklärte Robert, als er auf den Parkplatz des kleinen Hotels fuhr.

Eine halbe Stunde später saßen sie in *Rick's Café*, jeder einen Plastikteller mit einem Maine-Lobster und einem eisgekühlten Bier vor der Nase.

„Was ich nicht verstehe", sagte Steven Jenkins, „warum Pete Bennett die ganze Zeit gelogen hat. Er muss doch gewusst haben, dass seine Tochter meinen Sohn entführt hat. Man schaut doch nicht zu, wie eine Unschuldige dafür hinter Gittern landet."

„Sie haben noch nicht viel Übung als Vater", sagte Robert, ein wenig schief lächelnd. „Ich würde Stein und Bein schwören, dass meine Tochter tausend Meilen weit weg war, wenn mich die Polizei zu einem von ihr begangenen Verbrechen verhören würde. Für seine Kinder tut man alles, man verleugnet sogar seine Ideale. Jedenfalls normale Eltern und nicht so etwas, womit Joleen gesegnet ist."

„Da mögen Sie recht haben", sagte Jenkins und brach eine Schere des Hummers entzwei. „Ich habe bis heute nicht geheiratet und keine weiteren Kinder bekommen, der Schock von damals sitzt immer noch tief."

„Was wird jetzt aus Joshua?", fragte Robert. „Kann ein Junge es unbeschadet überleben oder verkraften, dass er als Baby entführt worden ist und die Frau, die er als seine Mutter kennt, seine Entführerin war?"

„Diese Frage ist mir auch im Flieger immer wieder durch den Kopf gegangen. Was mache ich jetzt mit Joshua? Ich kann ihn nicht zu mir nehmen, dazu habe ich einfach nicht den richtigen Beruf. Und was sage ich ihm über seine Mutter? Der Junge braucht doch ein Zuhause."

„Deshalb ist die wichtigste Frage eine andere: Was wird aus Joleen? Kriege ich sie raus aus der Psychiatrie? Wenn ja, dann hat Joshua ein Zuhause. Und drei Geschwister, die ihn lieben werden. Aber ich muss erst mal ihre Unschuld beweisen, sonst wird das nichts."

„Reicht es denn dem Staatsanwalt nicht, dass ihr erstes Kind entführt wurde und sie nicht das Haus angezündet hat? Denn das können wir ja jetzt beweisen."

„Ich vermute, dass Carolyn Joleen hier in Naples getroffen und erkannt hat. Sie wird sie beobachtet haben, und vielleicht hat sie auch gesehen, dass Joleen ihren Sohn erkannt und eine Flasche mitgenommen hat, aus der er getrunken hat. Wenn das der Fall ist, verwette ich meinen letzten Penny darauf, dass Carolyn etwas an Joleens Wagen manipuliert hat, in der Hoffnung, dass sie damit einen tödlichen Unfall hat. Sie wird dann in der Zeitung gelesen haben, dass Joleen im Koma liegt und der Staatsanwalt sie anklagen wollte, und ist wahrscheinlich beruhigt abgereist. Mission erfüllt, alles wie schon mal gehabt."

„Das hört sich zwar folgerichtig an, aber wir können es nicht beweisen. Folgerichtig vor allem deshalb, weil Carolyn sich mit Autos auskennt. Es wäre also möglich, dass sie etwas an Joleens Wagen manipuliert hat."

„Der Sachverständige des Staatsanwalts hat keine Spuren

gefunden, die dafür sprechen. Aber ich habe mit dem Schrauber aus der Autowerkstatt meines Vertrauens gesprochen. Und der hat mir verraten, wie sie es gemacht haben könnte."

„Erzählen Sie", sagte Steven und wischte sich mit dem Handrücken die flüssige Butter ab, die sein Kinn herunterlief.

„Arlene, vom Bed & Breakfast, hat mir erzählt, dass Joleen das Auto über Nacht zum Auslüften hat offen stehen lassen, weil Sophia sich darin übergeben hatte. Carolyn hätte also kein Problem gehabt, an den Motor des Wagens zu kommen."

Jenkins nickte. „Aber was kann man tun, um sicherzugehen, dass jemand einen Unfall haben wird?"

„Mein Schrauber sagt: Ein plötzliches Versagen der Bremsen ließe sich durch Verwässern der Bremsflüssigkeit erreichen. Auch beim normalen Betrieb zieht Bremsflüssigkeit Wasser, und um einen Unfall zu vermeiden, muss man sie alle zwei Jahre austauschen. Durch Verwässern lässt man sie sozusagen im Schnellverfahren altern. Im Motorraum gibt es ein Gefäß, das den Füllstand der Bremsflüssigkeit anzeigt; da kann man auch fehlende Bremsflüssigkeit nachfüllen. Wenn man einen Crash erzeugen will, muss man dort nur Bremsflüssigkeit absaugen und die fehlende Flüssigkeit mit Wasser auffüllen. Geht fix, man braucht kaum Werkzeug, was Carolyn aber sowieso im Wagen gehabt haben dürfte, und es dürfte später nicht nachweisbar sein."

„Und wie kommt es dann zum Unfall?", fragte Steven.

„Das hat mir mein Schrauber in etwa so erklärt: Werden die Bremsen beim Betrieb heiß, verdampft das Wasser in den Bremsleitungen, und weil sich der Dampf – im Gegensatz zur Flüssigkeit – komprimieren lässt, wird der Druck vom Bremspedal nicht mehr auf die Bremsbacken weitergeleitet. Bei einer Bergfahrt oder auf der Autobahn also echt übel."

„Und es wäre für Carolyn ein Leichtes gewesen, die Warnleuchte am Armaturenbrett außer Kraft zu setzen", ergänzte Jenkins. „Ich kann mir aber beim besten Willen nicht vorstellen, dass Carolyn zu so etwas fähig wäre. Und vor allem, wieso? Wir waren doch getrennt, als ich Joleen kennenlernte. Wir hatten uns gestritten, bevor ich zum Springbreak nach Pensacola gefahren bin, sie war in Cape Coral geblieben und hatte mir mitgeteilt, dass sie nach Boston gehen würde. Als Joleen später nach Florida zog, war Carolyn längst in Boston."

Robert trank gierig von dem eiskalten Bier. „Wahrscheinlich hat sie Sie immer noch geliebt und geglaubt, dass sie Sie wiederbekommen könnte, wenn Joleen und das Baby nicht mehr da wären. So viel zu meiner Theorie. Aber wie beweisen?"

„Hm, vielleicht. Aber sie hat nie versucht, wieder mit mir Kontakt aufzunehmen, ich habe nie wieder etwas von Carolyn gehört. Gibt es hier eigentlich Überwachungskameras? Entweder hier in *Rick's Café* oder gegenüber auf dem Parkplatz?"

„Was glauben Sie, warum ich Sie heute nach Naples entführt habe? Genau danach wollte ich hier fahnden."

„Ist zwar unwahrscheinlich, das ist hier das ruhigste Pflaster der Welt, aber man kann ja nie wissen. Wir sollten uns an den Häusern umsehen", sagte Jenkins.

Nachdem sie bezahlt hatten, gingen sie die kleine Ausfallstraße ab, die zwischen *Rick's Café* und dem Augustus-Bove-Haus lag. Sie scannten jeden Millimeter der Fassaden und Fenster, aber es war keine Kamera zu sehen.

„Mist, nichts", sagte Jenkins.

„Warum sollte hier auch eine Kamera sein, hier sagen sich die Füchse Gute Nacht. Lassen Sie uns schlafen gehen", sagte Robert.

Augustus-Bove-Haus

„Guten Appetit, die Herren“, sagte Dave, als er sich am nächsten Morgen zu seinen Gästen an den Frühstückstisch setzte, „ich hoffe, Sie haben gut geschlafen.“

Robert hatte eine unruhige Nacht hinter sich, er war immer wieder aufgeschreckt, weil er im Traum Polizeisirenen gehört hatte. „Nicht so richtig“, sagte er deshalb.

„Sagen Sie mal, hat diese Frau schon mal bei Ihnen gewohnt?“, fragte Steven Jenkins und zeigte Dave ein altes Foto von Carolyn.

„Hmm, Moment, da brauche ich meine Brille“, meinte der Hotelbesitzer und suchte sie in seiner Hemdtasche.

Steven reichte ihm das Handy.

„Doch, doch, das ist doch … Klar, die hat bei uns gewohnt. Ist jetzt allerdings viel dicker. Arlene“, rief er seine Frau, die gerade frischen Kaffee gebracht hatte, „guck mal, wie hieß diese Frau doch noch gleich?“

Arlene schaute ihm über die Schulter. „Marylin. Marylin Bennett.“

„Nein, sie hieß Carolyn“, verbesserte sie Dave. „Carolyn Bennett. Die hat schon öfter bei uns gewohnt, na klar.“

„Hat sie vielleicht zur selben Zeit hier gewohnt wie meine Frau, Joleen Nolen?“

„Das war doch die Süße mit den Zwillingen, die einen Unfall hatte, wie Sie mir neulich erzählt haben.“

„Genau.“

„Da musst du im Gästeverzeichnis nachschauen“, sagte Dave.

„Das brauche ich nicht, ich weiß, dass sie gleichzeitig hier waren. Entsinn dich an den Tag, als die Frau mit den zwei niedlichen Mädchen den Kuchen in unserer Küche verziert hat.“

„Ja, der war für den sechsten Geburtstag meines Sohnes Noah“, sagte Robert.

„An dem Tag war auch Carolyn hier. Das weiß ich genau. Und am nächsten auch. Entsinn dich, sie hat Joleen und dir beim Säubern des Wagens geholfen. Sie müssen wissen, der einen kleinen Maus war schlecht geworden“, erklärte Arlene.

„Schade, dass es davon keine Kameraaufzeichnung gibt. Sie haben nicht zufällig hier eine Überwachungskamera?“

Arlene und Dave wechselten einen Blick. „Zufällig gibt es hier Vandalen, die nachts öfter unsere Fassade vom Souvenirshop und unsere Halteverbotsschilder am Parkplatz mit Farbe beschmiert haben. Die jungen Leute hier langweilen sich, wissen Sie? Das kostet richtig Geld, das immer wieder sauber zu machen. Deshalb haben wir eine Kamera installiert. Innen, im Shop, so dass man sie draußen nicht sieht. Wenn ich die Jungs kriege, die das gemacht haben, müssen sie blechen, das verspreche ich Ihnen.“

„Und ich nehme an, Sie speichern immer nur vierundzwanzig Stunden?“

„Ja, das ist richtig. Aber wir nehmen nur zwischen dreiundzwanzig Uhr und fünf Uhr morgens auf. Und die

Kamera zeichnet ausschließlich dann auf, wenn sie durch den Bewegungsmelder aktiviert wird. Eh da vierundzwanzig Stunden zusammenkommen, das kann dauern. So viele Bären und Füchse gehen hier auch nicht spazieren.“ Dave war sichtlich stolz auf sein Überwachungssystem.

„Und haben Sie im letzten Monat jemanden auf der Aufzeichnung gesehen?“, fragte Robert.

„Nö, denn es hat in letzter Zeit niemand unsere Fassade beschmiert. Die Jungs sind irgendwo in den Ferien.“

„Sie haben also gar nicht in Ihre Aufzeichnungen geschaut?“, fragte Steven Jenkins mit vollem Mund.

„Ehrlich gesagt nicht, nein.“

Robert und Steven wechselten einen Blick.

„Dürften wir Ihre letzte Aufzeichnung mal sehen?“, fragte Robert.

„Wieso interessiert Sie das?“, fragte Dave.

„Carolyn Bennett ist meine Exfreundin. Sie hat meinen und Joleens Sohn entführt. Wir glauben, dass sie etwas an Joleens Auto manipuliert hat. Das müssen wir aber beweisen.“ Robert war beeindruckt, wie Steven es gelang, die verzwickte Situation in wenigen Sätzen zusammenzufassen. Das zeigte ihm erneut, dass er selbst im Moment nicht sehr sortiert war.

„Aber die beiden kannten einander nicht“, warf Dave ein.

„Carolyn muss Joleen erkannt haben, doch Joleen hatte Carolyn noch nie gesehen.“

„Wo sind Carolyn und ihr Sohn jetzt?“

„Mein Sohn liegt in Conway im Krankenhaus, und

Carolyn ist gestern bei einer Verfolgungsjagd mit dem Sheriff ums Leben gekommen."

„Oh Gott. Arlene", rief Dave, „das musst du dir anhören, das ist ja ein richtiger Krimi, der sich hier abgespielt hat."

Robert wurde unruhig. Er wollte den Mitschnitt sehen. Sie mussten noch zum Sheriff und zur State Police, und er wollte so schnell wie möglich nach Conway. Auch weil er immer wieder an Joshua denken musste, der jetzt wahrscheinlich total verängstigt und allein in seinem Krankenhausbett lag.

„Bitte, dürfen wir Ihre Aufzeichnung sehen, bevor wir zum Büro des Sheriffs nach Portland fahren?"

„Na klar", sagte Dave und legte sich noch eine Scheibe Brot auf den Teller. Hier in Maine hatte man Zeit.

„Ich gehe dann mal schnell meine Sachen zusammenpacken", löste Steven die Frühstückstischversammlung auf. Robert lächelte ihn dankbar an und stand ebenfalls auf.

„Ich bin fertig hier, wenn Sie runterkommen", sagte Dave und trank einen Schluck Kaffee.

Tatsächlich wartete Dave kurz darauf in dem kleinen Flur, der von der merkwürdigen Treppe und der Tapete mit dem französischen Muster schier erdrückt zu werden schien. Sie folgten ihm in sein kleines Büro, dessen Möbel unter Bergen von Aktenordnern und alten, zerfledderten Kladden versanken. Die Wirtsleute schienen hier ihre Buchhaltung und das Archiv der letzten dreißig Jahre aufzubewahren. Dave schob Akten, eine grüne Stahlkassette und einen Kalender beiseite. Darunter befand sich die Maus seines Computers. Robert erwartete halb, einen

MS-DOS-Rechner zu finden, doch der Flat Screen, der auf dem wackeligen Schreibtisch stand, meldete eindeutig: Windows 10. Dave schien trotz Nostalgieambientes einen Hang zu moderner Technik zu haben. Er rief sein Überwachungsprogramm auf, das an die Kamera im Souvenirshop angeschlossen war. Als er das Programm startete, hielten Robert und Steven gleichzeitig die Luft an.

Man sah etwas vor einem dunklen Hintergrund vorbeihuschen. „So richtig viel sieht man nicht, denn die eine Funzel da auf dem Parkplatz leuchtet das natürlich nicht so richtig aus. Aber wenn man seine Pappenheimer kennt, ist es kein Problem, sie auch in der Dunkelheit zu identifizieren", sagte David.

Der erste Pappenheimer, der aufgenommen worden war, war eindeutig ein Fuchs, wie man an dem im Lampenlicht aufleuchtenden Schwanz sah. Die zweite Aufnahme zeigte einen Marder, der es sich auf einer Motorhaube gemütlich gemacht hatte. Robert betete, dass der Marder bald abhauen und nicht zu viel Zeit von der Aufnahme verschwenden würde. Allerdings hatten sie mit dem Marder noch länger ihre Freude.

„Kann man das vorspulen?", fragte Steven, der ebenfalls ungeduldig wurde.

„Klar", sagte Dave, und so sprangen sie von Aufnahme zu Aufnahme. Eine Katze, noch ein Fuchs, ein Mann, der nachts zu seinem Wagen ging und etwas aus dem Kofferraum holte.

Die Bilder schienen ein wenig heller zu werden. Hatten sie sich an die Dunkelheit auf dem Bildschirm gewöhnt, oder nahm der Mond zu? „Da!" Sie sahen, wie eine Frau zu einem schwarzen SUV ging. Die Frau trug ein weißes Basecap, aus dem hinten ein heller Pferdeschwanz rausragte. Sie sah sich um, dann öffnete sie die Motorhaube des SUV. Neben dem schwarzen SUV stand ein dunkler Pick-up. Er trug die Aufschrift: *Caro's Pitstop*. Die Frau holte aus dem Pick-up einen Werkzeugkoffer und verschwand wieder unter der Motorhaube des SUV. Man sah nicht, was die Frau machte, die Kamera erfasste nur ihr üppiges Hinterteil.

Steven fasste Robert am Oberarm und drückte ihn ganz leicht. „Da haben wir unseren Beweis."

Robert musste sich an der Wand abstützen. Es war ihm, als hätten sich die Rocky Mountains eben von seinem Herzen gelöst, ihm war schwindelig, so leicht fühlte er sich plötzlich. „Können Sie uns das auf eine CD überspielen?", fragte er den Hotelbesitzer.

Der war so stolz auf seine funktionierende Technik, dass er begeistert zustimmte. „Das gibt es doch gar nicht, die hat doch tatsächlich das Auto von Ihrer netten Frau kaputtgemacht. So eine Schlange. Sie sagten, sie sei tot? Geschieht ihr ganz recht."

Robert und Steven lächelten einander an. „Mehr Glück als Verstand", sagte Robert, während Dave eine CD einlegte.

Mit der CD und viel neuem Mut fuhren sie nach Portland zum Büro des Sheriffs.

Berühmt

So also ist es, wenn man ein Promi ist, dachte Robert, als man sie im Sheriffbüro begrüßte wie heimkehrende Stars. Sie bekamen einen scheußlich schmeckenden Kaffee, Stühle wurden herbeigeschafft, man versammelte sich um sie, jeder wollte Jenkins sehen und anfassen.

Dabei hatten sie vorher im Auto besprochen, dass sie diesen Besuch so schnell wie möglich hinter sich bringen wollten. Man teilte ihnen mit, dass die State Trooper bereits auf dem Weg nach Portland waren und sie so nur einmal eine Aussage machen mussten. Na gut, das würde ihnen einen Abstecher nach Augusta ersparen.

Steven gab auf alles Autogramme, was beschreibbar war, ein Deputy holte dafür sogar mehrere nagelneue Footballs aus seinem Privatauto. Während er unentwegt seinen Namen kritzelte, gab Robert seine Aussage zu Protokoll.

Man kopierte die CD, die die beiden von Dave bekommen hatten, und teilte ihnen mit, dass das FBI jetzt für den Fall zuständig sei. Als Jenkins seine Aussage machte, kamen zwei Police Officer von der State Police dazu.

Die beiden gingen sofort zu Robert und bedankten sich mit Handschlag für die mutige Rettung des Jungen. Robert konnte sich daran erinnern, dass einer dieser Officer bei dem Unfall am Saco River dabei gewesen war. Musste er etwa jetzt noch einmal eine Aussage machen? Der Sheriff teilte den beiden Polizisten mit, dass er ein schriftliches Protokoll der Vorgänge habe. Außerdem habe man die Anrufe sowohl von Jenkins als auch von Robert gespeichert.

Robert erinnerte sich mit Schrecken an seine Konversation mit der Frau vom eCall. Was die Polizisten allerdings mehr interessierte als der Unfall, bei dem sie anwesend gewesen waren, war diesmal die Vorgeschichte, wie es zu der Entführung gekommen war.

Jetzt mischte sich Jenkins ein: „Ich bitte Sie darum, diese Vorfälle vertraulich zu behandeln. Ich will nicht in der Presse lesen, dass mein verbrannt geglaubter Sohn wieder aufgetaucht ist. Die meisten wissen nichts von meinem früheren Leben, und ich möchte nicht, dass das Warum in den nationalen Medien breit diskutiert wird. Kann ich mich auf Ihre Verschwiegenheit diesbezüglich verlassen?“

Der Sheriff wirkte enttäuscht. Natürlich, er musste sich ja regelmäßig von seinen Mitbürgern wählen lassen und ein so spektakulärer Kriminalfall, der durch sein Eingreifen ein glückliches Ende gefunden hatte, wäre ihm als Wahlhilfe gerade recht gekommen.

„Bitte denken Sie an mein Kind. Wir wollen auf keinen Fall, dass der Junge lebenslang gebrandmarkt sein wird. Ich lade das ganze Revier hier und die Polizeistation in Augusta zum nächsten Spiel ein, das wir in Boston haben werden“, sagte Steven. „In den VIP-Bereich. Als Dankeschön für Ihre Verschwiegenheit.“

Die Deputys klatschten. Das war etwas, womit sie vor ihren Familien und Kumpels angeben konnten.

„Selbstverständlich, mit Rücksicht auf Ihren Sohn verhängen wir ein sofortiges Medienverbot. Es gab einen Unfall, der Junge hat überlebt. Das wird heute schon in den lokalen Medien berichtet, das muss reichen für die Öffentlichkeit."

„Vielen Dank. Könnten Sie Ihren Bericht an den Staatsanwalt von Carroll County schicken?", bat Jenkins. „Die Mutter des Jungen wird dort in der geschlossenen psychiatrischen Abteilung festgehalten, wir müssen sie da so schnell wie möglich herauskriegen."

„Das sollte vorrangig sein, allerdings dürfte das in den Aufgabenbereich des FBI fallen. Ich verspreche Ihnen, dass wir Himmel und Hölle in Bewegung setzen, die Mutter des Jungen so schnell wie möglich freizubekommen."

Himmelspforte

Robert war nach New Hampshire geheizt wie der Henker. Sie hatten abgesprochen, dass sie, bevor sie ins Krankenhaus fuhren, zum Sheriffbüro nach Ossipee fahren würden. Hank Dawson sollte so schnell wie möglich den Staatsanwalt über die neuen Entwicklungen informieren. Als sie in Ossipee ankamen, teilte man ihnen mit, dass der Sheriff im Moment im Memorial Hospital in Conway zu finden sei.

Robert und Steven wechselten einen Blick. So schnell es ging, fuhren sie zum Krankenhaus. Als Robert seinen Wagen parkte, sah er Hank Dawson das Gebäude verlassen. Er rief ihn und winkte. Dawson kam lächelnd auf ihn zu.

„Na, Sie machen ja Sachen“, sagte er zu Robert.

„Sie haben nicht zufällig dafür gesorgt, dass meine Frau aus der Psychiatrie befreit wird?“

„Das darf ich leider nicht, Sie wissen doch, Anordnung vom Staatsanwalt“, sagte Dawson.

„Hat das Sheriffbüro von Cumberland County die Unterlagen nicht an Sie weitergeleitet?“

„Mein Kollege aus Oxford hat mich gestern angerufen und mir mitgeteilt, dass ein Unfallopfer in unserem Krankenhaus liegt. Ich habe mich eben mit dem Jungen unterhalten. Er hat leider keinerlei Erinnerung an den Unfall. Genau genommen hat er überhaupt keine Erinnerung. Aber herzlichen Glückwunsch, Sie haben ja einen

Rundumschlag gemacht, noch ein Nolen im Krankenhaus.“ Hank Dawson schaute von Robert zu Steven und dann wieder zu Robert. Er schien einen Moment nachzudenken, dann sah er Steven erneut an und fragte: „Sagen Sie mal, Sie sehen aus wie Steven Jenkins, dieser berühmte Footballspieler.“

„Ja“, sagte Steven, „ich weiß.“

Robert konnte sich ein Grinsen nicht verkneifen.

„Wir haben jetzt den Beweis, dass meine Frau den Unfall nicht selbst verursacht hat, sondern dass jemand ihr Auto manipuliert hat. Wie lange wird es dauern, bis der Staatsanwalt anordnet, dass Joleen freigelassen wird?“

„Das kommt auf den Beweis an. Ist er stichhaltig, nicht manipuliert – wo haben Sie den überhaupt her?“

„Sie müssten vom Sheriffbüro von Cumberland County den vollständigen Bericht erhalten, eventuell auch von der State Police von Maine. Im Übrigen ist das FBI verständigt, die dürften sich bald mit Ihnen in Verbindung setzen.“

„Das hat mir gerade noch gefehlt“, sagte Dawson.

Robert setzte nach: „Und mein Anwalt erwägt gerade eine Anzeige gegen den Staatsanwalt von Carroll County wegen Freiheitsberaubung.“

„Verdammt, ich muss ins Büro, vielleicht liegt da ja schon etwas Schriftliches vor, dann können wir auch schnell handeln.“ Die Drohung mit FBI und Anzeige hatte ihre Wirkung nicht verfehlt.

„Bitte rufen Sie mich an, wenn sich etwas Neues ergibt“, bat Robert und verabschiedete sich.

In der Krankenhauslobby sah Robert Steven lächelnd an. „Sie zu Ihrem, ich zu meinen.“

Alle Kinder, die Nolen genannt wurde, lagen auf einer Station. Als Robert zu seinen Zwillingen kam, sah er erfreut, dass Hannah bereits recht munter war. „Hallo, Mädchen, wie geht es meinen Schätzchen heute?"

Sophia war aufgedreht, sie war so froh, endlich ihre Schwester wieder bei sich zu haben, die noch ein wenig schweigsam war, so dass sie das Reden für beide übernahm.

Robert und Steven hatten besprochen, dass sie den Kindern noch nichts von den Ereignissen der letzten vierundzwanzig Stunden erzählen würden. Sie wollten erst gemeinsam entscheiden, wie es weitergehen würde, was ganz wesentlich von Joshuas Zustand abhing und wie schnell sie Joleen aus der Psychiatrie befreien konnten. Außerdem wollten sie sich mit einem Kinderpsychologen beraten. Keinesfalls wollten sie ohne fachmännischen Rat und ohne die Mutter eine Geschichte in die Welt setzen, bei der sie später dann auch bleiben mussten. Und das betraf nicht nur Joshua, sondern auch Joleens andere Kinder, denen man ja einen neuen Bruder auch irgendwie erklären musste. Robert hatte Steven versichert, dass er Joshua wie seinen eigenen Sohn großziehen würde, wenn Jenkins das wollte, er würde den Jungen auch adoptieren.

„Nein", hatte Steven geantwortet, „ich will zu meinem Sohn stehen, will ihn auch sehen und besuchen dürfen. Wenn er in Ihrer Familie aufwachsen darf, so wäre es sicher das Beste für den Kleinen, aber ich werde mich in keinem Fall meiner Verantwortung als Vater entziehen."

Robert hatte nur genickt. Ja, der Kerl gefiel ihm. Und so saß er jetzt zwischen seinen beiden Mädchen und dachte, dass es langsam wieder bergauf ging. Er war dankbar dafür, dass die beiden auf dem Weg der Genesung waren und für den Moment keine größeren bleibenden Schäden zu befürchten waren. Jetzt musste nur noch ihre Mutter wieder an ihre Seite, dann würde alles gut werden.

Die beiden Männer trafen sich für eine verspätete Mittagspause im Krankenhausimbiss. Steven holte gerade Kaffee vom Tresen, als Roberts Handy vibrierte. „Herzlichen Glückwunsch, Ihre Frau müsste in den nächsten Minuten aus der geschlossenen Abteilung entlassen werden. Der Staatsanwalt hat sofort gehandelt."

Robert konnte nur noch „Danke" murmeln. Er gab Steven ein Zeichen, biss einmal herzhaft in den halb vertrockneten Muffin und stürmte davon.

„Der Sheriff?", fragte Steven quer durch den Saal.

„Sie kommt raus", rief Robert, er hatte keine Zeit mehr für Kaffee, keine Zeit mehr, Steven die Tür aufzuhalten, er stürmte zum Fahrstuhl, Steven folgte ihm mit zwei Kaffeebechern.

Im Fahrstuhl stellte Steven fest, dass er sich von oben bis unten mit heißem Kaffee bekleckert hatte. Er reichte Robert eine halbleere Tasse Kaffee: „Nun trink doch einen Schluck, Junge, du bist doch schon total unterzuckert."

Robert stürzte den Kaffee dankbar herunter. Sie hatten seit dem Morgen im Büro des Sheriffs von Cumberland County nichts getrunken oder gegessen. Es war jetzt kurz vor sechs Uhr abends, und Robert merkte langsam, dass ihm fast schlecht war vor Hunger und Durst.

Als der Fahrstuhl im Dach mit den kleinen Fenstern

hielt, stürmten sie aus der Kabine. Die Gefängnisaufseherin betrachtete sie mit dem arroganten, abschätzigen Blick einer Parfümverkäuferin in einem Nobelkaufhaus.

„Joleen Nolen soll heute entlassen werden“, sagte Robert.

„Nicht, dass ich wüsste.“

„Ich habe soeben einen Anruf vom Sheriff bekommen“, sagte Robert.

„Aha.“ Es hörte sich an wie „Na und?“.

In dem Moment öffnete sich die Fahrstuhltür erneut, und ein Pfleger mit einem Rollstuhl erschien auf dem Flur. Er trat an den Glaskasten heran und sagte: „Ich soll hier eine Mrs Nolen abholen.“

„Wieso weiß ich nichts davon?“, fragte die Wärterin.

„Das dürfen Sie mich nicht fragen.“

Die Frau wählte eine Nummer. „Hier ist ein Pfleger, der will Mrs Nolen abholen. Mir hat niemand gesagt, dass da jemand kommt. Ja. Ja. Hmm. Warum hat mir das denn niemand gesagt? Ja. Ist gut.“

Die Frau machte ein Gesicht wie eine ausgequetschte Zitrone.

Sie drückte auf einen Knopf und bedeutete dem Pfleger mit dem Kinn, dass er die Abteilung betreten konnte.

„Sesam, öffne dich“, flüsterte Steven Robert zu.

Ganz langsam öffnete sich die Krankenhaustür, und es kam Robert vor wie die Himmelspforte. Der Pfleger schob den Rollstuhl durch die Tür, Robert und Steven wollten hinterher, aber die Aufseherin rief: „Hiergeblieben, die Herren, Sie dürfen da nicht rein.“

Aber immerhin hatten sie sie gesehen. Joleen stand im

Flur, gestützt auf zwei Krücken, sie sah den Pfleger, sie sah Robert, und dann sah sie Steven und sackte zusammen.

Robert und Steven stürzten erneut los, die Aufseherin rief: „Hiergeblieben, habe ich gesagt!“, aber die beiden Männer hielt nichts mehr, sie rannten in den Flur der Psychiatrie, vorbei an dem Pfleger mit dem Rollstuhl. Robert hob seine Frau vom Boden auf, Steven die Krücken, der Pfleger war inzwischen bei ihnen und wollte Robert Joleen abnehmen, aber der dachte gar nicht daran, seine Frau wieder loszulassen. Er trug sie auf Händen, wie ein Bräutigam die Braut über die Schwelle trägt. Da schlug Joleen die Augen auf und sagte: „Robert, es tut mir leid.“

Robert lachte und drückte sie fest an sich, er vergrub seine Nase in ihren verschwitzten Haaren, die strähnig von ihrem Kopf herabhingen. „Ich liebe dich, ich liebe dich so, es wird alles wieder gut“, flüsterte er. Er schritt mit seiner Frau auf den Armen durch die Himmelspforte, Steven war neben ihm, der Pfleger lief hinter ihnen her mit dem leeren Rollstuhl, und die Aufseherin murmelte nur: „Muss Liebe schön sein.“

„Robert, ich muss dir was sagen“, flüsterte Joleen.

„Nein, mein Schatz, das musst du nicht, ich weiß inzwischen alles.“ Er verbesserte sich: „Fast alles. Wir müssen dir viel erzählen, aber jetzt bringen wir dich erst einmal in ein richtiges Krankenhausbett.“

„Wohin soll sie denn?“, fragte Steven den Pfleger, der ihn die ganze Zeit angestarrt hatte wie ein neu entdecktes Weltwunder. Der Pfleger nannte die Station, und sie fuhren gemeinsam im Fahrstuhl nach unten.

„Willst du zu deinen Mädchen?", fragte Robert.

Joleen liefen die Tränen herunter. Sie konnte nur nicken.

„Dann setze ich dich doch erst mal in den Rollstuhl."

Der Pfleger sah verständnislos von einem zum anderen.

„Das übernehme ich jetzt", sagte Robert. Er schob Joleen zu dem Zimmer ihrer Töchter.

„Mommy!" Der Schrei der Mädchen hörte sich an, als ob sie in der Wüste kurz vor dem Verdursten Wasser gefunden hätten. Robert ließ seine Frauen allein und wartete mit Steven auf dem Krankenhausflur.

Später, als Joleen in einem frisch bezogenen Krankenhausbett lag, setzten sich Steven und Robert neben sie.

„Wo hast du denn meinen Quarterback aufgetrieben?", fragte sie Robert und streichelte zärtlich Stevens Arm.

„Das ist eine lange Geschichte", sagte Robert.

„Ich habe viel Zeit", sagte Joleen.

Joshua

Das Schicksal schlägt nicht immer nur im falschen Moment zu. Manchmal ist es auch gnädig.

„Weißt du, wer ich bin?", fragte Joleen ihren Sohn, der so winzig und verloren in seinem gepunkteten, weißen Krankenhaushemd aussah.

Joshua schüttelte den Kopf. „Wer sind Sie?"

„Ich bin deine Mom", sagte Joleen und strich ihm zärtlich über den Kopf.

„Mom." Er sagte es mit einem entsetzlich hilflosen Blick. So, als ob er mit diesem Wort nichts verbinden würde.

„Weißt du, wie du heißt?", fragte Joleen.

„Ja. Joshua Nolen."

Joleen spürte, dass ihr die Tränen in die Augen schossen. Sie musste sich umdrehen, damit ihr Sohn es nicht sah.

„Joshi, mein geliebter, kleiner Joshi", flüsterte sie und streichelte seine Hand. „Hast du Schmerzen, mein Schatz?"

„Nein. Doch."

„Weißt du, wie alt du bist?"

„Nein."

Joleen stellte die Krücken beiseite, setzte sich auf das Bett ihres Sohnes und nahm den Jungen ganz fest in den Arm. Sie wiegte ihn wie damals, als er noch ein winziges, hilfloses Bündel Mensch gewesen war. „Ich liebe dich, mein Baby“, flüsterte sie, während ihre Tränen auf seine blonden Strähnen fielen.

„Warum weinst du?“, fragte er.

„Weil ich so glücklich bin, dass du lebst.“

Die Ärzte hatten Joleen bereits gesagt, dass der Junge unter einer retrograden Amnesie leiden würde. Ob diese durch die Gehirnerschütterung oder durch das Unfalltrauma ausgelöst worden war, war nicht festzustellen. Joshua erinnerte sich an nichts. Nicht an seine Mutter, nicht an den Ort, wo er aufgewachsen war, nicht an den Unfall, bei dem Carolyn ihr Leben verloren hatte. Er erinnerte sich auch nicht daran, jemals zur Schule gegangen zu sein. Ja, das Schicksal hatte Mitleid mit ihnen.

Niemand hatte Joleen aufhalten können, zu ihrem verlorenen Sohn zu gehen.

„Bitte, lass uns erst entscheiden, was wir ihm sagen werden“, hatte Steven sie gebeten.

„Warte doch, bis wir mit dem Kinderpsychologen gesprochen haben, wie es weitergeht“, fand auch Robert.

Männer. Sie wollte zu ihrem Kind, sie wusste noch genau, wie er roch, sie hatte den Duft ihres Sohnes nie vergessen, und immer, wenn sie an ihn dachte, jede einzelne Nacht, dann hatte sie seinen wundervollen Babyduft in der Nase gehabt. Die Tatsache, dass er im selben Haus wie sie war, bereitete ihr fast körperliche Schmerzen. Sie waren so lange getrennt gewesen, jetzt hielt sie es keine Sekunde länger mehr aus.

„Ich habe dich unendlich lieb, mein kleiner, süßer Joshi“, murmelte sie, während sie seinen Geruch einsog. Sie wiegte ihn wie ein Baby, vor und zurück, vor und zurück. Er ließ es geschehen, kuschelte sich sogar in ihre Arme. Sie wollte sich nicht von ihm lösen, wollte nicht zurück in die kalte Wirklichkeit dieses Krankenhauses, wollte nicht mit den Krankenschwestern oder einem Arzt reden. Auch nicht mit Robert oder mit Steven, sie hatte es satt zu diskutieren, sie wollte bei ihrem Schatz sein, sie hatte so viel nachzuholen. „Joshi, Joshi, Joshi", flüsterte sie.

„Mom", sagte er, „ich kriege keine Luft."

Er hatte Mom zu ihr gesagt. Sie lachte und weinte, sie küsste ihn und strubbelte ihm durchs Haar, er hatte Mom gesagt!

Es bedurfte zweier Krankenschwestern, sie von ihrem Sohn wegzuziehen. „Es ist Schlafenszeit, Mrs Nolen", sagten sie.

Als Joleen die Tür zum Krankenhausflur öffnete, sah sie, dass Robert und Steven vor der Tür auf sie gewartet hatten.

„Er hat Mom zu mir gesagt", schluchzte Joleen. „Er hat Mom gesagt."

Antworten

Steven war direkt nach Florida geflogen, um Pete und seine Frau von den Umständen, die zum Unfall ihrer Tochter geführt hatten, zu unterrichten. Und er wollte Antworten.

„Wusstest du, dass deine Tochter meinen Sohn entführt hat?", fragte er ohne Umschweife, nachdem er in ihrem großen Wohnzimmer mit den rosafarbenen Ledersofas Platz genommen hatte. Hier hatte er früher oft mit Pete gesessen, sie hatten über die Zukunft gesprochen, über Football, über seine Karriere. Carolyn hatte in dem riesigen, blauen Longchair in der Ecke gehockt, die Beine hochgezogen, das Kinn auf die Knie gelegt und den Zukunftsplänen ihres Vaters gelauscht. Pete erinnerte ihn jetzt daran. „Sie hat nicht eine Sekunde gezweifelt, dass sie ein Teil deiner Zukunft sein würde!"

„Gib ihn ihm", sagte seine Frau, die hinter dem Küchentresen stand. Ihre Tränen schienen längst versiegt zu sein, aus der lebenslustigen, klugen Frau war ein verhärmt aussehendes Wesen geworden, das sich wie eine Schnecke in ihr Haus zurückgezogen hatte.

„Wir wussten es nicht von Anfang an", sagte Pete.

„Doch", widersprach seine Frau, „wir wussten es."

„Stimmt doch gar nicht, wir hatten keine Ahnung, dass Carolyn in Cape Coral war."

„Ich wusste es, als wir hörten, was passiert war, und du

wusstest es genauso. Wir haben nie ein Wort darüber gesprochen. Nicht ein einziges. Bis dieser Brief kam. Gib ihn ihm."

„Wir ahnten es, vielleicht", sagte Pete. „Weil Carolyn uns nie mehr besuchte. Und dann teilte sie uns mit, dass sie schwanger ist. Und dass sie den Kindsvater heiraten würde. Mark. Wir sind nach Boston geflogen, zur Hochzeit. Ihr Baby hatte deine Augen. Ich dachte, nein, ich hoffte, dass es ihr Baby sei, aber ich war mir sicher, dass es von dir war."

„Typisch Mann. Ihr schafft es, euch auch dann noch zu belügen, wenn man euch das Gegenteil beweist. Du wusstest es, Pete, du hast es genauso wie ich jede Sekunde seit dem Brand gewusst."

Steven hatte den verbitterten Streit zwischen den beiden fassungslos verfolgt. Er hatte Pete und seine Frau Rita immer als eine Art Ersatzeltern angesehen, er konnte nicht glauben, dass sie ihm und Joleen in dieser verzweifelten Situation nicht beigestanden hatten. „Warum habt ihr es zugelassen, dass Joleen des Mordes angeklagt worden ist?"

Pete lehnte sich in dem rosafarbenen Leder zurück. „Wenn du ein Kind großgezogen hättest, das du über alles auf der Welt liebst, würdest du diese Frage nicht stellen."

Steven schwieg eine Weile. Dann fragte er: „Was ist das für ein Brief?"

Pete erhob sich ächzend aus dem Ledersofa. Er ging in sein Büro und kam kurz darauf mit einem Umschlag in der Hand wieder. „Den haben wir vor etwa fünf Jahren bekommen. Lies ihn in Ruhe, nicht jetzt, vielleicht willst du ihn der Polizei geben – oder deinem Sohn. Später."

„Wie geht es jetzt weiter?“, fragte Rita.

„Wir müssen sie beerdigen“, sagte Pete.

Steven hatte während des Fluges nach Fort Myers darüber nachgedacht, wie man die Angelegenheit dezent und ohne großes Aufsehen regeln könnte.

Die Polizei in Maine hatte zugesagt, dass sie den Fall so weit es ging unter Ausschluss der Öffentlichkeit abschließen konnte.

Joleen, Robert und Steven waren sich einig, dass es für Joshua das Beste war, wenn er nicht im Mittelpunkt eines Skandals stehen würde. Deshalb schlug Steven jetzt vor, Carolyn nicht in Cape Coral zu beerdigen, sondern in Boston, wo man sie als Carolyn Bennett von *Caro's Pitstop* kannte, die geschiedene Frau von Mark.

Jeder in Cape Coral erinnerte sich an Petes schöne Tochter, jeder erinnerte sich daran, dass sie mal die Freundin des berühmtesten Sohnes der Stadt gewesen war. Dass Carolyn einen tödlichen Unfall hatte, würde reichen als Information, es sollten keine Erinnerungen an Steven Jenkins, Joleen Jones und den kleinen Joshua hochkommen. Die Bennetts waren dankbar für Stevens Vorschlag.

„Du zeigst uns nicht an bei der Polizei?“, fragte Rita.

„Das würde jetzt auch nichts mehr ändern“, sagte Steven bitter.

Als Steven bei seinen Eltern, die noch in Cape Coral wohnten, endlich in seinem alten Kinderzimmer war, öffnete er den Brief, den Carolyn an ihre Eltern geschrieben hatte.

Liebe Eltern,

nichts ist stärker als die Liebe. Sie bringt sowohl unsere besten als auch unsere schlechtesten Eigenschaften hervor. Logan ist ein Kind der Liebe, meiner Liebe. Ich weiß, dass ihr gemerkt habt, dass Logan Stevens Sohn ist. Ich habe es in deinem Blick gesehen, Dad, als ihr uns das erste Mal in Boston besucht habt, ich habe es an dem Ton gehört, Mom, wenn du am Telefon nach ihm gefragt hast. Ihr wusstet es immer, und ihr wusstet auch, dass ich euch deshalb nie mit Logan in Cape Coral besucht habe.

Natürlich erinnert ihr euch an meinen Liebeskummer, als Steven mit mir Schluss machte. Oder ich mit ihm Schluss gemacht hatte. Das war nicht so klar, es war ein dummer Streit, und er fuhr danach nach Pensacola. Ich blieb aus Trotz zu Hause, arbeitete in den Ferien in eurer Werkstatt und hoffte, dass alles wieder gut sein würde, wenn er nach Hause käme. Aber nichts wurde wieder gut, er hatte sich in Joleen verliebt. Ich habe um ihn gekämpft, aber ich hatte verloren in dem Moment, als Joleen nach Florida zog, kurz darauf schwanger wurde und sich weigerte, das Kind abtreiben zu lassen.

Ich floh nach Boston, ganz weit weg von der großen Liebe meines Lebens. Wir waren vierzehn Jahre alt, als wir ein Paar wurden. Wir waren damals so sicher, dass wir füreinander bestimmt waren.

Ich habe in Boston angefangen zu studieren und gehofft, dass ich Steven vergessen könnte. Aber er war in jedem Atemzug, den ich tat, ich sah sein Spiegelbild in jedem Schaufenster, es war, als ob mir jemand einen Arm und ein

Bein amputiert hatte. Ich konnte nicht schlafen, ich konnte nichts essen, und der Hass auf die Frau, die mein Leben zerstört hatte, wurde immer größer. Ich bin mit dem Transporter eines Kommilitonen nach Cape Coral gefahren – fragt mich nicht, ob ich meine Tat zu diesem Zeitpunkt bereits geplant hatte.

Ich schlief im Auto, sagte niemandem, dass ich wieder zu Hause war, mied die Mautbrücken, um nicht registriert zu werden, trug ein Basecap tief ins Gesicht gezogen. Ich habe sie beobachtet, diese Frau, die nun an Stevens Seite in dem alten Haus von seinen Eltern wohnte.

So sehr schien Steven sie nicht zu lieben, das konnte ich sehen. Denn er war so gut wie nie zu Hause. Sie war fast immer allein mit dem Baby.

Mit jeder Sekunde, die ich hinter ihrem Garten stand und sie beobachtete, wuchs der Hass auf diese Frau, die mein Leben zerstört hatte. Als ich sah, dass sie einen Kanister Benzin gekauft hatte, reifte ein Plan in mir: Ich würde dem ein Ende bereiten. Für immer.

Ich schlich durch die offene Tür des Fliegencages herein und wartete auf sie hinter der Hausecke. Als sie vom Kinderzimmer auf die Terrasse trat, schlug ich sie mit einem Stein von hinten nieder, sie fiel rücklings mit dem Kopf auf den Rand des Swimmingpools. Schnell rannte ich in die Garage, wo ich den vollen Benzinkanister fand. Ich habe das Benzin im Wohnzimmer und im Kinderzimmer ausgegossen und eine Benzinspur zu ihr gelegt. Natürlich trug ich Handschuhe, ich habe ihr den Benzinkanister in die Hand gedrückt, und dann habe ich das Haus in Brand gesteckt. In gebührendem Abstand habe ich beobachtet, wie das neue Leben von Steven in

Flammen aufging. Niemand war um die Mittagszeit in der Nähe, der die Feuerwehr gerufen hätte. Das Baby hat so jämmerlich geschrien. Ich habe gebetet, dass es bald aufhört, sein Schreien hat mir wehgetan, ich wollte nicht, dass es leidet, ich wollte nur das neue, falsche Leben von Steven auslöschen, versteht ihr?

Und dann hörte ich von fern die Feuerwehrsirene. Ich sah, wie das Dach drohte, über dem Baby einzustürzen, ich hörte seine herzzerreißenden Schreie. Ohne nachzudenken bin ich in das brennende Haus gelaufen, habe ihn aus seinem Bettchen gezerrt, bin durch die Flammen hindurchgesprungen, vorbei an seiner bewusstlosen Mutter, ich habe den Stein aufgehoben und bin damit hinaus in den Garten, hinein in das Dickicht, das den Rotary Park von Stevens Garten trennte.

Wir sind drei Tage zurück nach Boston gefahren. Drei Tage, in denen aus Joshua mein Sohn Logan wurde. Ich habe ihn nach dem Flughafen von Boston benannt.

Als wir zu Hause in meiner Studentenbude waren, habe ich den wenigen Menschen, die ich bereits in Boston kannte, erzählt, dass er mein Sohn sei, dass ich ihn aus Cape Coral abgeholt hätte. Ich fand einen Aushilfsjob in einer Autowerkstatt, denn fortan musste ich uns beide ernähren. Und so wurde aus der hoffnungsvollen Studentin bald die Besitzerin von Caro's Pitstop. Danke, Dad, dass du mir alles beigebracht hast, was man dafür wissen muss.

Wenn ich in seine Augen sehe, dann sehe ich Steven, Logans Lächeln ist sein Lächeln. Niemand fragte mich, wo er herkam, niemand wollte seine Papiere sehen, er war da, er war Logan Bennett, der Sohn der Automechanikerin. Als er drei Jahre alt war, habe ich angezeigt, dass seine Ge-

burtsurkunde bei einem Wasserschaden vernichtet worden sei.

Joleen hat mir nicht leidgetan, Auge um Auge, Zahn um Zahn. Sie hat mein Leben zerstört, also nahm ich ihres.

Ich habe dann sehr schnell Mark geheiratet, weil ich einen Vater für das Kind gebraucht habe. Aber unsere Ehe ging schief, wie nicht anders zu erwarten war, ich habe niemals wieder einen Mann gefunden, den ich so sehr geliebt habe wie Steven Jenkins.

Ich weiß, dass ihr nicht geglaubt habt, dass Mark Logans Vater war. Ich danke euch dafür, dass ihr zu mir gehalten und mich nicht angezeigt habt. Da ich nun selbst ein geliebtes Kind habe, kann ich mir vorstellen, was das für euch bedeutet haben muss. Bitte verzeiht mir, dass ich euch so enttäuscht habe.

Eure euch immer liebende Tochter Carolyn

Steven ließ den Brief erschüttert sinken. Seine Gedanken schweiften zurück zu jenen Frühlingstagen, in denen das Glück nur auf ihn zu warten schien. Die Zukunft fühlte sich verlockend an, in der Luft lag der Duft von Millionen Orangenblüten, und in den Blicken der Mädchen lag die Verheißung ungehemmter Freuden.

Jetzt rannen Steven die Tränen aus den Augen, sie tropften auf Carolyns Brief, er hatte die zeitliche Abfolge der Ereignisse völlig vergessen. Oder hatte er sie verdrängt? Hatte er Carolyn ebenso geliebt wie sie ihn? In der Rückschau war sie seine Jugendliebe gewesen, sie war ein Teil seiner Highschool-Zeit, die in diesen ersten Semesterferien endgültig der Vergangenheit angehört hatte. Als er Joleen das erste Mal an jenem Abend am Pool in Pensacola gesehen hatte, war es um ihn geschehen gewesen. Sie waren noch in der gleichen Nacht ein Paar geworden, und er hatte dabei nicht eine Sekunde an Carolyn gedacht. Weil er sich Hals über Kopf verliebt hatte oder weil er sauer auf Carolyn gewesen war?

Hatte er Carolyn überhaupt geliebt? Oder war sie seine Trophäe gewesen, das schönste Mädchen der Schule, die Cheerleaderin, die Tochter des Trainers, der Top auf jedem Flight?

Wieder und wieder las Steven den Brief, und schon in dieser Nacht wusste er, dass er damit bis zum Ende seines Lebens würde zu kämpfen haben. Er würde den Brief aufheben, für seinen Sohn, für Joshi, falls dieser eines Tages Fragen stellen würde. Aber bis dahin würde er dafür sorgen, dass Joshua ein liebevolles Zuhause haben würde und all die Zuwendung und Geborgenheit bekam, die er sich für seinen Sohn wünschte.

Burlington, sechs Monate später

Joleen schob die Käsemakkaroni in den Ofen, als sie draußen Kindergeschrei hörte. Sie schaute auf die Uhr, der Schulbus war wohl gerade gekommen. Hannah und Sophia stürmten durch die Terrassentür, gefolgt von lautem Gekläff. Der Neuzugang hieß Porridge, hatte vier dicke, weiße Pfoten und sollte zukünftig auf die Familie Nolen aufpassen. „Dürfen wir Josh und Noah entgegenlaufen?"

„Aber nur, wenn ihr Porry an die Leine nehmt", sagte Joleen. Sie war so froh, dass die Mädchen wieder herumtoben konnten, es hatten sich bis heute auch bei Hannah keine Nachwirkungen ihres Schädel-Hirn-Traumas gezeigt.

Joleen war wegen ihrer leichten Sprachbehinderung immer noch bei einer Logopädin in Behandlung, ihre Migräne war stärker geworden. Aber, so sagte sie sich in stillen Minuten, wenn das der Preis dafür war, dass sie ihren Sohn wiederbekommen hatte, wollte sie sich nicht beschweren.

„Mama, was ist ein Bastard?" Die Frage traf Joleen wie ein Peitschenhieb. Sie drehte sich erschreckt um und schaute auf Noah, der mit dieser Frage durch die Eingangstür gestürmt war.

„Wie kommst du darauf?", fragte sie ihren jüngsten Sohn. Erst dann sah sie ihn genauer an. „Was hast du denn gemacht?"

„Er hat sich mit Simon aus der dritten Klasse geprügelt“, sagte Joshua, der hinter ihm mit je einem Mädchen an der Hand durch die Tür trat. Porridge konnte gar nicht so schnell mit seinem buschigen Schwanz wedeln, wie er sich freute, seine Spielkameraden wieder daheim zu haben.

„Simon hat gesagt, Joshua ist ein Bastard“, erklärte Noah. Seine Augenbraue war leicht aufgeplatzt, das Blut aber bereits verkrustet, und seine Lippe war ein wenig geschwollen.

„Und da hast du Simon verprügelt? Der ist doch viel älter als du. Und viel größer!“

„Niemand sagt zu meinem Bruder Bastard“, sagte Noah trotzig.

„Mom“, fragte Hannah, „was ist ein Bastard?“

„Der wollte damit wohl sagen, dass Joshua einen anderen Vater hat als du. Das ist zwar kein sehr netter Ausdruck, aber kein Grund, sich zu prügeln. Joshua ist sicher auch selbst in der Lage, sich zu verteidigen.“

„Ich war gar nicht dabei“, sagte Joshua. „Sonst hätte ich diesen Flachwichser ausgelacht.“

„Wo hast du denn den Ausdruck her?“, fragte Joleen.

„Weiß nicht“, sagte Joshua.

Joleen musste dringend überprüfen, was die Jungs im Fernsehen anschauten. Solche Ausdrücke wollte sie nicht aus dem Mund eines Neunjährigen hören.

„Los, Kinder, Hände waschen, das Essen ist gleich fertig. Noah, komm mal her, damit ich dich verarzten kann.“

Sie hatten lange mit einem Kinderpsychologen darüber diskutiert, wie sie mit der Situation umgehen sollten. Als die Ärzte feststellten, dass Joshuas retrograde Amnesie wohl dauerhaft bestehen bleiben würde, hatten sie nicht nur vor der Frage gestanden, was man dem Jungen von seiner Vergangenheit erzählen sollte, sondern auch, wie er in die Familie integriert werden konnte. Denn auch Noah und die Zwillinge brauchten eine Erklärung.

Man war gemeinsam mit Steven Jenkins zu der Überzeugung gelangt, dass es falsch gewesen wäre, Joshua zu sehr zu belügen, da niemand mit hundertprozentiger Sicherheit wusste, ob sein Gedächtnis nicht wieder einsetzen würde.

Sie hatten ihm deshalb erzählt, er wäre von Carolyn großgezogen worden, der Freundin seines Vaters Steven, weil seine richtige Mutter, Joleen, sehr krank gewesen war, als er geboren wurde.

Robert hatte ihm dann berichtet, wie er ihn aus dem Saco River gezogen hatte, als er einen Autounfall mit seiner Stiefmutter gehabt habe. Das Gleiche hatten Robert und Joleen auch ihren gemeinsamen Kindern erzählt, die sich nach dem ersten Schock freuten, noch einen großen Bruder bekommen zu haben.

Da Joshua alles vergessen hatte, musste er mit der Schule noch mal von vorn anfangen. Und so wurde er gemeinsam mit seinem kleinen Bruder Noah eingeschult. Die beiden Brüder, die sich so ähnlich sahen, verstanden sich prächtig, und Noah war extrem stolz darauf, einen Bruder zu haben, der der Sohn des berühmtesten Quarterbacks der Vereinigten Staaten war, Onkel Steven, wie die Nolen-Kinder ihn nannten. Selbstverständlich gingen Joshua und Noah zum Footballtraining, wobei der Trainer bei Joshua durchaus eine angeborene Begabung sah.

Joleen freute sich, dass Noah endlich nicht mehr von den Zwillingen dominiert wurde, denn jetzt stand das Kräfteverhältnis zwei zu zwei. Joshua liebte seine kleinen Schwestern, oft rief er die beiden Mädchen zur Ordnung, bevor Joleen überhaupt mitbekam, was sie wieder für einen Unsinn angestellt hatten.

Joleen war an diesem Abend in Hochstimmung. Sie schaute auf die Uhr, Robert würde heute später kommen, die Präsentation der Sommerkampagne bei den Vertretern stand an. Joleen konnte es kaum erwarten, ihm die Neuigkeiten mitzuteilen. Steven hatte angerufen und gesagt, dass er für die ganze Familie einen Ehrenplatz im VIP-Bereich beim Superbowl reserviert und bereits die Flüge für alle gebucht hatte.

Stevens Scheck hatte ihre Familie damals gerettet, später, nachdem sie beweisen konnten, dass sie unschuldig an dem Unfall war, hatten die Versicherungen alles bezahlt. Matt wollte eine Klagewelle lostreten, aber Robert hatte ihn davon überzeugt, dass das nicht im Sinne der Familie Nolen und Steven Jenkins' war. Gemeinsam hatten sie es geschafft, die Affäre aus den Medien herauszuhalten. Sie hatten das Geld für Joshua auf ein Konto gelegt, auf das Steven jeden Monat weitere stattliche Summen einzahlte.

Sowohl Steven als auch Robert hatten damals nur eine einzige Frage an Joleen gehabt, als sie beide neben ihr am Krankenbett in Conway gesessen hatten: „Warum hast du dich damals eigentlich schuldig bekannt?"

„Weil mir der Arzt ganz klar gesagt hatte, dass ich für den Rest meines Lebens ins Gefängnis gehen würde, wenn ich nicht zugäbe, dass ich Depressionen gehabt habe."

Das war natürlich nicht die ganze Wahrheit. Sie hatte sich schuldig bekannt, weil sie Steven Jenkins mehr geliebt hatte als ihr Leben. Sie hatte ihn schützen wollen, vor der Verfolgung durch den Staatsanwalt, sie hatte seiner Karriere nicht im Wege stehen wollen. Erst später, in der Psychiatrie, hatte man sie so lange bearbeitet, bis sie selbst angefangen hatte zu glauben, dass sie vielleicht doch an Depressionen litt.

Dass sie nie aufgehört hatte, Steven Jenkins zu lieben, hätte sie niemals zugegeben – und schon gar nicht, wenn ihr Mann Robert danebensaß, den sie jetzt über alles liebte. Er war der beste Ehemann der Welt, sie würde ihn niemals bewusst verletzen.

Making-of

Die Geschichte beruht auf einem wahren Kriminalfall. Eine Frau aus Philadelphia hat sechs Jahre nach dem angeblichen Tod ihrer Tochter diese auf einem Kindergeburtstag wiedergefunden. Sie hatte nie geglaubt, dass ihr zehn Tage altes Baby bei einem Hausbrand ums Leben gekommen war, und immer behauptet, dass das Baby entführt worden sei. Sie nahm eine Dose mit, aus der das Mädchen getrunken hatte, und beauftragte eine DNA-Analyse. Das Mädchen war tatsächlich ihre Tochter, die von der Entführerin als ihr Kind großgezogen worden war.

Als ich auf diese faszinierende, unglaubliche Geschichte gestoßen bin, erhielt ich die Nachricht, dass meine Nichte Alexandra von Ramin Zwillinge bekommen würde. Da war sie, die Idee für einen Krimiplot. Allerdings wurde mir schnell klar, dass sich diese Geschichte so nicht in Deutschland abspielen könnte. Ich verlegte sie also in meine zweite Heimat Amerika. Und da lauerte hinter jeder Zeile neuer Horror. Gegen die Vereinigten Staaten ist Deutschland ein soziales Paradies, wir können uns kaum vorstellen, wie es ist, ohne dreißig Tage Urlaubsanspruch, ohne Krankenversicherungskarte und ohne deutschen Kündigungsschutz zu leben. Unzählige Familien sind in den USA durch Unfälle oder Krankheiten ins Unglück gestürzt worden. Ich wünsche niemandem, dass er jemals mit dem Abrechnungssystem eines amerikanischen Krankenhauses Bekanntschaft machen muss.

Alle Plätze in diesem Krimi kann man im Internet besuchen. Zum Beispiel Arlene und David im Augustus-Bove-Haus in Naples, denen ich versprochen habe, dass ich in ihrem wundervollen Bed & Breakfast irgendwann morden werde. Oder das Camp Takajo. Auch wenn man sich nicht in die Eltern-Websites einloggen kann, ist es für mich ein wundervolles Beispiel für ein typisch amerikanisches Sommercamp, die Überlebensstrategie für geplagte Eltern, die während der fast dreimonatigen Sommerferien ihrer Kinder mangels Urlaubs arbeiten müssen. Das Memorial Hospital gibt es ebenso wie die Brücke über den Saco River, die man mit Google Earth sicher überqueren kann.

Die Geschichte habe ich in den Neuenglandstaaten spielen lassen, weil ich drei nebeneinanderliegende Staaten mit der Grenze zu Kanada brauchte. Ich liebe diese Ecke, während der Foliage, der jährlichen Laubfärbung, ist die Strecke zwischen Burlington in Vermont nach Naples in Maine ein Rausch in Farbe. Und wenn ihr dahinfahrt, schaut unbedingt in *Melby's Market* vorbei. Das lohnt sich, nicht nur der Blaubeerwaffeln wegen. Aber nicht die Kreditkarten vergessen!

Kontakt

Ich würde mich freuen, wenn Sie mir schreiben, wie Ihnen dieses Buch gefallen hat. Ich verspreche auch, zu antworten:

nikalubitsch@yahoo.de

Wenn Sie mehr über mich erfahren wollen, dann besuchen Sie mich auf Facebook unter

http://www.facebook.com/NikaLubitsch

oder lesen Sie über die wundersame Welt der Nika Lubitsch auf meinem Blog

www.nikalubitsch.de

Wenn Sie mit meinem Newsletter über Neuerscheinungen und Preisaktionen informiert werden wollen, dann senden Sie bitte eine Mail mit dem Stichwort „Newsletter" an

info@nikalubitsch.de

Natürlich freue ich mich, wenn Sie eine Rezension auf amazon.de schreiben. Bitte beachten Sie, dass Bewertungen, die auf dem Kindle abgegeben werden, nicht auf der Amazonseite übernommen werden. Für Ihre Mühe vorab herzlichen Dank.

Leseprobe aus „Mord auf Seite 3"

Zoe

Sie sah aus wie ein schlafender Engel. So friedlich. Ihr liebes Gesicht zeigte keine Spur von Argwohn oder Schmerz. Die blauen Augen waren geschlossen, man hätte meinen können, sie träumte von einer besseren Welt. Das lange, flachsblonde Haar, das sie früher meist zu einem Pferdeschwanz gebunden hatte, umfloss ihre zarten Züge wie flüssiges Gold. Die Hände waren über der noch kindlichen Brust gefaltet, so als würde sie gleich die heilige Kommunion empfangen. Sie steckte in einem schneeweißen Kleid aus fließendem, leicht durchsichtigem Stoff, durch den ihr Venushügel rosa schimmerte. Ihr Mörder hatte ihre Füße gekreuzt und mit ihren Armen Engelsflügel in den märkischen Sandboden gemalt. Er hatte seine Signatur hinterlassen. Es gab keinen Zweifel: Zoe war dem „Engelmörder" in die Hände gefallen.

Die Waldarbeiter, die Zoe mitten im Tegeler Forst gefunden hatten, würden den Anblick des kleinen Engels niemals vergessen. Sie lag nur wenige Meter von einem Forstweg entfernt, notdürftig mit Zweigen abgeschirmt, als brannte ihr Mörder darauf, dass sein Werk unbeschädigt entdeckt wurde.

Acht Tage lang hatten die Berliner die elfjährige Zoe gesucht. Mit Handzetteln und Hilfeaufrufen im Internet, mit Zeitungsartikeln, Radio- und Fernsehnachrichten, mit Hundestaffeln und Hubschraubern, mit Polizei und Freiwilligen. Wenigstens die Ungewissheit hatte nun ein Ende. Zoe war bereits das sechste Opfer des Engelmörders von Berlin.

Als sie den Tatort besichtigten, kämpfte nicht nur Costa Konstantinou, Leiter der „Soko Engel“, mit den Tränen. Sie wussten so viel über den Engelmörder, und doch wussten sie immer noch nicht, wer er war. Und bei jedem neuen Fall hoffte die Kriminalpolizei, dass der Serienkiller diesmal einen Fehler gemacht hatte.

Jessica

„Herrgott, das kann doch nicht so schwer sein“, fluchte Jessica und ließ den Text auf dem Bildschirm rauf- und runterscrollen, aber das machte ihn auch nicht besser. Sie fuhr sich mit der Hand durch ihre blonden Locken und warf einen Blick auf die Zeitanzeige oben im Monitor, die sie heute zu tyrannisieren schien. Das Blatt musste in Druck, der Lokalchef hatte schon zweimal gedrängelt, aber die Zeilen auf ihrem Bildschirm waren so tot wie das kleine Mädchen.

Ich kann es einfach nicht, gestand sie sich ein und überlegte, wie sie das dem Lokalchef verklickern sollte. Sie wusste, was sie erwartete, als das Telefon schrillte.

„Ich brauche den Text. Jetzt. Wir machen hier kein verdammtes Geo-Jahresheft!“, blökte Patschke aus dem Hörer.

„Okay, ich sende ihn jetzt, aber ich bin nicht zufrieden“, sagte Jessica und drückte die Entertaste.

„Was zum Teufel ist so schwierig daran, so kenne ich Sie gar nicht, Bergmann. Das sind doch Knallerfotos, die verzweifelte Mutter mit den rotgeweinten Augen auf dem Bett mit dem rosa Plüschelefanten im Arm, der verlassene Schreibtisch mit dem Mathebuch unter dem Filmposter, einfach genial. Ein paar knackige Zeilen für die Tränendrüsen werden Sie doch wohl noch hinkriegen.“

Jessica spürte, wie ihr der Milchkaffee sauer hochkam.

„Es geht mir nicht gut“, sagte sie leise.

„Überschrift: Mein kleiner Engel. Kommen Sie rüber, dann basteln wir die Seite drei zusammen.“ Patschke hatte den Hörer aufgeschmissen, bevor sie noch etwas sagen konnte. Während sich ihr Magen anfühlte, als ob jemand einen Dübel in ihn reingetrieben hätte, hastete Jessica durch das sonnendurchflutete Großraumbüro und stolperte fast über die Handtasche ihrer Kollegin. Als sie die Frittenbude, wie der Glasverschlag des Lokalchefs genannt wurde, erreichte, las dort Patschke mit zusammengekniffenen Augenbrauen offensichtlich ihre Meldung.

„Kein Fleisch“, blaffte er, ohne vom Bildschirm aufzuschauen, und winkte sie mit der Hand hinter seinen Schreibtisch. „Hier, sehen Sie sich das an. Diese Bettwäsche. Wonach riecht die? Nach Weichspüler wahrscheinlich. Das war mit Sicherheit ihre Lieblingsbettwäsche. Und da, das Mathebuch. Was haben die gerade in Mathe durchgenommen?“ Er sah sie fragend an.

„Ich weiß es nicht.“

„Dann fragen Sie die Mutter oder treiben Sie den verfluchten Mathelehrer auf! Und hier, die Bücher. Was hat sie gerade gelesen? Harry Potter, wette ich …“

Patschkes glatzköpfiger Schädel nahm in der Abendsonne eine ähnliche Farbe an wie seine Nase, auf der die geplatzten Äderchen ein Urstromdelta bildeten. Jessica starrte auf das grüne Krokodil auf seiner Brust. Das Schlimmste an seinem Ausbruch war, dass er recht hatte. Sie kriegte bei dieser Story einfach nicht die Kurve. Zoes Mutter hatte sie praktisch paralysiert. Wie sollte sie dieser Frau Fragen nach ihrem Kind stellen, ohne ihren unmenschlichen Schmerz noch zu vergrößern?

„Ich weiß es nicht.“

„Sie sollten eine Homestory machen, Bergmann, und keinen Polizeibericht. Das ist so blutleer wie ein geschächtetes Kalb. Ich habe Ihnen die Seite drei reserviert, und Sie kommen mir mit einem Text, der sich liest, als würde ein Beamter den Tatort beschreiben. Hat die Polizei schon den Autopsiebericht? Was war ihre letzte Mahlzeit? Hat es am Morgen ihres Verschwindens Streit gegeben, weil das Mädchen vielleicht getrödelt hat? Oder hat sie gar gemault, weil die Milch zu den Cornflakes sauer war? Ich will die ganzen letzten Minuten des Mädchens zu Hause, das Kind muss Kontur kriegen, ich will es sehen, hören, riechen, fühlen."

„Ich kann das nicht." Jessica kämpfte mit den Tränen.

Patschke griff zum Hörer und informierte die Druckerei, dass sich der Andruck verschieben würde.

„Sie haben genau eine Stunde, Bergmann." Er drehte sich vom Bildschirm weg und musterte sie fragend.

Jessica wischte mit dem Ärmel über ihre Augen.

„Hey, was ist los? Das ist doch nicht Ihre erste Leiche."

Jessica schüttelte den Kopf. „Es ist … Ich kann einfach nicht. Die arme Frau."

Jetzt ließ sie ihren Tränen freien Lauf.

„Siehste, Mädel, so was nenn' ich echt betroffen. Und genau diese Reaktion wollen wir von unseren Lesern. Ganz Berlin muss heulen. Schauen Sie sich die Fotos von der Leiche an, und immer, wenn Sie aufhören zu heulen, gucken Sie da drauf. Schauen Sie sich genau an, was dieses kranke Schwein da hinterlassen hat. Und jetzt ab, hauen Sie in die Tasten, ich will Blut sehen!"

Tränenblind stolperte Jessica aus der Frittenbude. „Ach, und Bergmann, genau deshalb habe ich Sie auf diese Story angesetzt, wegen Ihrer Sturzbetroffenheit!", rief er ihr hinterher.

Natürlich wusste Jessica, was ihr Chef von ihr erwartete. Bis jetzt hatte sie auch nie Schwierigkeiten gehabt, jeder Meldung einen persönlichen Touch zu geben. War ja auch kein Problem, wenn es um die Erhöhung der Stromtarife oder den Fund von Gammelfleisch in einer Dönerfabrik ging. Selbst ein ausgesetztes Baby an der Bushaltestelle oder ein Skandal im Pflegeheim bereiteten ihr keine Schwierigkeiten. Im Gegenteil, sie fühlte sich als Kämpferin für die Unterlegenen, die Betrogenen und Vernachlässigten. Jessica arbeitete gern in der Lokalredaktion dieser großen Boulevardzeitung, die für sich in Anspruch nahm, die Stimme des Volkes zu sein. Aber heute empfand Jessica das Volk als Voyeur. Zoes Mutter konnte keiner mehr helfen. Warum musste die Polizeireporterin Gesine auch ausgerechnet jetzt Urlaub machen, für sie war der Umgang mit Hinterbliebenen von Opfern des Engelmörders inzwischen Routine, während Zoe Jessicas erste Kinderleiche war. Die Kleine war bereits das sechste Opfer innerhalb von fünf Jahren.

Als die Waldarbeiter Zoes Leiche im Berliner Norden fanden, war das Mädchen bereits seit über achtundvierzig Stunden tot. Die Männer waren so erschüttert gewesen, dass ihnen sogar noch bei dem Interview, das Jessica am nächsten Tag geführt hatte, die Tränen herunterliefen.

Die Lage der Leiche und die Art, wie sie inszeniert worden war, ließen bei den Kriminaltechnikern keinen Zweifel zu: Zoe war Opfer des Serienkillers geworden, der in Berlin unter dem Namen „Der Engelmörder“ bekannt war. Und sie wussten, dass sie der Mutter nicht sagen konnten: „Ihr kleines Mädchen hat nicht lange gelitten.“

Bevor Jessica zum Telefon griff, schnäuzte sie sich die Nase.

„Konstantinou." Man hörte seiner Stimme an, dass er unter starkem Druck stand.

„Entschuldigen Sie, Herr Konstantinou, Jessica Bergmann hier. Wir haben uns auf der Pressekonferenz kennengelernt."

„Ich entsinne mich", sagte er.

Sie schloss die Augen und versuchte, ihn sich vorzustellen. *Wie ein griechischer Gott*, hatte sie gedacht, als sie den Leiter der *Soko Engel* am Ende der Pressekonferenz um ein Interview unter vier Augen gebeten hatte.

„Liegt der Autopsiebericht jetzt vor?"

„Was wollen Sie wissen?"

„Was war die letzte Mahlzeit der kleinen Zoe?"

Irrte sie sich oder musste er durchatmen? War ihm die Frage unangenehm?

„Knuspermüsli mit Schokolade, frischen Äpfeln und Joghurt. Kakao. Typisch deutsch."

„Ach. Und was kriegen griechische Kinder zum Frühstück?"

Er lachte. „Wollen Sie sich bei mir zum Frühstück einladen?"

Jessica biss sich auf die Zunge. Wie gut, dass er nicht sehen konnte, wie rot sie wurde. „Äh, nein, Entschuldigung. Ich war nur neugierig. Berufsbedingt."

„Das haben wir wohl gemeinsam. Was halten Sie davon, wenn ich Ihnen bei der Recherche ein bisschen helfe?", fragte er.

„Über den Engelmörder?" Jessicas Herz beschleunigte

auf doppelte Umdrehungen. Eine Exklusivgeschichte könnte ihre Schlappe bei Patschke wieder wettmachen.

„Nein, über griechische Frühstücksgewohnheiten."

„Ist das ein unanständiger Antrag?" In Jessicas Kopf schlugen die Gedanken Purzelbaum.

„Nein, eine Einladung zum Frühstück im Restaurant."

„Gibt es Neues vom Engelmörder?"

„Finden Sie es heraus. Morgen früh um zehn im *Zeus* in Charlottenburg, kennen Sie das?"

„Wer kennt das nicht? Okay." Nachdem sie aufgelegt hatte, fragte sie sich, was eigentlich in sie gefahren war. Ein Blick auf die Uhr riss sie aus ihren Gedanken. Schnell wählte sie die Nummer von Zoes Mutter und betete im Stillen, dass ihre zwei harmlosen Fragen die arme Frau nicht um den Verstand bringen würden. Das Gespräch dauerte nur drei Minuten. Jessica hatte noch nie von einer Telenovela namens „Violetta" gehört, und auch die Internet-Community „Top Model" war ihr unbekannt. Nach einer aufwändigen Google-Recherche konnte sie dann allerdings die trendigen bunten Haarbänder und die Tasche mit dem Nietenstern einwandfrei zuordnen. Und so tauchte sie tief ein in die Welt einer Elfjährigen. Sie kuschelte sich mit Zoe in die türkisfarbene Bettwäsche mit den weißen Sternen, die so tröstlich nach Sommerbrise duftete, und las „Bibi & Tina – Mädchen gegen Jungs". Am nächsten Morgen saß sie mit Zoe an dem Tresen in der graublauen Küche, trank Kakao und stocherte lustlos in ihren Cornflakes. Sie hörte, wie Zoe geräuschvoll eine Haselnuss knackte, und die genervten Worte der Mutter, die sich wohl ihr Leben lang fragte, ob ihre Tochter noch leben würde, wenn sie ihr graugelbes Lieblings-T-Shirt mit der Aufschrift „Très cool" gewaschen hätte. Sie hatten deshalb gestritten, und es war so spät geworden, dass sie keine Zeit mehr gehabt hatte, Zoe zur Schule zu fahren. Ihr Dienst begann um acht Uhr, und sie war bereits wegen mehrfacher Verspätung von ihrem Chef abgemahnt worden. So hatte eine Nachbarin Zoe allein das Hochhaus in Hohenschönhausen verlassen sehen. Sie war nie in der Schule angekommen.

Jessica ahnte, dass es für Zoes Mutter trotzdem leichter war, an den Morgen zu denken als an das, was zwischen Viertel vor acht und zehn Uhr mit ihrer Tochter passiert war. Denn das war das Undenkbare. Es war bestimmt auch leichter, als an die Stunden zu denken, in denen sie auf ihre Tochter gewartet hatte. An die vielen Stunden zwischen Panik und Hoffnung, die von Minute zu Minute kleiner wurde.

Eine halbe Stunde später drückte Jessica die Sendetaste, und das, was auf Patschkes Bildschirm landete, war der Nachruf auf eine Elfjährige aus Fleisch und Blut. Auf ein Girlie, das Dreisatz hasste, verrückt war nach „Violetta", mit YouTube auf die „Monster High" ging und vielleicht in ihrer letzten Nacht davon geträumt hatte, „Germany's Next Topmodel" zu werden.

Ohne Patschkes Reaktion abzuwarten, verließ Jessica die Redaktion. Sie fühlte sich wie unter den Steakklopfer geraten.

Weitere Romane von Nika Lubitsch

Der 7. Tag

„Der 7. Tag“ ist ein hinterhältiger Kriminalroman mit unerwartetem Ausgang. Sybille und Michael sind ein glückliches Paar, jetzt endlich erwarten sie ein Baby. Da verschwindet Michael spurlos. Sybille befindet sich mitten in einem Albtraum, aus dem es kein Erwachen gibt. Als ihr Mann erstochen aufgefunden wird, gibt es nur eine Verdächtige: seine Ehefrau. Die Anklage lautet auf Mord. Während Sybille vor Gericht den Ausführungen der Zeugen zuhört, zieht ihr gemeinsames Leben an ihr vorbei. Am siebenten Prozesstag erkennt Sybille plötzlich die Wahrheit. Sie muss sie nur noch beweisen.

Das Buch stand monatelang auf Platz 1 der Kindle-Bestsellerliste und ist in viele Sprachen übersetzt worden. Oliver Berben hat dafür die Filmrechte erworben.

Das 5. Gebot

Die Engländerin Vicky findet beim Joggen im Berliner Grunewald eine Leiche, die aussieht wie eine Zwillingsschwester. Als ihre Mutter in England getötet wird und Vicky mit viel Glück einen Mordversuch überlebt, ahnt sie, dass es ein dunkles Familiengeheimnis geben muss. Die Suche nach der Wahrheit führt Vicky quer durch Europa und weit zurück in die Vergangenheit. Es beginnt ein Wettlauf mit dem Tod.

Auch der zweite Roman von Nika Lubitsch konnte wieder Platz 1 der Kindle-Bestsellerliste erreichen.

Das 2. Gesicht – Thriller

Nach einer überstürzten Hochzeit folgt Julia dem weltberühmten Thrillerautor George Osterman nach Amerika und findet sich unversehens mutterseelenallein in seinem luxuriösen Anwesen in Florida wieder – George zieht es vor, seine Thriller an einem geheimen Ort zu schreiben. Doch dann tauchen in den Everglades Leichenteile auf, deren Verstümmelungen Julia erschreckend an Georges Bücher erinnern. Wer ist der Mann, den sie geheiratet hat und der sich jetzt vor ihr in seinem Strandhaus versteckt? Gemeinsam mit ihrer Freundin begibt sie sich auf die Suche nach dem wahren Ich ihres Mannes. Sie werden in einen tödlichen Strudel von Ereignissen gerissen, zu denen George Osterman das Drehbuch schrieb.

Der 1. Mann – Kriminalroman

Lara und Oliver sind ein glückliches Paar – bis zu dem Tag, an dem der Arzt Lara eine niederschmetternde Diagnose stellt. Statt ihr in den dunkelsten Stunden beizustehen, wendet sich Oliver von Lara ab. Im Krankenhaus lernt Lara Simone kennen. Auch sie wurde von ihrem Mann im Stich gelassen. Die beiden Frauen schmieden einen perfiden Plan. Doch dann kommt alles ganz anders, und Lara findet sich im Zusammenhang mit drei Morden vor Gericht wieder …

Mord im 4. Haus – Kriminalroman

Bestialische Morde in einem Berliner Vorort: Eine ganze Familie sollte ausgelöscht werden, nur Jonas, der geistig behinderte Sohn, überlebt schwer verletzt das Massaker. Für die Justiz scheint der Fall abgeschlossen, der Nachbar wurde dafür lebenslänglich ins Gefängnis geschickt. Für dessen Frau ist die Gerichtsreporterin Sybille Thalheim die letzte Hoffnung. Sybille, die einst selbst unschuldig im Gefängnis saß, beginnt zu recherchieren und stößt dabei auf entsetzliche Zusammenhänge, die selbst die hartgesottene Reporterin tief erschüttern. Sie kommt einem Thema auf die Spur, das bis heute in den Medien totgeschwiegen wird. Als sie mit ihren Recherchen skrupellose Mitglieder eines international agierenden Syndikats aufschreckt, findet sie sich zusammen mit Jonas, dem überlebenden Sohn, gefesselt auf dem Boden eines DHL-Transporters wieder …

Ein Wiedersehen mit Sybille Thalheim, der Heldin aus „Der 7. Tag“.

Krimi-Reihe Kudamm 216:

Erbsünde

Die arbeitslose Journalistin Judith, Generation Praktikum, erhält einen Recherchejob bei der alten Krimiautorin Alice von Kaldenberg am „Kudamm 216". Dass sie bereits bei ihrem ersten Interview Opfer eines Verbrechens wird, stand nicht in ihrem Arbeitsvertrag. Zusammen mit ihren Kollegen soll sie die Hintergründe des Mordes an einem Berliner Schönheitschirurgen aufklären. Dabei wird schnell klar: Der Professor war kein Chorknabe und seine Familie hat so manch dunkles Geheimnis, das weit in die Vergangenheit führt und nicht nur Judith in Lebensgefahr bringt.

„Erbsünde" ist der Start in eine neue Reihe rund um das Team vom Kurfürstendamm 216. Der zweite Roman dieser Reihe wird im Frühsommer 2014 erscheinen.

Sommernachtsmord

Und noch ein heikler Auftrag für „Lady Kaa“ und ihr Team vom Kudamm 216:
In Berlin Wannsee werden zwei Leichen gefunden. Die Ermordeten hatten sich 1968 während einer Klassenfahrt abgesetzt, angeblich in das Heiratsparadies Gretna Green. Seitdem fehlte von ihnen jede Spur. Jetzt steht Konstantin von Kaldenberg unter Mordverdacht, denn die Ermordeten waren seine Geliebte und sein bester Freund. Kaldenberg gerät in Panik und bittet seine Exfrau, die Krimiautorin Alice, um Hilfe. Die Suche nach dem wahren Täter führt Alice und ihre Mitarbeiter nicht nur zurück in den „Sommer der Liebe“, sondern auch in eine geheimnisvolle und lebensgefährliche Welt aus Tausendundeinem Albtraum.

Erpresst

Panik am Kudamm 216: Alice von Kaldenberg, genannt Lady Kaa, ist spurlos verschwunden. Und das ausgerechnet während der Frankfurter Buchmesse, auf der ihr neuester Krimi vorgestellt werden sollte. Steht ihr Verschwinden in Zusammenhang mit dem Mord an Filmmogul Hermann Wiesenhagen, der Alice kurz zuvor in einer mysteriösen Angelegenheit um Hilfe gebeten hat? Als auch noch ein Schriftstellerkollege, mit dem sie in einer Talkshow über wahre Kriminalfälle diskutiert hat, tot in seinem Hotelzimmer aufgefunden wird, steht Alice plötzlich unter Mordverdacht. Der dritte Fall aus der Reihe Kudamm 216 stellt das Team und Exmann Konny vor große Herausforderungen. Werden sie Lady Kaa retten können?

Blogbuch

Snowbirds – Mein Winter in Florida

Welcome to Paradise: Millionen Menschen träumen davon, den Winter in Florida zu verbringen. „Später mal", das versprach sich auch Nika Lubitsch jedes Mal, wenn sie aus dem Urlaub zurückkehrte. Jetzt hat sie ihren Traum vom Überwintern im Sunshine State wahr gemacht und festgestellt, dass dort nicht nur Orangen blühen sondern auch Zitronen wachsen. In ihrer unverwechselbar schnodderigen Art hat die Berliner Bestsellerautorin ihre Erlebnisse gebloggt, in der Nachschau kommentiert und mit Tipps für Snowbirds versehen. Herausgekommen ist ein erfrischend anderer Führer durch den floridianischen Winter: Florida für Fortgeschrittene.

Social-Fiction-Thriller

Alligator Valley – Krokodile weinen nicht

Ein 13-Jähriger wird in einem Krankenhaus in Berlin gekidnappt. Im Golf von Mexiko wird ein Casinoschiff entführt. Beide Verbrechen haben das gleiche Ziel: Die Operation von alten Menschen soll erzwungen werden.

»Alligator Valley – Krokodile weinen nicht« führt den Leser ausgehend von den sechziger Jahren des vorigen Jahrhunderts in das Jahr 2053, dessen Realität uns näher ist, als wir denken. Nach einem Cyber-Krieg ist die Welt aus den Fugen geraten. Damit die Jungen genug zum Leben haben, werden Menschen über 75 Jahren nicht mehr ärztlich betreut. Alte, die es sich leisten können, kaufen sich in die Alligatorenstaaten ein. Diese Altenrepubliken sind nach dem Alligator benannt, der doppelt so alt wird wie jedes andere Krokodil.

Der 13-jährige Urs und seine Familie in Berlin sowie die TV-Frau Alice und ihre Freunde im »Alligator Valley« sind die Helden dieses Social-Fiction-Thrillers. Als durch einen rätselhaften Zwischenfall alle Satellitenverbindungen rund um den Globus zusammenbrechen, steht die Welt vor dem Kollaps, auf den sie seit Jahren hintaumelt.

Nur in den Alligatorenstaaten haben die Menschen damit kein Problem, denn die Alten haben die Technik und das Know-how von gestern. Ausgerechnet die ausgemusterten Alten könnten jetzt die Jungen retten. Aber wollen sie es auch?

Kurzgeschichten

Strandglut – 27 Short(s) Stories

Eine Weltreise für die Badetasche: Besuchen Sie eine mörderische Familie auf einer Südstaatenfarm oder Istanbul mit einem Berliner Gemüsehändler, stimmen Sie ein in den New York City Blues oder bangen Sie mit der Braut in Las Vegas. Besuchen Sie das Everl auf der Alm oder fliegen Sie mit einer Klatschreporterin in die aufgehende Sonne. Verlieren Sie Ihr Herz in Disney World und erleben Sie einen Sonnenuntergang in Acapulco. Die Daheimgebliebenen finden den Mörder von Adele und das Geheimnis des Brühwürfels, Sie gehen auf einen nächtlichen Raubzug in Berlin und zeigen einem Callboy, wie Mann es richtig macht. 27 hinterhältige Short Stories, mal romantisch, mal spannend, aber immer mit einem überraschenden Ende. Coole Geschichten für heiße Tage.

Inhaltsverzeichnis

17258458R00174

Printed in Poland
by Amazon Fulfillment
Poland Sp. z o.o., Wrocław